PANINI BOOKS

AUSSERDEM VON PANINI ERHÄLTLICH:

WARCRAFT: Der offizielle Roman zum Film
Christie Golden, ISBN 978-3-8332-3267-1
WARCRAFT: Durotan – Die offizielle Vorgeschichte zum Film
Christie Golden, ISBN 978-3-8332-3266-4
WORLD OF WARCRAFT: Kriegsverbrechen
Christie Golden – gebundene Ausgabe, ISBN 978-3-8332-2858-2
WORLD OF WARCRAFT: Der Untergang der Aspekte
Richard A. Knaak – gebundene Ausgabe, ISBN 978-3-8332-2859-9
WORLD OF WARCRAFT: Vol'jin – Schatten der Horde
Michael Stackpole – gebundene Ausgabe, ISBN 978-3-8332-2617-5
WORLD OF WARCRAFT: Jaina Prachtmeer – Gezeiten des Krieges
Christie Golden – gebundene Ausgabe, ISBN 978-3-8332-2523-9
WORLD OF WARCRAFT: Wolfsherz
Richard A. Knaak – gebundene Ausgabe, ISBN 978-3-8332-2233-7
WORLD OF WARCRAFT Band 9: Thrall – Drachendämmerung
Christie Golden – ISBN 978-3-8332-2439-3
WORLD OF WARCRAFT Band 8: Weltenbeben –
Die Vorgeschichte zu Cataclysm
Christie Golden – ISBN 978-3-8332-2234-4
WORLD OF WARCRAFT Band 7: Sturmgrimm
Richard A. Knaak – ISBN 978-3-8332-2051-7
WORLD OF WARCRAFT Band 6: Arthas – Aufstieg des Lichkönigs
Christie Golden – ISBN 978-3-8332-2050-0
WORLD OF WARCRAFT Band 5: Die Nacht des Drachen
Richard A. Knaak – ISBN 978-3-8332-1792-0
WORLD OF WARCRAFT Band 4: Jenseits des Dunklen Portals
Aaron Rosenberg, Christie Golden – ISBN 978-3-8332-1791-3
WORLD OF WARCRAFT Band 3: Im Strom der Dunkelheit
Aaron Rosenberg – ISBN 978-3-8332-1640-4
WORLD OF WARCRAFT Band 2: Aufstieg der Horde
Christie Golden – ISBN 978-3-8332-1574-2
WORLD OF WARCRAFT Band 1: Teufelskreis
Keith R. A. DeCandido – ISBN 978-3-8332-1465-3

WARCRAFT™

Der offizielle Roman zum Kinofilm

Von Christie Golden

Ins Deutsche übertragen
von Andreas Kasprzak

Lektorat: Hans Link
für Grinning Cat Productions

PANINI BOOKS

Bibliografische Information der Deutschen Nationalbibliothek
Die Deutsche Nationalbibliothek verzeichnet diese Publikation in der Deutschen Nationalbibliografie; detaillierte bibliografische Daten sind im Internet über http://dnb.d-nb.de abrufbar.

Dieses Buch wurde auf chlorfreiem, umweltfreundlich hergestelltem Papier gedruckt.

MIX
Papier aus verantwortungsvollen Quellen
FSC® C014496
FSC www.fsc.org

Englische Originalausgabe: „WARCRAFT – The official Movie Novelization" by Christie Golden published by Titan Books, a division of Titan Publishing Group Ltd., London, May 2016.

LEGENDARY

Deutsche Ausgabe: Panini Verlags GmbH, Rotebühlstraße 87, 70178 Stuttgart.
Geschäftsführer: Hermann Paul
Head of Editorial: Jo Löffler
Head of Marketing: Holger Wiest (E-Mail: marketing@panini.de)
Presse & PR: Steffen Volkmer

Übersetzung: Andreas Kasprzak und Tobias Toneguzzo
Lektorat: Hans Link für Grinning Cat Productions
Umschlaggestaltung: tab indivisuell, Stuttgart
Satz: Greiner & Reichel, Köln
Druck: GGP Media GmbH, Pößneck
Printed in Germany

YDWCFR002

ISBN 978-3-8332-3267-1
1. Auflage, Juni 2016

Auch als E-Book erhältlich: ISBN 978-3-8332-3380-7

Findet uns im Netz:
www.paninicomics.de

PaniniComicsDE

Prolog

Der Thronsaal von Sturmwind badete im Mondschein. Er ließ den weißen Stein des verwaisten Herrschersitzes schimmern, als wohnte diesem ein ureigener Glanz inne, und verwandelte die goldenen Löwen zu dessen Füßen in silberne Bestien mit leeren Augenhöhlen. Kaltes, milchiges Licht brach sich in den klaren Linien der zur Schau gestellten Waffen und machte aus den Schatten in den Ecken, in die seine blassen Finger nicht reichten, Horte grundloser Finsternis. In dem magischen Dämmer hätte jemand mit lebhafter Fantasie durchaus den Eindruck gewinnen können, dass die dekorativen Rüstungen, die längs der Wände Wache standen, womöglich doch nicht leer waren.

Nur eine einzelne Lampe machte dem Mond seine uneingeschränkte Vorherrschaft streitig. Sie warf ihr warmes, rötliches Licht auf das aufmerksame Gesicht eines Jungen, der zwei geschnitzte Spielfiguren in Händen hielt. Eine war ein Soldat in einer bemalten Version jener

Rüstungen, die an verschiedenen Stellen in dem stillen Saal dräuten. Die andere Figur war eine gedrungene Bestie – grün, mit Stoßzähnen und einer Axt, die beinahe anderthalb mal so groß war wie ihr hölzerner Widersacher.

Auf dem Boden lagen noch andere Soldaten und Monster. Die meisten der Spielzeugungetüme standen noch.

Die meisten der Spielzeugsoldaten hingegen waren umgeworfen.

Der Raum hellte sich auf, als die Tür geöffnet wurde. Der Junge drehte sich um, verärgert darüber, gestört zu werden, und einen Moment lang sah er die Gestalt, die eingetreten war, grimmig an, bevor er sich wieder seinem Spiel zuwandte.

„Sieh an“, sagte der Mann mit jugendfrischer Stimme. „Hier versteckst du dich also.“

Ein Prinz versteckt sich nicht, dachte der Junge. *Er geht hin, wo immer er hingehen will, wenn er allein sein möchte. Mit Verstecken hat das nichts zu tun.*

Der Mann trat neben ihn. Im matten Schein der Lampe war sein Haar nicht ganz so grau wie sonst, und auch die Narbe, die vom Kinn hoch zu seinem Auge verlief, wirkte nicht ganz so hässlich wie am helllichten Tage. Er blickte auf die Szene hinab, die der Junge mit seinen Figuren nachgestellt hatte. „Wie läuft die Schlacht?“

Als würde er das nicht sehen. Als würde er sich nicht daran erinnern.

Zuerst sagte der Junge nichts; stattdessen starrte er die kleinen grünen Spielfiguren nur an, ehe er schließlich mit zorniger Stimme sagte: „Jeder Orc verdient den Tod. Wenn ich König bin, mache ich’s wie Lothar und bringe sie *alle* um!“

„Lothar ist Soldat“, sagte der Mann, nicht unfreundlich. „Er kämpft, weil das seine Pflicht ist. Eines Tages wirst *du König* sein. Und dann ist es *deine* Pflicht, einen gerechten Frieden herbeizuführen. Findest du nicht, dass wir mittlerweile genug Krieg hatten?"

Der Junge antwortete nicht. Ein gerechter Frieden. Genug Krieg.

Unmöglich.

„Aber ich *hasse* sie!", rief er. Seine Stimme hallte von den Wänden wider, viel zu laut in der Stille. Mit einem Mal brannten ihm Tränen in den Augen.

„Ich weiß", sagte der Mann ruhig. Er verzichtete darauf, den Jungen für seinen Ausbruch zu tadeln, was den Prinzen ein wenig beruhigte. „Doch Krieg ist nicht die Antwort auf alles. Du musst erkennen, dass nicht alle Orcs böse sind, selbst wenn es so scheinen mag."

Der Junge runzelte die Stirn und warf dem Mann einen skeptischen Blick zu. Khadgar war sehr weise, doch was er da sagte, war für den Jungen ganz und gar unvorstellbar.

„Weißt du", fuhr Khadgar fort, „die Orcs stammen von einer anderen, weit entfernten Welt." Er hob die Hand und bewegte seine Finger. Eine rötlich orangene Kugel erschien in seiner Hand. Nun war das Interesse des Jungen geweckt, und er schaute aufmerksam zu. Er liebte es, zu sehen, wie Khadgar seine Zauber wirkte. Die Kugel drehte sich, umgeben von grüner, knisternder Energie. „Ihre Welt starb", erklärte Khadgar. „Sie wurde von einer dunklen Magie verschlungen, die man die Teufelsseuche nannte." Die Augen des Prinzen weiteten sich, als der seltsame grüne Schein die braune, staubig wirkende Welt zu verschlingen schien. „Die Orcs mussten fliehen. Hätten sie das nicht getan ... wären auch sie untergegangen."

Der Prinz hatte kein Mitleid für die Orcs oder ihre sterbende Welt übrig. Seine Finger schlossen sich fester um den Spielzeugorc, den er mit einer Hand umklammert hielt. „Stattdessen sind diese grünen Monster einfach in *unsere* Welt eingefallen!"

„Sie waren auch nicht alle grün, als sie nach Azeroth kamen. Ich wette, dass wusstest du nicht."

Der Prinz schwieg lieber, statt sein Unwissen einzugestehen, doch seine Neugierde war geweckt.

„Grün waren nur jene von ihnen, die mit der Fel-Magie vergiftet waren", erklärte Khadgar. „Diese Magie hat sie verwandelt. Einst jedoch sind wir einem Orc begegnet, der sich dem verderbten Zauber widersetzte. Einem Orc, der diesen Krieg beinah verhindert hätte. Er hieß ... Durotan."

Die Kammer der Luft brauchte keine Fenster, denn wie ihr Name schon sagte, bestand sie aus Luft – und nichts weiter.

Fremde, die dieses Ortes ansichtig wurden, hätten wohl ihren Augen nicht getraut, gleichermaßen ergriffen von Furcht und Schönheit, und sich gefragt, wie der Rat der Sechs hier verweilen konnte, ohne sich um seine Sicherheit zu sorgen. Aber hier gab es keine Fremden und würde es niemals welche geben, hier in der Violetten Zitadelle der Kirin Tor.

Genau wie die Magie war auch diese Kammer allein Zauberern vorbehalten.

Der blaue Himmel und die weißen Wolken, die als Wände und Decke dienten, hoben sich von den Gold- und Purpurtönen des Steinbodens ab, den ein intarsiertes Symbol zierte – ein stilisiertes, wachsames Auge. Der Junge, der eintrat und erst in der Mitte dieses Raumes stehen blieb, fand, dass das Zeichen und das, wofür es stand, heute eine noch größere Berechtigung besaßen als je zuvor.

Der Junge war elf, von durchschnittlicher Größe, mit braunem Haar und Augen, deren Farbe von Blau zu Grün wechselte, je nachdem, wie das Licht auf sie fiel. Er trug ein weißes Gewand, und die ganze Aufmerksamkeit des gesamten Rats der Kirin Tor ruhte allein auf ihm.

Sie standen hoch über ihm auf einer ringförmigen Plattform, in violette Roben gewandet, auf die dasselbe Auge aufgestickt war, das vom Boden emporblickte. Die Sechs und die Augen, die sie trugen, schauten auf den Jungen hinab, wie er selbst vielleicht ein Insekt beäugt haben mochte. Indes, ihre brütenden Blicke machten ihm keine Angst – wenn überhaupt, weckten sie bloß seine Neugierde, und so hielt er ihrem Starren tapfer stand, ja, zog sogar fragend eine Augenbraue hoch.

Eine der Gestalten, ein großer, dürrer Mann mit einem Vollbart, der so weiß war wie die Magie, die die Wände des Turms durchströmte, suchte den Blick des Jungen und nickte beinah unmerklich. Er begann zu sprechen, und seine sonore Stimme hallte eindrucksvoll in der gewaltigen Kammer wider.

„Es gibt die These, dass jeder Stern am Himmel eine eigene Welt ist“, sagte der Erzmagier Antonidas. „Und dass es auf jeder dieser Welten vor Leben nur so wimmelt. Was sagt unser Novize zu dieser Annahme?“

Der junge Novize zu Füßen der Sechs antwortete prompt. „Keine Welt ist wie Azeroth“, entgegnete er. „Die Schönheit von Azeroth ist ebenso einmalig wie seine Lebensfreude und sein Übermaß an allem Guten.“

„Und wem kann die Obhut eines solchen Schatzes anvertraut werden?“

„Dem, der die Mächte der Magie bändigt, um die Sicherheit unserer Welt zu gewährleisten“, sagte der Novize. „Dem Wächter.“

„Ich verstehe." Auf Antonidas' schmalen Lippen zeigte sich der winzigste Anflug eines Lächelns. Der Novize fragte sich, ob er sich bemühen sollte, ein bisschen demütiger zu klingen. Doch ehrlich gestanden hatte er sich dies alles schon vor einer *Ewigkeit* eingeprägt.

„*Alle* Mächte?", fragte Antonidas.

„Nein", entgegnete der Novize sogleich. „Die dunklen Mächte sind tabu. Die dunklen Mächte sind das Abbild der Verderbnis." Er merkte, dass er anfing, in einen Singsang zu verfallen, und biss sich fest auf die Lippe. Er konnte es sich nicht leisten, dass sie glaubten, er nähme dies alles nicht ernst.

„Die dunklen Mächte", fuhr er fort – diesmal angemessen feierlich –, „kehren den, der sie nutzt, gegen seine besten Absichten."

„Und was lernen wir daraus?"

„Dass Magie gefährlich ist und von den Händen jener ohne entsprechende Ausbildung ferngehalten werden muss. Keine andere Rasse als die Kirin Tor, ganz gleich, ob Mensch, Zwerg, Gnom oder Elf – darf Magie benutzen."

Die Magie gehört uns allein, dachte der Novize, während er verfolgte, wie der Strom der silbrig-weißen Flüssigkeit durch die Wände und die Decke der Kammer der Luft floss. *Nicht, weil wir geizig sind, sondern weil wir damit als Einzige richtig umzugehen wissen.*

Er musterte Antonidas sorgsam und sah, wie sich die Schultern des Erzzauberers entspannten. Den ersten Teil der Prüfung hatte er hinter sich gebracht, ohne es zu vermasseln. Gut.

Der ältliche Zauberer lächelte ein wenig; seine Augen blickten gütig. „Wir spüren deine Macht, Medivh", erklärte er dem Novizen. „Wir bewundern deine Konzentration und deinen Wissensdurst. Wir prüfen und erkunden deine Kräfte, so gut wir eben können, doch bedauerlicherweise kann die wichtigste aller Fragen erst beantwortet werden, wenn es bereits zu spät ist."

Medivh versteifte sich. Zu spät? Was meinte Antonidas damit?

„Das Leben eines Wächters verlangt nach Opfern, von denen du dir jetzt noch nicht den geringsten Begriff machen kannst. Dennoch fragen wir dich schon heute, da du als Knabe vor uns stehst, ob du bereit bist, dich für alle Zeiten dieser Berufung zu verschreiben?"

Antonidas' Augen wurden schmaler und seine Stimme härter. *Jetzt kommt's*, dachte Medivh. „Bist du gewillt, dich auf jede nur erdenkliche Weise auf jenen Tag vorzubereiten, an dem du der Meister des Turms von Karazhan sein wirst?"

Medivh zögerte nicht: „Das bin ich."

„Dann *beweise dich*!"

Die Kreatur wurde aus den Schatten geboren, die selbst die Lichtmagie nicht zu vertreiben vermochte. Aus einem Splitter Dunkelheit verwandelte sie sich in ein ausgewachsenes, unförmiges tintenschwarzes *Ding*, das über dem Jungen aufragte. Medivh ging instinktiv in Kampfposition – eine Reaktion, die ihm mit solchem Nachdruck eingedrillt worden war, dass er handelte, ohne nachzudenken. Das Monstrum öffnete sein Maul voller Zähne, die so lang waren wie Medivhs Arm, und stieß eine Reihe von Lauten aus, die dafür sorgten, dass sich dem Jungen die Eingeweide zusammenzogen. Als das Ding über ihm emporragte, erkannte er, dass es weder so etwas wie natürliche Tiefe noch klare Konturen besaß. Das ließ es nur noch furchteinflößender wirken – ein Albtraumgeschöpf mit Händen, die in rasiermesserscharfen Klauen endeten …

Keine natürliche Tiefe, keine klaren Konturen.

Die Kreatur war nicht real. Natürlich war sie nicht real! Medivh warf einen raschen Blick in die Runde und sah sofort, dass der Zauberer Finden etwas in seinen dichten, buschigen weißen Bart murmelte. Der Junge hatte Mühe, sich ein Grinsen zu verkneifen.

Er hob seine Hand. Auf seiner Handfläche bildete sich eine kleine Kugel aus gleißender weißer Energie, die Medivh geradewegs nach Finden schleuderte. Die weiße Kugel flachte sich zu einem kleinen Rechteck ab, das sich mit solcher Macht um Findens Kiefer wickelte, dass der ältliche Zauberer ins Wanken geriet. Seine Gefährten hielten ihn aufrecht; die einzige Verletzung, die der Magier davontrug, galt wahrscheinlich seinem übermäßig aufgeblähten Ego.

Das Schattending verschwand. Medivh schaute zu Antonidas empor und gestattete sich den leichtesten Anflug eines Lächelns. Antonidas' Augen tanzten, als sich ihre Blicke trafen.

„Das war zwar nicht ganz das, was ich erwartet hatte", gab der Erzzauberer zu, „aber … wirkungsvoll."

Der Boden unter Medivhs Füßen begann sich zu bewegen. Überrascht sprang er zurück und verfolgte, wie sich die intarsierte Pupille des Auges der Kirin Tor öffnete wie eine Iris. Medivh stand da wie gebannt, als ein Wasserschwall sprudelnd aus der Öffnung quoll, und stieß ein scharfes Keuchen aus, als ihm klar wurde, dass es sich bei dem, was er für aufgewühltes Wasser gehalten hatte, in Wahrheit um eine weiße Flamme handelte, die unfassbarerweise in der wässrigen Tiefe brannte.

Über ihm murmelte Antonidas eine Zauberformel und schwebte von dem Ring weiter oben behutsam herab, um sich lächelnd neben seinen Schüler zu stellen.

„Gib mir deine Hand, Medivh“, sagte Antonidas. Schweigend gehorchte der Junge und legte seine kleine, blasse Hand in die seines Meisters, deren Haut weiß wie Papier war. Der Erzzauberer drehte die Hand um, sodass Medivhs Handfläche nach oben wies. „Der Tag wird kommen, an dem dich der Ruf ereilt, zu dienen.“

Medivhs Blick glitt von Antonidas’ zerfurchtem, ernstem Gesicht zu der weißen Flamme und wieder zurück. „Der Schwur, den du leistest, ist mit Licht geschmiedet“, fuhr der Magier fort. Mit einer seiner Hände hielt er weiterhin Medivhs Hand umfasst, während er den weißen Ärmel des Jungen mit der anderen mit einem Geschick bis zum Ellbogen hochkrempelte, das angesichts von Antonidas’ Alter ein wenig überraschte. Behutsam drehte er Medivh so, dass der Junge dem Feuer gegenüberstand, das in den Tiefen des Wassers brannte. Medivh zuckte zusammen; das unnatürliche, aber wunderschöne weiße Feuer war heißer, als er erwartet hatte. Sein Blick fiel auf seinen ausgestreckten Arm, und er fühlte einen Knoten des Unbehagens in seiner Magengrube, einen kalten Klumpen angesichts der unvorstellbaren Hitze.

„Kein Zauberer soll dir ebenbürtig sein, und keiner dein Meister. Deine Verantwortung wird absolut sein.“

Antonidas gab Medivhs Hand frei und schob ihn vorwärts. Die Augen des Jungen weiteten sich, und sein Atem ging schneller. Was auch immer jetzt passieren würde: Er wusste, dass es ihn nicht umbringen würde. Der Rat würde ihn nicht töten.

Oder doch?

Würden sie ihn sterben lassen, wenn sie ihn in irgendeiner Hinsicht als mangelhaft befanden? Bis zu diesem Moment war ihm dieser Gedanke noch nie in den Sinn gekommen, und die Kälte in seinem Innern nahm zu, breitete sich mit jedem Schlag seines rasch klopfenden Herzens weiter aus und ließ ihn frösteln, obwohl er sein Gesicht am liebsten von der Hitze des magischen Feuers abgewandt hätte. Sein Instinkt schrie ihm zu, seine Hand zurückzureißen, doch der Druck in seinem Rücken trieb ihn erbarmungslos vorwärts. Mit staubtrockenem Mund versuchte Medivh krampfhaft zu schlucken, während sich sein Arm der flackernden weißen Flammenzunge näherte.

Plötzlich schoss die Flamme vor und schlang sich einer qualvollen Umarmung gleich um Medivhs ausgestreckten Arm. Tränen schossen ihm in die Augen, als die Flamme ihm ein Muster in die Haut sengte. Er zerbiss einen Schrei zwischen den Zähnen und zog seinen Arm zurück. Der Geruch seines eigenen verbrannten Fleisches füllte seine Nasenlöcher, als er auf die vormals makellose Haut seines Unterarms hinabstarrte.

Das noch immer rauchende Auge der Kirin Tor begegnete seinem Blick. Er war angenommen worden. Gezeichnet.

Der Schmerz nagte nach wie vor an ihm, doch seine Ehrfurcht verscheuchte ihn. Langsam hob Medivh den Blick, um die Männer und Frauen anzusehen, die nur Sekunden zuvor ihr Urteil über ihn gefällt hatten. Alle sechs hatten ihre Häupter jetzt in einer Geste der Zustimmung gesenkt … der Zustimmung – und des Respekts.

Kein Zauberer soll dir ebenbürtig sein, und keiner dein Meister.

„Wächter", sagte Antonidas, und seine Stimme zitterte vor Stolz.

1

Die Reise war lang und anstrengend gewesen – härter, als Durotan, Sohn von Garad, Sohn von Durkosh, es je für möglich gehalten hätte.

Der Clan der Frostwolf-Orcs war als einer der letzten dem Ruf des Hexenmeisters Gul'dan gefolgt. Wie ihre alten Geschichten erzählten, waren die Frostwölfe früher einmal Nomaden gewesen – bis einer ihrer Häuptlinge, der dem Frostfeuergrat fast ebenso treu ergeben war wie seinem Clan, die Geister um die Erlaubnis gebeten hatte, dort bleiben zu dürfen. Sie hatten seinem Wunsch stattgegeben, und für eine Zeit, die fast so lang währte wie ihr Behüter, Väterchen Berg, war der Clan im Norden geblieben. Unabhängig, stolz und stark im Angesicht jeder Herausforderung, die sich ihm gestellt hatte.

Doch irgendwann war Väterchen Berg aufgebrochen, um flüssiges Feuer auf ihr Dorf zu ergießen, und so waren die Frostwölfe gezwungen gewesen, ihr unstetes Nomadenleben wieder aufzunehmen. Ihre Wanderschaft hatte sie von Ort zu Ort geführt, und obwohl der Clan große Not litt, hatte Gul'dan, der Hexenmeister – eine gebeugte, unheilvolle Gestalt, deren Haut in einem unnatürlichen Grün schimmerte –, sie zweimal bitten müssen, sich seiner Horde anzuschließen, bevor Durotan schließlich eingewilligt hatte. Es war ihm keine Wahl geblieben, wenn sein Volk überleben sollte.

Gul'dan war mit großen Versprechen zu den angeschlagenen Frostwölfen gekommen, und Durotan war entschlossen, den Hexenmeister beim Wort zu nehmen. Draenor, ihre Heimat ebenso wie die der Geister von Erde, Luft, Wasser, Feuer und Leben, lag im Sterben. Gul'dan jedoch behauptete, eine andere Welt zu kennen, eine Welt, in der die stolze Rasse der Orcs fette Beute jagen, ihr Maß an kaltem, klarem Wasser trinken und so leben konnte, wie es ihnen von Natur aus zugedacht war – mit Leidenschaft und Stolz. Es war ihnen nicht bestimmt, im Staub zu kriechen, ausgezehrte Opfer der Verzweiflung, während ihre ganze Welt um sie herum verdorrte und einging.

Denn genau das taten die Frostwölfe jetzt, als sie sich die letzten paar Meilen ihrer erschöpfenden Reise dahinschleppten. Einen geschlagenen Vollmond lang war sein Clan vom Norden her bis zu diesem ausgedörrten, sengend heißen Ort gezogen. Viel Wasser hatte es unterwegs nicht gegeben und noch weniger zu essen. Einige waren umgekommen, außerstande, die körperlichen Belastungen des langen Marsches zu ertragen. Durotan fragte sich, ob der Lohn die Strapazen am Ende tatsächlich wert sein würde? Er betete zu den Geistern – die ihn kaum noch hören konnten, so schwach waren sie bereits geworden –, dass dem so war.

Auf dem Marsch trug Durotan die beiden Waffen, die ihm nach dem Tod seines Vaters zugefallen waren. Eine war Donnerschlag, ein teils lederumwickelter Speer mit eingravierten Runen. Für jedes Leben, das der Speer genommen hatte, war eine Kerbe in den hölzernen Schaft geritzt. Ein Längsschnitt stand für ein getötetes Tier; ein Schnitt quer zum Schaft für einen Orc. Die meisten Kerben auf dem Schaft verliefen in Längsrichtung, aber es gab auch mehrere Querstriche.

Die andere Waffe, die einst sein Vater geführt hatte und davor Durkosh, dessen Vater, war die Axt Spalter. Durotan achtete stets darauf, dass die Schneide so scharf blieb wie an dem Tag, als sie geschmiedet worden war. Bislang war Spalter seinem Namen mehr als gerecht geworden.

Durotan ging zu Fuß und überließ es denjenen, die schwächer oder krank waren, auf den mächtigen weißen Frostwölfen zu reiten, die dem Clan nicht nur dazu, sondern auch als lebenslange Gefährten dienten. Neben ihm marschierte sein Stellvertreter, Orgrim Schicksalshammer; die gewaltige Waffe, der seine Blutlinie ihren Namen verdankte, hatte er sich auf den breiten braunen Rücken gebunden. Orgrim gehörte zu den wenigen, die Durotan fast besser kannten als er sich selbst; zu den wenigen, denen er nicht bloß sein eigenes Leben anvertraute, sondern gleichermaßen das seiner Gefährtin und seines noch ungeborenen Kindes.

Draka – Kriegerin, Gefährtin und werdende Mutter – ritt auf Eis, ihrem Wolf, neben Durotan her. Wie es sich geziemte, war sie den Großteil der Reise über neben ihm hermarschiert, bis Durotan sie schließlich darum gebeten hatte aufzusitzen. „Wenn schon nicht um deiner selbst willen oder zum Wohle des Kindes, dann für mich“, hatte er erklärt. „Es ist ziemlich ermüdend, sich ständig zu fragen, wie lange es wohl noch dauert, bis du in den Staub kippst."

Sie hatte ihn angegrinst, wobei sich ihre Lippen über ihre kleinen Hauer wölbten und in ihren dunklen Augen jene Fröhlichkeit funkelte, die er so an ihr liebte. „Hm", hatte sie entgegnet, „dann reite ich eben, und wenn auch bloß, weil ich Angst habe, dass dir der Blitz in den Rücken schießt, wenn du versuchst, mir aufzuhelfen."

Anfangs war die Stimmung gut gewesen. Der Clan hatte sich einem schrecklichen Feind – dem Rotläuferclan – gestellt und ihn bezwungen, doch außerdem hatten sie erfahren, dass sie von den geschwächten Geistern keine Hilfe mehr erwarten konnten.

Durotan hatte seinem Clan versichert, dass sie für alle Zeiten Frostwölfe bleiben würden, selbst wenn sie sich mit anderen Orcs der Horde zusammenschlossen. Der Gedanke an Fleisch, Obst, Wasser und frische Luft – allesamt Dinge, die der Clan dringend brauchte – war ermutigend. Das Problem, wurde Durotan irgendwann klar, bestand darin, dass der Clan – und auch er selbst, wenn er ehrlich sein wollte – in der Überzeugung aufgebrochen war, dass ihre Schwierigkeiten bald der Vergangenheit angehören würden. Gleichwohl, die Fährnisse ihrer Reise hatten sie schon bald eines Besseren belehrt.

Ohne innezuhalten, wandte er sich so weit um, dass er den Blick über seinen Clan schweifen lassen konnte. Seine Frostwölfe marschierten nicht mit großen Schritten, sie schlurften ihres Weges; außerdem lastete eine solche Aura der Erschöpfung auf ihnen, dass ihm das Herz schwer wurde.

Als seine Gefährtin ihn flüchtig an der Schulter berührte, wandte er seine Aufmerksamkeit wieder ihr zu. Er schenkte ihr ein gezwungenes, müdes Lächeln.

„Du siehst aus, als solltest eigentlich du reiten, nicht ich“, sagte sie sanft.

„Wir werden alle reiten können“, sagte er, „sobald wir so viel Fleisch haben, dass unsere Wölfe sich mit vollen Bäuchen neben uns ausstrecken.“

Ihr Blick glitt von ihrem eigenen Bauch zu seinem, und sie kniff neckisch die Augen zusammen. Er lachte, überrascht von ihrer Heiterkeit, beinahe überzeugt davon, dass er selbst längst vergessen hatte, wie sich das überhaupt anfühlte: Heiterkeit. Fröhlichkeit. Unbeschwertheit. Draka wusste stets, was sie tun musste, um ihn zu besänftigen, sei es durch ihr Lachen, durch ihre Liebe oder gelegentlich auch durch einen Knuff in die Seite, um ihm dabei zu helfen, seinen Kopf wieder klarzubekommen. Und ihr Kind …

Es war der wahre Grund dafür, dass sie den Frostfeuergrat verlassen hatten. Draka war die einzige schwangere Frostwölfin. Und letzten Endes hatte er einfach keine Rechtfertigung dafür gefunden, zuzulassen, dass sein Kind – überhaupt *irgendein* Orc-Kind – in eine Welt hineingeboren wurde, die es nicht ernähren konnte.

Durotan streckte die Hand aus, um den Bauch zu berühren, dessentwegen er sie eben noch geneckt hatte; er legte seine riesige braune Hand darauf und auf das winzige Leben, das darin wuchs. Ihm gingen die Worte durch den Sinn, die er am Vorabend ihres Aufbruchs an seinen Clan gerichtet hatte: *Was auch immer die Legenden uns über die Vergangenheit berichten, was auch immer die Rituale uns vorschreiben, welche Regeln oder Gesetze oder Traditionen wir auch haben mögen – letztlich gibt es nur ein Gesetz, nur eine Tradition, gegen die niemals verstoßen werden darf. Und dieses Gesetz besagt, dass ein Häuptling alles tun muss, was für seinen Clan das Beste ist.*

Er spürte einen kräftigen, raschen Druck gegen seine Handfläche und grinste erfreut, als sein Kind ihm beizupflichten schien, dass er die richtige Entscheidung getroffen hatte. „Wenn unser Kind könnte, würde es bereits neben dir hermarschieren", sagte Draka.

Bevor Durotan darauf etwas erwidern konnte, rief jemand nach ihm. „Häuptling! Da sind sie!"

Nach einer letzten Liebkosung wandte Durotan seine Aufmerksamkeit Kurvorsh zu, einem der Späher, die er vorausgeschickt hatte. Die meisten Frostwölfe hatten ihr Haar behalten, was im frostigen Norden nur vernünftig gewesen war. Kurvorsh hingegen hatte sich wie viele andere dazu entschlossen, seinen Schädel kahl zu rasieren, sobald sie nach Süden reisten, um bloß eine einzelne lange Strähne übrig zu lassen, die er zu einem Zopf geflochten hatte. Sein Wolf blieb vor Durotan stehen; die Zunge hing dem in der Hitze hechelnden Tier aus dem Maul.

Durotan warf Kurvorsh einen Wasserschlauch zu. „Trink erst etwas, und dann berichte." Kurvorsh nahm durstig einige große Schlucke, eher er seinem Häuptling den Schlauch zurückgab.

„Am Horizont habe ich eine Reihe von Behausungen entdeckt", erklärte er, während er allmählich wieder zu Atem kam. „Zelte, genau wie unsere. Und so viele! Ich sah den Rauch von Dutzenden ... nein, von Hunderten Herdfeuern, und sie haben Wachtürme aufgestellt, um uns kommen zu sehen." Er schüttelte verwundert den Kopf. „Gul'dan sprach die Wahrheit, als er sagte, dass er sämtliche Orcs von Draenor versammeln würde."

Eine Last wich von Durotans Schultern, von der er niemals auch nur zugegeben hätte, dass er darunter litt. Nicht einmal sich selbst gegenüber hatte er die Möglichkeit eingestanden, dass sie zu spät kommen könnten, oder gar, dass diese ganze Sache mit der Zusammenkunft eine einzige riesige Übertreibung gewesen war. Dementsprechend waren Kurvorshs Worte für den erschöpften Häuptling ein größerer Trost, als der Späher ahnen konnte.

„Wie weit entfernt?“, fragte er.

„Ungefähr einen halben Sonnenlauf. Wir sollten rechtzeitig genug dort sein, um unser Nachtlager aufschlagen zu können.“

„Vielleicht haben sie etwas zu essen“, sagte Orgrim. „Irgendwas frisch Erlegtes, das auf einem Spieß brät. Grollhufe kommen nicht so weit nach Süden, oder? Wovon ernähren sich diese Südländer eigentlich?“

„Was auch immer das sein mag, ich bin sicher, dass du es verschlingen wirst, solange es frisch erlegt ist und auf einem Spieß brät, Orgrim“, sagte Durotan. „Und auch sonst“, fügte er hinzu, „würde wohl keiner von uns ein solches Mahl ausschlagen. Doch wir sollten so etwas lieber nicht von vornherein erwarten. Wir sollten überhaupt nichts erwarten.“

„Man hat uns darum gebeten, uns der Horde anzuschließen, und das haben wir getan.“ Das war Drakas Stimme, doch sie erklang neben statt über ihm. Sie war abgestiegen. „Wir tragen unsere Waffen bei uns, von Speeren über Pfeil und Bogen bis zu unseren Kriegshämmern, und wir bringen unser Jagd- und Überlebensgeschick mit. Wir kommen, um der Horde zu dienen, um allen dabei zu helfen, stark zu werden und zu essen. Wir sind Frostwölfe. Sie werden froh sein, dass wir hier sind.“

Ihre Augen blitzten, und sie hob leicht ihr Kinn. Einst, als sie noch jung und zart war, war Draka eine Verbannte gewesen. Sie war als eine der wildesten Kriegerinnen zurückgekehrt, die Durotan je kennengelernt hatte, und hatte den Frostwölfen zudem Wissen über andere Kulturen gebracht, über andere Arten, zu leben, die sich jetzt zweifellos als wertvoll erweisen würden.

„Meine Gefährtin hat recht", sagte Durotan. Er schickte sich an, sie wieder auf den Rücken von Eis zu heben, doch sie streckte ihm die Hand entgegen: *Nein.*

„Sie *hat* recht", stimmte Draka mit einem kleinen Lächeln zu. „Und sie wird Seite an Seite mit ihrem Häuptling und Gefährten bei dieser Zusammenkunft der Horde erscheinen."

Durotans Blick schweifte gen Süden. So lange Zeit war der Himmel gnadenlos klar gewesen, ohne die geringste Chance auf Regen. Jetzt jedoch sah er den dunklen Schemen einer grauen Wolke. Während er die Wolke noch betrachtete, wurde die aufquellende Masse unvermittelt von innen heraus von einem Blitz erhellt, der in einem unheilvollen Grünton glomm.

Kurvorsh hatte ihre Marschgeschwindigkeit gut eingeschätzt. Als sie das Lager erreichten, stand die Sonne bereits tief am Horizont, doch auch so blieb dem Clan noch jede Menge Tageslicht, um seine Zelte zu errichten und das Abendessen vorzubereiten.

Der Klang so vieler durcheinanderredender Stimmen war Durotan fremd, und seinen Augen boten sich so viele ungewohnte Anblicke dar, dass es ihn beinah erschöpfte. Sein Blick schweifte über die großen, kreisrunden Zelte, ähnlich dem, das er sich mit Draka teilte, und verharrte dann auf einer Wiese, die abgeteilt worden war, damit dort Kinder aus verschiedenen Clans miteinander spielen konnten. Er nahm all die Gerüche und Geräusche in sich auf – Unterhaltungen, Gelächter, die raue Melodie eines

Lok'vadnod, das von vielen Kehlen gemeinsam gesungen wurde, das Dröhnen der Trommeln, so vieler, dass Durotan die Erde unter seinen Füßen beben spürte. Da waren die Düfte von Lagerfeuern und Getreidekuchen, die gerade gebacken wurden, von über offenem Feuer gebratenem Fleisch und von blubbernden Eintöpfen, allesamt untermalt vom strengen, jedoch nicht unangenehmen Moschusgeruch von Wolfsfell und Orc, der ihm in der Nase kitzelte.

Kurvorsh hatte nicht übertrieben; wenn überhaupt, hatte er das Ausmaß dieses scheinbar endlosen Lagers mit seinen Unterkünften aus Fell und Holz zu bescheiden dargestellt. Durotan wusste, dass die Frostwölfe einer der kleinsten Clans waren. Für einen Moment war er von dem Anblick jedoch dermaßen überwältigt, dass er nicht zu sprechen vermochte. Es dauerte eine Weile, bis er schließlich die richtigen Worte fand.

„So viele Clans an einem Ort versammelt, Orgrim. Die Lachenden Schädel, die Schwarzfels-Orcs, der Kriegshymnenclan ... Alle wurden hergerufen."

„Das wird ein mächtiger Kriegstrupp", sagte sein zweiter Mann. „Ich frage mich bloß, wer dann noch übrig bleibt, gegen den man kämpfen kann?"

„Frostwölfe."

Die Stimme klang gleichgültig, fast gelangweilt, und als Durotan und Orgrim sich umdrehten, sahen sie zwei große, kräftige Orcs auf sich zumarschieren. Angesichts des Umstands, dass das Land starb und viele Orcs zu wenig zu essen hatten, waren sie ungewöhnlich groß und muskelbepackt. Im Gegensatz zu den Frostwölfen, die bloß wenige Stücke Ketten- oder Plattenpanzer trugen, sondern sich größtenteils auf den Schutz von stachelbewährtem Leder verließen, trugen diese Orcs an den

Schultern und sogar auf der Brust makellose, unverbeulte, schimmernde Plattenpanzer. Sie waren mit Speeren bewaffnet und bewegten sich mit gleicher Zielstrebigkeit.

Allerdings waren es nicht ihre gesunden, muskelbepackten Körper oder ihre neuen, strahlenden Rüstungen, die Durotans Blick auf sich zogen.

Sondern vielmehr der Umstand, dass diese Orcs *grün* waren.

Die Grünschattierung war vergleichsweise subtil und wesentlich weniger offensichtlich als der fast laubgrüne Ton von Gul'dan, dem Anführer der Horde, der mit seiner gleichermaßen grünhäutigen Sklavin Garona nach Norden gekommen war. Diese Nuance indes war dunkler, mehr wie das typische Braun von Orc-Haut, doch der Grünstich – dieser sonderbare, unnatürliche Grünstich – war trotzdem da.

„Wer von euch ist der Häuptling?", verlangte einer der Grünen zu wissen.

„Ich habe die Ehre, die Frostwölfe anzuführen", grollte Durotan und trat vor. Die Orcs musterten ihn von Kopf bis Fuß, ehe ihr abschätziger Blick auf Orgrim fiel. „Ihr beide. Folgt mir. Schwarzfaust wünscht euch zu sehen."

„Wer ist Schwarzfaust?", wollte Durotan wissen.

Einer der grünen Orcs blieb abrupt stehen und wandte sich um. Er grinste – kein sonderlich hübscher Anblick.

„Nun, Frostwolf-Welpe", sagte er. „Schwarzfaust ist der Anführer der Horde."

„Du lügst!", schnappte Durotan. „Gul'dan ist das Oberhaupt der Horde!"

„Gul'dan ist derjenige, der uns alle hergeholt hat", sagte der zweite Orc. „Er ist derjenige, der uns den Weg in ein neues Land weisen kann. Doch er hat Schwarzfaust ausgewählt, um die Horde in die Schlacht zu führen, auf dass wir über unsere Feinde triumphieren mögen."

Durotan und Orgrim tauschten einen Blick miteinander. Als Gul'dan mit seinem Vater Garad oder mit Durotan selbst gesprochen hatte, war von einer Schlacht um das „neue Land" keine Rede gewesen. Er war ein Orc, ja, noch mehr als ein Orc: Er war ein Frostwolf-Häuptling. Er würde gegen jeden kämpfen, gegen den er kämpfen musste, um die Zukunft seines Volkes zu sichern. Die Zukunft seines ungeborenen Kindes. Doch dass Gul'dan es nicht für nötig gehalten hatte, diesen Umstand zu erwähnen, erfüllte ihn mit Sorge.

Er und Orgrim waren Freunde seit Kindertagen und wussten stets, was gerade im Kopf des anderen vorging. Und so hielten sie jetzt beide ihre Zunge im Zaum.

„Schwarzfaust hat Anweisungen für eure Ankunft gegeben", erklärte der erste Orc, um mit einem spöttischen Grinsen hinzuzufügen: „Für den Fall, dass ihr tatsächlich den Mut aufbringen würdet, dem Frostfeuergrat den Rücken zu kehren."

„Unser Zuhause ist nicht mehr", entgegnete Durotan rundheraus. „Genauso, wie eures nicht mehr ist, welchem Clan ihr auch angehört."

„Wir sind Schwarzfelsen", sagte der zweite Orc mit stolzgeschwellter Brust. „Schon, bevor Gul'dan ihm den Ruhm zuteilwerden ließ, die Horde anzuführen, war Schwarzfaust unser Häuptling. Komm mit uns, Frostwolf. Lass deine Gefährtin hier. Dort, wo wir hingehen, sind bloß Krieger willkommen."

Durotan zog die Augenbrauen zusammen, und ihm lag bereits eine scharfe Erwiderung auf der Zunge, als sich Drakas trügerisch sanfte Stimme vernehmen ließ: „Geh mit Orgrim und triff dich mit Schwarzfaust, mein Liebster", sagte sie. „Der Clan wird auf eure Rückkehr warten." Und sie lächelte.

Sie wusste, wann es zu kämpfen galt und wann Diplomatie gefragt war. Sie war mit jeder Faser ebenso eine Kriegerin wie er, doch ihr war klar, dass jene, die mehr nach Konfrontation strebten denn nach Nahrung für ihr Volk, sie in ihrem gegenwärtigen „Zustand" nicht für voll nehmen würden.

„Dann such uns einen Platz zum Lagern", trug er ihr auf. „Unterdessen spreche ich mit diesem Schwarzfaust vom Schwarzfelsclan."

Die Wachen führten ihn und Orgrim durch das Lager. Familien mit Kindern, umringt von Kochgerät und Schlaffellen, mischten sich unter Orcs mit Narben und harten Augen, die Waffen und Rüstungen reinigten, ausbesserten und schmiedeten. Aus dem Zelt eines Schmieds drang das Klirren eines Hammers auf Metall. Andere Orcs meißelten aus Steinen Räder. Wieder andere befiederten Pfeile und schärften Messer. Alle warfen den beiden Frostwölfen flüchtige, abschätzende Blicke zu, die Durotan so deutlich spürte wie eine körperliche Berührung.

Das Geräusch von Stahl auf Stahl und der Ausruf „Lok'tar ogar!" drang an Durotans Ohren. *Sieg oder Tod.* Was ging hier vor? Ohne auf seine Eskorte zu warten, näherte er sich der Quelle des Tumults und bahnte sich seinen Weg durch die versammelte Menge, bis er eine gewaltige, kreisrunde Arena erreichte, in der Orcs gegeneinander kämpften.

Gerade hechtete eine geschmeidige Orcin, die bloß mit zwei merkwürdig aussehenden Dolchen bewaffnet war, unter dem Arm eines Orcs hindurch, der einen Morgenstern schwang, und zog ihm mit ihren Klingen zwei rötlich schwarze Linien über die Rippen. Sie hatte die Chance, ihren Gegner sauber zu erledigen, doch das tat sie nicht. Durotans Blick schweifte zu einer anderen Gruppe von Orcs, diesmal vier gegen einen, und dann weiter zu einem Kampf Mann gegen Mann.

„Übungskämpfe“, sagte er zu Orgrim, und sein Körper entspannte sich ein wenig. Er runzelte die Stirn. Die braune Haut von gut einem Drittel der Orcs, die hier trainierten, hatte denselben dunklen Grünstich wie die ihrer Begleiter.

„Frostwölfe, hm?“, ertönte hinter ihnen eine dröhnende, tiefe Stimme. „Nicht unbedingt die Monster, die ich erwartet hatte.“

Die beiden drehten sich um und sahen sich einem der größten Orcs gegenüber, die Durotan je zu Gesicht bekommen hatte. Weder er noch Orgrim waren sonderlich klein – tatsächlich war Orgrim in ihrem Clan der kräftigste Orc seit mehreren Generationen –, doch zu diesem Orc hier musste sogar Durotan aufschauen. Seine Haut – von dunklem, echtem Braun ohne eine Spur von Grün – glänzte, entweder vor Schweiß oder vor Öl, und war mit Tätowierungen übersät. Seine gewaltigen Hände waren komplett schwarz vor Tinte, und in seinen Augen glomm Belustigung, als er sie musterte.

„Du wirst feststellen, dass wir unserem Ruf mehr als gerecht werden“, sagte Durotan gelassen. „Du wirst in deiner neuen Horde keine besseren Jäger finden als uns, Schwarzfaust vom Schwarzfelsclan.“

Schwarzfaust warf den Kopf zurück und lachte. „Wir brauchen keine Jäger“, sagte er. „Wir brauchen Krieger. Bist du denen ebenbürtig, die vor dir kamen, Durotan, Sohn von Garad?“

Durotan blickte zu dem blutenden Orc hinüber, der von seiner Angreiferin kalt erwischt worden war. „Besser“, sagte er, und das war die Wahrheit. „Als Gul’dan zu uns kam, um die Frostwölfe zu bitten, sich der Horde anzuschließen ... *zweimal* ... erwähnte er nichts davon, dass wir für dieses gelobte Land kämpfen müssen.“

„Ah“, sagte Schwarzfaust. „Aber wo bliebe da der Spaß, wenn uns alles so einfach in den Schoß fiele? Immerhin sind wir Orcs. Und jetzt sind wir sogar eine ganze *Horde* von Orcs! Und wir werden diese neue Welt erobern. Jedenfalls“, fügte er hinzu, „jene von uns, die tapfer genug sind, dafür in die Schlacht zu ziehen. Du hast doch keine Angst, oder?“

Durotan gestattete sich ein winziges Lächeln; seine Lippen um seine unteren Stoßzähne kräuselten sich. „Das Einzige, was ich fürchte, sind leere Versprechungen.“

„Kühn“, sagte Schwarzfaust beipflichtend. „Und unverblümt. Das ist gut. In meiner Armee ist kein Platz für Stiefellecker. Ihr seid gerade noch zur rechten Zeit gekommen, Frostwolf. Noch eine Sonne, und ihr wäret zu spät gewesen. Dann hätten wir euch mit den Alten und Gebrechlichen zurückgelassen.“

Durotan legte die Stirn in Falten. „Du würdest jemanden zurücklassen?“

„Anfangs ja – so hat Gul’dan es befohlen“, sagte Schwarzfaust.

Durotan dachte an seine Mutter, die Wissenshüterin Geyag, an Drek’Thar, den betagten Schamanen ihres Clans, an die Kinder ... und an sein Weib, die sein Fleisch und Blut unter dem Herzen trug. „Dergleichen habe ich nie zugestimmt!“

„Falls du damit nicht einverstanden bist, wäre es mir

ein großes Vergnügen, die Angelegenheit bei einem Mak'gora auszukämpfen."

Das Mak'gora war eine uralte Tradition, die alle Orcs kannten und praktizierten. Es war ein Ehrenkampf, ein Kampf Mann gegen Mann, eine Herausforderung, die man annehmen musste. Und man focht bis zum Tod. Vor einigen Monaten hatte sich Durotan angesichts der schwindenden Zahl seines Clans geweigert, einen anderen Frostwolf zu erschlagen, den er beim Mak'gora bezwungen hatte. Schwarzfaust schienen solche Bedenken fremd zu sein.

„Gul'dan wird uns morgen bei Sonnenaufgang in unser neues Heimatland führen", sagte Schwarzfaust. „Diese erste Welle, die ausschließlich aus Kriegern besteht, wird über unsere Feinde hereinbrechen und sie hinwegspülen. Die Besten, die die Horde aufzubieten hat. Du solltest jene aus deinem Clan mitbringen, die jung, gesund, flink und wild sind – eure besten Kämpfer."

Durotan und Orgrim wechselten einen Seitenblick. Falls in diesem Land tatsächlich Gefahren auf die unter ihnen lauerten, die am verletzlichsten waren, war das zweifellos eine vernünftige Strategie. Das war das, was die Starken tun sollten.

„Deine Worte machen Sinn, Schwarzfaust", erklärte er widerstrebend. „Die Frostwölfe werden sich fügen."

„Gut", sagte Schwarzfaust. „Ihr Frostwölfe seht vielleicht nicht aus wie Monster, doch ich würde es hassen, euch töten zu müssen, ohne zuvor zumindest die Möglichkeit gehabt zu haben, euch alle kämpfen zu sehen. Komm, ich zeige dir die ungezügelte Kampfkraft, die wir entfesseln werden, wenn wir über diese nichtsahnenden Lande herfallen."

2

Als Orgrim und Durotan schließlich zurückkehrten, war die Dunkelheit bereits hereingebrochen. Unter Drakas Aufsicht hatte der Clan inzwischen die provisorischen Reisezelte aufgeschlagen. Vor jedem davon hing ein Frostwolf-Banner mit dem Symbol des Clans – einem weißen Wolf auf blauem Grund – schlaff in der stillen, trockenen Luft. Durotan ließ seinen Blick über das beträchtliche Meer von Biwaks schweifen; nicht bloß über die der Frostwölfe, sondern ebenso über die der anderen Clans. Sie waren ebenfalls mit Fahnen geschmückt, die genauso verschlissen aussahen, wie Durotan sich fühlte.

Mit einem Mal regten sich die Banner, und eine sanfte Brise brachte den willkommenen Duft von gebratenem Fleisch mit sich. Durotan schlug seinem Begleiter auf den Rücken. „Was immer uns morgen auch erwarten mag, zumindest haben wir heute Nacht zu essen!“

„Mein Magen wird dankbar dafür sein“, entgegnete

Orgrim. „Wann haben wir das letzte Mal etwas verspeist, das größer war als ein Hase?“

„Ich kann mich nicht erinnern“, sagte Durotan, und schlagartig kam die Ernüchterung. Wild war auf der Reise hierher fast noch rarer gewesen als im eisigen Norden. Sie hatten unterwegs hauptsächlich kleine Nagetiere erbeutet. Er dachte an die Talbuks, wilde, hirschähnliche und ausgesprochen wohlschmeckende Kreaturen, und an die riesigen Grollhufe – sie zu erlegen war zwar eine echte Herausforderung, doch dafür hatten sie den Clan einst anständig ernährt. Er fragte sich, was für Tiere Gul'dan wohl hier in der Wüste gefunden hatte, gelangte dann aber zu dem Schluss, dass er das eigentlich gar nicht wissen wollte.

Als sie sich dem Frostwolf-Lager näherten, schlug ihnen Gelächter entgegen. Durotan strebte mit großen Schritten voran und fand Draka, Geyah und Drek'Thar um eines der Feuer sitzend. Zusammen mit Orgrim Schicksalshammer waren diese drei so etwas wie Durotans Kreis von Ratgebern. Sie standen ihm stets mit vernünftigen Vorschlägen zur Seite, und als Durotan sich jetzt an Schwarzfausts Befehle erinnerte, regte sich Unmut in ihm. Wenn es nach dem tätowierten Orc-Hauptmann ging, würden außer Orgrim alle von ihnen zurückbleiben müssen. Andere Familien drängten sich um ähnlich kleine Feuer. Dichtbei dösten erschöpfte Kinder. Allerdings sah Durotan, dass ihre Bäuche zum ersten Mal seit Monaten rund von Essen waren, und das erfüllte ihn mit Freude.

In der Mitte des Feuers staken mehrere Spieße mit kleineren Tieren. Er warf Orgrim einen betrübten Blick zu. Wie es schien, mussten sie sich noch immer von Getier ernähren, das kaum größer war als ihre Fäuste. Doch zumindest war es Fleisch, und noch dazu frisches, sodass Durotan keinen Grund sah, sich zu beschweren.

Draka reichte ihm einen Spieß aus dem Feuer, und Durotan biss hinein. Das Fleisch war noch heiß, und er verbrannte sich den Mund, doch das scherte ihn nicht. Ihm war überhaupt nicht klar gewesen, wie lange es schon her war, seit er zuletzt frisches Fleisch gegessen hatte. Als sein gröbster Hunger schließlich gestillt war, berichtete Durotan den anderen, was Orgrim und er gesehen hatten und wie Schwarzfausts Plan aussah. Daraufhin herrschte einen Moment lang Schweigen.

„Wen wirst du mitnehmen?“, fragte Drek’Thar dann leise. Bei dieser Frage wandte Orgrim den Blick ab, doch seine Miene verriet Durotan, dass sein Freund erleichtert darüber war, dass er nicht der Häuptling und damit gezwungen war, die schlechten Neuigkeiten zu überbringen.

Durotan sagte ihnen die Namen, für die er sich auf dem Rückweg von Schwarzfaust im Stillen entschieden hatte. Draka, Geyah und Drek’Thar waren alles andere als begeistert. Durotans Ausführungen folgte von Neuem ein langes Schweigen, ehe Geyah das Wort ergriff.

„Ich werde deine Entscheidung nicht in Zweifel ziehen, mein Häuptling“, sagte sie. „Was mich betrifft, so stehe ich hinter dir. Als Drek’Thar und ich vom Geist des Lebens besucht wurden, sagte er mir, dass ich beim Clan bleiben müsse. Jetzt verstehe ich, was das bedeuten soll. Ich bin eine Schamanin, und ich kämpfe gut, aber es gibt andere, die jünger, stärker und schneller sind als ich. Ich bin die Wissenshüterin. Die Geister wachen über dich, doch sollte diese Vorhut fallen, bliebe so zumindest die Geschichte unseres Volkes lebendig.“

Er schenkte ihr ein dankbares Lächeln. Sie klang niedergeschlagen, doch er wusste, wie sehr es sie verlangte, an der Seite ihres Sohnes zu kämpfen. „Ich danke dir. Ihr wisst, dass ich kommen werde, um euch alle zu holen, sobald es dazu sicher genug ist."

„Auch ich habe Verständnis für diese besondere Lage", sagte Drek'Thar mit sorgengefärbter Stimme. Er deutete auf die Stoffbinde, die er stets um den Kopf trug, um seine toten Augen zu verbergen. „Ich bin blind und alt. Ich wäre nur eine Belastung."

„Nein", sagte Draka mit harter Stimmer. „Mein Liebster, denk noch einmal darüber nach, Drek'Thar mitzunehmen. Er ist Schamane, und die Geister haben uns gesagt, dass sie dort sein werden, in dieser Welt, die auf uns wartet. Solange es Erde, Luft, Feuer, Wasser und Leben gibt, wirst du einen Schamanen brauchen. Und Drek'Thar ist der Beste, den wir haben. Außerdem ist er Heiler, und", fügte sie hinzu, „seine Visionen könnten wichtig für dich sein."

Ein Schauder lief über Durotans Haut und sorgte dafür, dass sich die Härchen auf seinen Armen aufrichteten. Mehr als einmal hatten Drek'Thars Visionen Leben gerettet. Einst hatte eine Warnung vom Geist des Feuers gar den ganzen Clan vor der Vernichtung bewahrt. Wie konnte er Drek'Thar da nicht mitnehmen? „Aber du wirst nicht mit uns kämpfen", sagte er. „Bloß heilen und uns mit deinem Rat zur Seite stehen. Habe ich dein Wort darauf?"

„Wie immer, mein Häuptling. Es wird mir Ehre genug sein, dich zu begleiten."

Durotan sah Draka an. „Ich weiß, meine Liebste, dass du kämpfen kannst, aber ..." Er brach ab und erhob sich; eine Hand glitt zum Schaft von Spalter, seiner Axt.

Der Besucher war fast so gewaltig wie Schwarzfaust. Der Feuerschein warf Schatten auf eine Gestalt, die aussah, als wäre sie aus Stein gemeißelt. Schwarzfaust hatte ihn beeindruckt, doch dieser Orc war – wenn auch vielleicht nicht ganz so groß – dafür umso muskulöser und kräftiger. Genau wie Schwarzfaust war auch er von Tätowierungen gezeichnet, aber im Gegensatz zum Hauptmann, dessen Hände tiefschwarz gefärbt waren, war es bei diesem Orc der Kiefer, der so finster war wie die Mitternacht. Sein langes schwarzes Haar war zu einem Dutt zurückgebunden, und seine Augen funkelten im Glanz des Feuers.

„Ich bin Grom Höllschrei, Häuptling des Kriegshymnenclans", verkündete der Orc, während sein Blick über die Neuankömmlinge glitt. „Schwarzfaust sagte mir, dass die Frostwölfe zu guter Letzt doch noch eingetroffen sind." Er grunzte amüsiert und ließ einen Sack vor Durotans Füße fallen. „Essen", sagte er.

Der Sack zappelte und zuckte, wölbte sich hier und da. „Insekten", sagte Grom. „Am besten verspeist man sie lebend und roh." Er grinste. „Oder getrocknet und zu Mehl gemahlen. Der Geschmack ist nicht übel; etwas gewöhnungsbedürftig, aber in Ordnung."

„Ich bin Durotan, Sohn von Garad, Sohn von Durkosh", sagte Durotan, „und Grom Höllschrei, Häuptling des Kriegshymnenclans, ist an unserem Feuer willkommen."

Durotan entschied, die anderen Angehörigen des Clans, die rings um das Lagerfeuer versammelt waren, nicht eigens vorzustellen, da er keine übermäßige Aufmerksamkeit auf sie lenken wollte – nicht, wenn er vorhatte, Drek'Thar bei Sonnenaufgang mitzunehmen. Er suchte Drakas Blick, und sie nickte. Sie stand auf, berührte Drek'Thar und Geyah sanft an der Schulter und führte sie zu einem anderen Feuer hinüber.

Durotan wies auf die freien Plätze, und Grom ließ sich neben ihn und Orgrim sinken. Er nahm einen Spieß aus der Glut entgegen und biss mit Genuss in das vor Fett triefende Fleisch.

„Obwohl wir einander noch nie persönlich begegnet sind", sagte Durotan, „jagten einige Mitglieder deines Clans einst Seite an Seite mit den meinen, vor vielen Jahren."

„Ich entsinne mich, dass unsere Clanbrüder und -schwestern meinten, die Frostwölfe wären gute Jäger und redlich", stimmte Grom ihm zu. „Wenn auch vielleicht ein bisschen zu ...", er suchte nach dem richtigen Wort, „zurückhaltend."

Durotan verzichtete darauf, Grom zu sagen, was die Frostwölfe über den Kriegshymnenclan dachten. Dann wären Begriffe wie *impulsiv*, *laut, wild* und *verrückt* gefallen. Bis zu einem gewissen Grad zugegebenermaßen mit Bewunderung, jedoch nicht in jeder Hinsicht. Stattdessen sagte er: „Wie es scheint, ist es Gul'dan wahrhaftig gelungen, alle Clans zu vereinen."

Grom nickte. „Ihr wart der letzte, der sich uns anschloss", entgegnete er. „Eigentlich gab es wohl noch einen weiteren, aber der existiert nicht mehr. Jedenfalls sagt Gul'dan das."

Die Frostwölfe rutschten unbehaglich hin und her. Durotan fragte sich, ob Grom von den Rotläufern sprach? Falls dieser Clan tatsächlich bis auf den letzten Mann vernichtet war, war das eine gute Sache und kein Grund zur Trauer.

„Wir", sagte Grom mit einigem Stolz, „gehörten zu den ersten. Als Gul'dan zu uns kam und erklärte, er kenne einen Weg, um in ein anderes Land zu ziehen, in ein Land, reich an Wild und sauberem Wasser und Feinden, die sich zu bekämpfen lohnt, willigten wir unverzüglich ein, ihm zu folgen.“ Er lachte. „Was kann sich ein Orc mehr wünschen?“

„Orgrim, mein Stellvertreter, und ich haben uns nach unserer Ankunft mit Schwarzfaust getroffen“, sagte Durotan. „Er berichtete mir von seinem Plan, zuerst mit einer Schar Krieger in dieses Land vorzustoßen. Wir sprachen zwar über Waffen und jene, die sie führen, doch ich bin sehr gespannt, mehr über Gul'dans Vorbereitungen zu erfahren.“

Grom nahm noch einen Bissen und aß den Rest des Fleisches. Den Spieß warf er ins Feuer. „Gul'dan hat eine Möglichkeit gefunden, in dieses andere Land vorzudringen“, erklärte Grom. „Ein uraltes Artefakt, das lange in der Erde verborgen lag. Seine Magie hat ihn zu jenem Ort geführt, und als wir dort anlangten, begannen wir zu graben. Mittlerweile haben wir es gänzlich freigelegt, und morgen werden wir es nutzen.“

Durotans Augenbrauen glitten in die Höhe. „Ein Loch im Boden?“

„Du wirst es noch früh genug mit eigenen Augen sehen“, sagte Grom.

Doch je mehr Durotan über diese Pläne erfuhr, desto weniger gefielen sie ihm. „Klingt nach einem Grab.“

„Nein“, versicherte Grom ihm. „Wenn überhaupt, ist dies die Wiedergeburt unseres Volkes. Es ist der Weg in eine neue Welt!“

„Glaubst du das wirklich?“, fragte Orgrim. Er klang weniger skeptisch denn hoffnungsvoll.

Grom musterte Orgrim einen Moment lang. Dann hob er einen kräftigen Arm und beugte sich vor, um ihn näher ans Feuer zu halten. Im Schein der Flammen sah Durotan nun das, was die Schatten zuvor verschleiert hatten. Wie bei vielen, die er und Orgrim bei Übungskämpfen gesehen hatten, wies Grom Höllschreis Haut einen deutlichen Grünton auf. Und als er sprach, waren seine Worte an Orgrim gerichtet statt an Durotan.

„Ich glaube an Gul'dan. Ich glaube an den Zauber. Seine Todesmagie hat mich stark gemacht." Er spannte seinen Arm an, und sein Bizeps türmte sich auf, groß wie eine Melone. „Du wirst schon sehen. Du wirst die Kraft von fünf Männern haben."

„Schwarzhand schien auch so stark genug zu sein", sagte Durotan unverblümt.

Groms helle Augen schossen zum Häuptling der Frostwölfe hinüber. „Wie kann man stark genug sein, wenn man immer noch stärker werden kann?" Seine Lippen zogen sich bei einem Grinsen von seinen Stoßzähnen zurück, das gleichermaßen unheilvoll wie grausam wirkte, und Durotan konnte nicht umhin, sich zu fragen, ob „noch stärker" jemals „stark genug" sein würde, um den Kriegshymnenclan zufriedenzustellen?

Als Durotan sich schließlich in sein Zelt zurückzog, lag Draka auf ihrem Lager und schlief auf den Fellen, die sie aus dem Norden mitgebracht hatten.

Bald würde sie stattdessen auf einem Haufen dicker, warmer Grollhuffelle ruhen, und ihre Hütte wäre die des Häuptlings gewesen – ein robustes, stabiles Konstrukt aus Holz und Stein. Dann hätte sie jede Menge gutes, gesundes Essen gehabt, um den Körper zu nähren, der nicht bloß ihren Kriegergeist, sondern auch das kleine Leben barg, das jetzt ihren Bauch wölbte, den einzigen weichen Teil ihrer kräftigen, zähen Gestalt. Im Moment jedoch war alles, was ihr Fleisch von den harten Felsen trennte, Hasenfell, und der Clan hatte viele Wegstunden ohne irgendwelche Nahrung hinter sich gebracht.

Geyah hatte darauf bestanden, dass Durotan und Draka vom Frostfeuergrat mitnahmen, was immer sie konnten, damit es sie an das Vermächtnis ihres Clans erinnerte. Dementsprechend barg diese provisorische Zuflucht, die zumindest ein bisschen solider war als die meisten anderen Zelte, das Frostwolf-Wappen und zahlreiche dekorative Schutzzauber, die vom Schamanen hergestellt und gesegnet worden waren, um ihre Fähigkeiten im Kampf zu steigern und Gefahren abzuwehren. Drinnen lag eine Vielzahl von Waffen in unmittelbarer Reichweite: Speere, Äxte, Hämmer, Streitkolben, Pfeile und Bögen, Schwerter. Und natürlich Donnerschlag. Durotan löste Spalter von seinem Gürtel und verstaute die Klinge neben den Fellen, während er sich setzte und seine Gefährtin betrachtete.

Eine Woge der Zuneigung erfasste ihn, während er ihr starkes, schönes Gesicht betrachtete, das lange schwarze Haar und die Wölbung ihres Bauches. Sie lag auf der Seite und atmete ruhig und gleichmäßig. Doch obwohl ihre Lider geschlossen waren, streckte sie eine Hand nach ihm aus.

„Ich kann deine Augen auf mir spüren." Drakas Stimme war tief und kehlig, warm vor Zärtlichkeit und Belustigung.

„Ich dachte, du schläfst."

„Das habe ich." Sie drehte ihren geschwollenen Leib, um auf dem Rücken zu liegen, und suchte erfolglos nach einer bequemeren Position. Die Hand ihres Gemahls glitt zu ihrem Bauch, den seine mächtigen Finger und die Handfläche fast zur Gänze bedeckten, während er schweigend Zwiesprache mit seinem Kind hielt. „Es träumt von einer Jagd im Schnee."

Durotan schloss die Augen und seufzte. Es war beinah schmerzhaft, sich an den scharfen, vertrauten Biss des Winters zu erinnern, an die Kälte, die ihre Körper herausforderte, während sie Beute angriffen, die entschlossen ums Überleben kämpfte. Die Rufe, der Geruch von frischem Blut, der Geschmack von nahrhaftem Fleisch … Das waren gute Jahre. Durotan streckte sich neben ihr auf den Fellen aus und erinnerte sich an die erste Nacht, nachdem Draka aus dem Exil heimgekehrt war. Er hatte sie gedrängt, ihm Geschichten von ihren Reisen zu erzählen, und sie lagen Seite an Seite da, genauso, wie sie es jetzt taten, auf dem Rücken, jedoch ohne sich zu berühren. Sie hatten zu den Sternen aufgeschaut und zugesehen, wie der Rauch in den Nachthimmel emporstieg.

Und er war damit zufrieden gewesen.

„Ich habe über einen Namen nachgedacht", sagte Draka.

Durotan grunzte. Er ärgerte sich über seine eigenen nostalgischen Anwandlungen. Während Drakas Traum eben das war – ein wahrer, aufrichtiger Traum und keine wehmütige, quälende Erinnerung –, war die Zeit, nach der er sich zurücksehnte, längst vergangen und würde auch niemals wieder zurückkehren.

Er nahm ihre Hand, während er sie neckte: „Na, dann behalte ihn für dich, Weib. Ich werde den Namen auswählen, wenn ich ihm begegne … oder ihr."

„Ach ja?" In ihrer Stimme lag Belustigung. „Und wie will der große Durotan seinem Sohn einen Namen geben, wenn ich nicht mit ihm reise?"

„Ein *Sohn*?" Er richtete sich ruckartig auf einen Ellbogen auf und sah sie mit leicht geöffnetem Mund an.

Bislang war es ihm stets gleichgültig gewesen, ob sie nun einen Sohn oder eine Tochter bekamen. Das Geschlecht war ihm weniger wichtig, als sicherzustellen, dass das Baby gesund zur Welt kam. Frostwolf-Frauen waren brutale Kriegerinnen – Draka war dafür das perfekte Beispiel. Gleichwohl, die Tradition sah vor, dass das Amt des Häuptlings nur an einen männlichen Nachfahren vererbt wurde. Er sah sie blinzelnd an. „Hast du jetzt auch schon Visionen, so wie Drek'Thar?"

Sie lächelte und zuckte die Schultern. „Ich kann es ... einfach spüren."

Wieder dachte er an jene erste Nacht und an all die anderen, die sie seitdem miteinander geteilt hatten. Er wollte nicht daran denken, dass sie bald über längere Zeit des Nachts voneinander getrennt sein würden; wollte nicht daran denken, dass sein Sohn geboren werden würde, ohne dass sein Vater dabei zugegen war.

„Kannst du deinen fetten Bauch eigentlich noch verstecken?", sagte er und grinste in Erwartung ihrer bissigen Erwiderung.

Draka, die ihn in- und auswendig kannte, knuffte ihm die Schulter – zwar liebevoll, aber doch ziemlich kräftig. „Jedenfalls besser, als du deinen riesigen Schädel verstecken kannst."

Er brach in herzhaftes Gelächter aus, das Balsam für seine Seele war, und sein Weib stimmte in sein Lachen mit ein. Dann lehnten sie sich wieder gemeinsam zurück, und einmal mehr lag Durotans Hand beschützend über ihrem Sohn. Sie würden sich dieser neuen Welt gemeinsam stellen.

Ganz gleich, was auch geschah.

3

Als Draka sich am nächsten Morgen mit Bedacht einen kleinen, kreisrunden, mit Stoßzähnen verzierten Schild über den Bauch schnallte, bemerkte sie Durotans Blick. Er nickte ihr knapp zu, irgendwie erleichtert darüber, dass sie eine Möglichkeit gefunden hatte, ihren geschwollenen Leib zu verbergen und zugleich ihren ungeborenen Sohn zu schützen. Die vergangenen paar Jahre waren so hart gewesen, dass Draka nicht imstande gewesen war, irgendwelches Gewicht zuzulegen, das sie nicht geradewegs an das in ihr wachsende Kind weitergegeben hatte. Sobald ihr Bauch erst einmal bedeckt war, verrieten kein Schwinden ihrer Muskeln und keine Rundlichkeit ihres Gesichts mehr ihre Schwangerschaft. Doch obwohl sich dieser Umstand jetzt als nützlich erwies, verspürte er dennoch einen Stich des Bedauerns, dass sie nicht offen und voller Stolz damit umgehen konnte.

Drek'Thar trug einen Umhang, dessen Kapuze er tief nach unten gezogen hatte, um sein weißes Haar und die

Stoffbinde zu verstecken, die sein missgestaltetes Gesicht verbarg. Ein anderer Schamane – Palkar, der den Alten schon seit Jahren pflegte – würde ihn führen. Durotan ging zu den beiden hinüber, während sie sich sammelten und auf den Marschbefehl in Richtung dieses „Lochs im Boden“ warteten.

„Ich kann nicht versprechen, dass man euch nicht entdeckt“, erklärte Durotan ihnen. „Falls ihr es vorzieht, dieses Risiko lieber nicht einzugehen, würde es euch niemand verübeln.“

„Wir haben verstanden“, sagte Drek'Thar. „Alles ist so, wie die Geister es wollen.“

Durotan nickte. Draka hatte sich bereits von Geyah verabschiedet und trat jetzt neben ihn. Durotan legte seiner Mutter die Hände auf die Schultern. „Solange Orgrim und ich fort sind, befehligst du den Clan“, sagte er zu ihr. „Bei niemandem sind die Frostwölfe besser aufgehoben als unter der Obhut der Wissenshüterin.“

Ihre Augen waren trocken, und sie stand stark und aufrecht vor ihm. „Ich werde sie mit meinem Leben schützen, mein Sohn. Und *sobald* ihr zurückkehrt, werden wir uns euch in diesem neuen, grünen Land mit Freuden anschließen.“

Jedermann wusste, dass es für sie womöglich keine Rückkehr geben würde. So vieles über jenen verheißungsvollen Ort lag im Dunkeln. Sie würden mittels Magie dorthin gelangen, ohne die geringste Ahnung, was sie erwartete, einmal abgesehen von dem, was Gul'dan ihnen erzählt hatte. Was, wenn er sich irrte? Wenn er gelogen hatte? Wenn in dieser Welt so gewaltige Gefahren lauerten, dass nicht einmal ein Orc sie zu bezwingen vermochte? Doch letztlich spielte das alles keine Rolle. So, wie es jetzt war, konnte es nicht weitergehen.

„Ich bin sicher, uns wird rascher Erfolg beschieden sein“, sagte er und hoffte, seine Stimme klang so fest, wie sie klingen sollte.

Hörner wurden geblasen und riefen sie. Durotan umarmte Geyah. Sie hielt ihn einen Moment lang ganz fest, ehe sie ihn freigab und zurücktrat. Durotan ließ den Blick über seinen Clan schweifen, über die Kinder, über die Orcs, über die Frauen und Männer, die Handwerker und Schamanen waren und keine Krieger. Er hatte alles für sie getan, was in seiner Macht stand.

Jetzt war es an der Zeit, herauszufinden, ob man Gul’dans Wort trauen konnte.

Schwarzfausts Orcs übernahmen die Führung, um die Clans zu einem einzigen Strom aus brauner und grüner Haut, funkelndem Stahl und mattweißen Knochen zu vereinen, der sich durch den Staub vorwärtsschob. Und von Neuem staunte Durotan darüber, so viele Orcs beisammen zu sehen, die Schulter an Schulter marschierten, geeint von ihrem gemeinsamen Ziel. Hoffnung regte sich in ihm. Sie waren Orcs! Gab es irgendetwas, das sie *nicht* vollbringen konnten? Welche Kreaturen sie auch immer erwarten mochten, sie würden unter stampfenden Füßen, klirrenden Waffen und dem Schlachtruf „Lok’tar ogar!“ untergehen.

Er schaute zu Draka hinüber, die ihm ein Grinsen schenkte. Sie umfasste einmal kurz seine Hände und ließ sie dann wieder los. Niemand würdigte sie eines zweiten Blickes. Durotan marschierte mit großen Schritten vorwärts, Donnerschlag in Händen; Spalter hatte er sich auf den Rücken geschnallt.

Einer von Schwarzfausts Orcs lief die Schlange entlang und brüllte Anweisungen. „Haltet euch rechts!“ Durotan und Draka taten, wie geheißen.

Und dann waren sie da.

„Höllschrei hatte recht“, murmelte Durotan. „Das ist nicht einfach bloß ein Loch im Boden.“

Durotans gesamter Clan hätte mühelos in den kleinsten Bruchteil der Fläche gepasst, die hier ausgehoben worden war, und alle hätten sie nebeneinander durch das gewaltige Steingebilde schreiten können, das hier vom Sand verborgen gelegen hatte. Jetzt ragte es vor ihnen auf, groß und eindrucksvoll, gekrönt von einer zusammengerollten, mächtigen, geflügelten Schlange und links und rechts flankiert von jeweils einer aus Stein gemeißelten, mit einer Kapuze bedeckten Statue, jede davon so hoch wie hundert Orcs übereinander. Die rechte Statue und die Säule, aus der sie erschaffen worden war, standen frei in der Wüste. Die linke Seite des Portals indes war noch immer mit der Erde verbunden. Gerüste bedeckten einen Teil des Konstrukts, und Aufzugmechanismen beförderten Orcs hinauf und wieder herunter. Sie sahen nicht größer aus als Flöhe, während sie ihrem Tagwerk nachgingen und selbst jetzt noch unbeirrt weiter an dem großen Portal arbeiteten. Von Anfang an hatte unter den Kriegern kaum etwas geherrscht, das man als Ordnung bezeichnen konnte, und je mehr Kämpfer dieses riesigen, aus Stein gehauenen Bauwerks ansichtig wurden, desto weiter lösten sich ihre Reihen auf. Alle fingen an zu reden. Durotan entging der zornige, abgespannte Ausdruck auf den Gesichtern von Schwarzfausts Orcs nicht, als sie wiederholt Befehle brüllten, die auf taube Ohren stießen. Orcs waren grimmig, wild und stark. Sie gehorchten ihren Clanführern. Doch jetzt hatte der Hauptmann offenkundig Schwierigkeiten, so vieler Individuen Herr zu werden.

„Durotan!“, rief Draka. „Schau!“ Sie deutete auf die

oberste Stufe des Portals. Dort stand Gul'dan; seine grüne Haut war unverkennbar. Als Durotan ihn jetzt so sah, schien es ihm, als wäre überhaupt keine Zeit verstrichen, seit Gul'dan das erste Mal zum Frostfeuergrat gekommen war. Er sah genauso aus wie damals und lehnte sich auf seinen mit kleinen Schädeln und Knochensplittern verzierten Stab. Zwar verbarg die Kapuze seines Umhangs teilweise sein zerfurchtes Gesicht, doch selbst auf diese Entfernung konnte Durotan Gul'dans weißen Bart und die unverwechselbaren Augen erkennen, die in kränklichem, phosphoreszierendem Grün glommen. An seinem Umhang waren Stacheln angebracht, auf denen noch mehr winzige Köpfe steckten. Damals wie heute erschauderte Durotan ob der instinktiven Abneigung, die ihn bei Gul'dans Anblick überkam. Er entsann sich Drek'Thars Worte bei ihrer ersten Begegnung mit dem Hexenmeister: *Schatten krallen sich an diesen Orc. Tod folgt ihm.*

Hinter dem gebeugten Hexenmeister her ging seine Sklavin, das Halbblut Garona, eine übertrieben schwere Kette um ihren schlanken Hals. Auch an sie erinnerte Durotan sich gut. Beide Male, die Gul'dan die beschwerliche Reise nach Norden auf sich genommen hatte, um mit den Frostwölfen zu sprechen, hatte sie ihren Meister begleitet. Beim zweiten Mal gelang es ihr gar, Durotans Clan eine Warnung zukommen zu lassen: *Mein Meister ist finster und gefährlich.* Für eine Sklavin war ihr Verhalten alles andere als unterwürfig. Tatsächlich hätte Durotan auf den Gedanken kommen können, bei diesem ungleichen Paar sei sie der Meister und nicht der Hexer. Doch dem widersprach die Geringschätzung, die die anderen Orcs ihr entgegenbrachten, sofern sie sich überhaupt dazu herabließen, sie zur Kenntnis zu nehmen.

In diesem Moment fiel ihm auf, dass die beiden an Käfigen aus knorrigen, toten Ästen vorbeigingen. In den Käfigen drängten sich unzählige blauhäutige Gestalten.

Gefangene Draenei.

Eine davon, eine Frau, streckte flehend den Arm aus und ergriff Garonas Hand. Sie sah aus, als würde sie die sonderbare Halborcin um etwas anflehen, doch Garona riss sich aus ihrem Griff los und sprach mit Gul'dan.

„Was haben sie wohl verbrochen?", fragte sich Draka. Ihre Stimme war durchsetzt von Kummer und Grauen. Im Gegensatz zu den meisten anderen Orcs, die den blauhäutigen, ziegenfüßigen Draenei für gewöhnlich mit Verachtung begegneten, war sie sogar eine Zeit lang zusammen mit einer Gruppe von ihnen gereist. Sie hatte Durotan berichtet, dass die Draenei keine Feiglinge seien, sondern Auseinandersetzungen einfach nach Möglichkeit aus dem Weg gingen. Dabei wusste Durotan selbst, dass die Draenei Mut besaßen – sie hatten unlängst selbstlos drei Frostwolf-Kinder gerettet und zum Clan zurückgebracht.

Jetzt hatte Gul'dan sie eingesperrt.

„Spielt das eine Rolle?" Durotan hasste das Kratzen in seiner eigenen Stimme. „Gul'dan schickt uns durch dieses Portal, um anzugreifen, was immer auf der anderen Seite liegt, und dieses Land für uns zu beanspruchen. Wir brauchen dieses Land – und wir brauchen ihn. Deshalb kann er im Augenblick tun und lassen, was immer ihm beliebt."

Draka warf ihm einen forschenden Blick zu, doch dann schloss sie die Augen. Es hatte keinen Sinn, die hässliche Wahrheit zu leugnen. Ohne Zweifel hatten sich die Draenei nicht das Geringste zuschulden kommen lassen. Durotan wusste, dass einige andere Orcclans sie einfach so zum Vergnügen jagten und töteten. Vielleicht sollte es irgendeine Art von Demonstration geben, bevor Gul'dan den Orcs gestattete, ihren Fuß auf dieses vielgepriesene neue Land zu setzen.

Bruchstückhaft drangen die Rufe der Draenei zu ihm herüber, bloß ein einziges Wort. Durotan verstand ihre Sprache zwar mehr schlecht als recht, doch dieses Wort kannte er.

„*Detish!*", schluchzte die Frau, die immer noch flehentlich die Hand hinter Garona herstreckte.

Detish.

Kind.

Durotan und Draka tauschten entsetzte Blicke.

Das Grollen von Donner ertönte. Die Farbe des Himmels hatte sich von Blau zum Gelbgrün eines abklingenden Blutergusses gewandelt. Jetzt säumte eine Linie von hellem Smaragdgrün das Innere des Portals, und am Himmel zuckten grüne Blitze.

„Was ist das?", fragte Draka.

„Gul'dans Magie", entgegnete Durotan grimmig. Und noch während er die Worte aussprach, breitete der Hexenmeister seine Arme weit aus und ließ den Blick über seine Armee schweifen.

„Tod. Leben. Tod. Leben. Hört ihr das?" Er hob eine Hand an sein Ohr, und seine Lippen rings um seine Stoßzähne verzogen sich zu einem Lächeln. „Das Schlagen eines lebendigen Herzens. Die Nahrung meiner Magie ist Leben. Wir haben vielleicht bloß genügend Gefangene, um unsere stärksten Krieger hindurchzuschicken, doch das wird genügen. Der Feind ist schwach. Und sobald wir dort sind, nährt sich meine Magie von *ihnen!* Wir werden ein neues Portal errichten, und wenn es vollendet ist, führen wir die *gesamte* Horde hindurch!"

Wieder betrachtete Durotan die gefangenen Draenei. Sein Vater Garad hatte ihm einmal von einer Zeit in seiner Jugend erzählt, als die Frostwölfe das Leben eines Tieres geopfert hatten, um den Geistern für eine gute Jagd zu danken. Gul'dan hatte gesagt, seine Todesmagie funktioniere ähnlich. *Ihr labt euch am Fleisch der Kreatur und kleidet euch in sein Fell. Ich labe mich an Stärke und Wissen und kleide mich in … Grün.*

Gul'dan drehte sich um, um das Portal zu mustern. Während er seinen schädelgekrönten Stab mit einer knorrigen Hand in die Höhe hielt, breitete er seine Arme aus und bog den Rücken durch. Von überall und nirgends erscholl eine Stimme, die keiner glich, die Durotan je vernommen hatte. Sie war tief und hallte in den Knochen wider, kratzend und rau und durchdringend, und jede Faser seines Leibes verlangte danach, dass Durotan sich die Ohren zuhielt und nicht mehr darauf hörte. Er wehrte sich gegen dieses Verlangen und nahm tiefe Atemzüge, um sich zu sammeln, auch wenn sein Herz raste. Vor Angst? Vor Wut?

Vor Erwartung?

Die gefangenen Draenei zu beiden Seiten des Portals krümmten sich vor Schmerzen, bis sie zum Zerreißen gespannt waren. Durotan verfolgte verblüfft, wie blau-weiße, sich schlängelnde Tentakel aus Nebel von den Gefangenen ausgingen und auf Gul'dan zuschossen. Der Hexenmeister öffnete den Mund, um die nebligen Schlieren einzuatmen, ließ sich von ihnen umwogen und liebkosen.

Die grünhäutigen Orcs in vorderster Reihe schienen rasend zu werden. Sie brüllten und stürmten die Stufen des Portals hinauf. Die Draenei zuckten krampfhaft. Ihre Haut wurde blasser, ihre Leiber schwächer, gebrechlicher – älter. Als von ihnen kaum mehr als leere Hüllen übrig waren, erlosch das strahlend blaue Leuchten in ihren Augen. Der Strom von Lebensenergie, der von ihnen ausging, verebbte, und der grüne Umriss des Portals knisterte und loderte vor Feuer, beinahe erwartungsvoll. Ein gewaltiges Krachen erschütterte die Welt, als von Gul'dans Händen aus eine gleißende Kugel auf das Portal zuschoss und explodierte. Dort, wo man zuvor durch das Portal die Steine und die Erde auf der anderen Seite des Konstrukts ausmachen konnte, leuchtete das Innere des rechteckigen Torwegs jetzt in einem pulsierenden, ungesunden Smaragdgrün. Dann vermischte sich der grüne Wirbel mit anderen Farben: mit dem Blau des Himmels und den üppigen Braun- und Naturtönen von Bäumen.

Ein Ausblick, erkauft mit so vielen Leben. War es das wert, selbst wenn dies das Überleben seines Clans bedeutete?

Die schmerzvolle Antwort lautete ... Ja.

„Für die Horde!", hatte irgendjemand gebrüllt, und nun griffen andere den Ruf auf. „Für die Horde! Für die Horde! *Für die Horde!*"

Orgrim warf Durotan ein Grinsen zu und stürmte an seinem Häuptling vorbei. Der Singsang hallte in Durotans Ohren wider wie das Pochen seines eigenen Herzens, doch er preschte nicht Hals über Kopf vor wie so viele andere. Stattdessen wandte er sich um, um seine Gefährtin anzusehen. Auf ihren fragenden Blick hin sagte er: „Lass mich vorausgehen." Wenn er beim Durchschreiten dieses Portals sterben sollte, würde sein Tod wenigstens als Warnung für seine geliebte Draka dienen.

„Für die Horde! Für die Horde!"

Draka gehorchte ihrem Häuptling und verlangsamte ihre Schritte. Durotan senkte den Kopf, packte Donnerschlag fester und murmelte leise: „Für die Frostwölfe.“ Dann lief er durch das Portal.

Draka blickte finster drein und biss die Zähne zusammen, als ihr Liebster durch den schimmernden, himmelblau-baumgrünen-Durchgang verschwand, um … wohin zu gelangen? Was hatte Durotan sich nur dabei gedacht? Noch mehr Orcs durchquerten das Portal, doch keiner von ihnen kehrte wieder zurück. Und sie konnte nicht darauf warten, dass er zurückkam, um ihr zu sagen, dass alles gut war. Sie musste ihm folgen.

Sie ballte die Hände zu Fäusten, stieß ein dumpfes, kehliges Knurren aus und marschierte zusammen mit der übrigen brüllenden, schwitzenden Masse von Blutgier angestachelter Krieger vorwärts. Ihren Blick stur geradeaus gerichtet, trat Draka, Tochter von Kelkar, Sohn von Rhakish, durch das Portal.

Schlagartig war der Boden unter ihren Füßen fort.

Sie schwebte desorientiert in mattem grünem Licht wie in einem See. Ihr Atem ging schnell. Hinter ihr war das Licht des Portals – vor ihr rasch zunehmende Finsternis. Andere Orcs trieben an ihr vorbei, als sich ihr von weiter vorn schmale Lichtschlieren entgegenreckten. Noch immer konnte sie das seltsame Donnern durch das Tor hören, doch gedämpft jetzt. Hin und wieder blendete sie eine Explosion gleißender Helligkeit. Sie verdrängte das Gefühl lähmender Furcht, das sie zu überwältigen drohte, und konzentrierte sich stattdessen auf das, was sie sah: ein nadelkopfgroßes Licht der Hoffnung in der alles umfassenden Dunkelheit. Draka versuchte, sich darauf zuzubewegen. Sie fühlte sich, als wäre sie vollkommen ohne Gewicht. Aber wie sollte sie dann zu diesem Licht gelangen?

Sie streckte die Arme aus, zog sie zurück – und schwebte vorwärts. Sie lächelte und machte weiter. Das neue Land lag am anderen Ende dieses seltsamen Tunnels. Dort erwartete sie ihr Gefährte. Das Kind in ihr trat um sich, als wollte es protestieren.

Ganz ruhig, Kleiner, dachte Draka. *Gleich sind wir –*

Stechende Pein durchfuhr sie, als sich ihr Bauch krampfhaft und heftig zusammenzog, wie eine Faust, die vor dem Schlag geballt wird. Draka keuchte überrascht. Zwar hatte sie bislang noch kein Kind ausgetragen, doch sie hatte mit den anderen Frauen gesprochen. Sie wusste, was sie erwartete. Das Orc-Leben war von unaufhörlicher Wachsamkeit geprägt, weshalb Babys zügig und mit wenigen Schmerzen verbunden auf die Welt kamen, sodass ihre Mütter die Möglichkeit hatten, bei Bedarf entweder zu kämpfen oder zu fliehen.

Aber das hier ...

Das war zu früh. Die Agonie, die ihren Unterleib zerriss, war eine Warnung, kein Vorbote. Das Baby brauchte noch mindestens einen weiteren Mond im schützenden Leib seiner Mutter. Schweiß brach ihr aus, und keuchend mühte sich Draka, den Schild zu entfernen, der ihre Schwangerschaft tarnte. Als es ihr gelang, warf sie ihn achtlos ins Dunkel. Das Licht war jetzt näher; sie konnte andere Orc-Gestalten um sich herum erkennen, die allesamt auf das Licht zustrebten, und einen Moment lang fühlte Draka eine plötzliche Verbindung zu ihrem Kind. In gewisser Weise wurden sie gerade beide geboren.

Ein weiterer Orc, der schwerelos mit den Armen ruderte, schwebte an ihr vorbei. Durotan! Er streckte die Hand nach ihr aus, und als er sah, dass sie Qualen litt, versuchte er, sie festzuhalten. Doch er trudelte an ihr vorüber, erbarmungslos davongetragen von dieser seltsamen Strömung. Dann kam etwas anderes gemächlich auf sie zugesegelt – ein entwurzelter Baum. Ungeachtet der grässlichen, dolchartigen Schmerzen machte Draka sich so klein, wie es nur ging, und tat ihr Möglichstes, um ihr Kind zu schützen. Die Zweige des Baums zerkratzten ihr die Haut, als er vorbeischwebte.

Als das Licht intensiver wurde und sie nach der Dunkelheit dieser Reise beinah blendete, streckte sie die Hand danach aus. Ihre forschenden Finger strichen über irgendetwas Festes – Erde! Draka knurrte frustriert, grub ihre scharfen Nägel in den Boden und zog sich in die Höhe, hinaus aus dem Portal.

Füße donnerten an ihr vorbei, und sie rappelte sich auf. Benommen taumelte sie aus dem Gewirr von Orcs, die begierig darauf waren, Blut zu vergießen. Sie spürte durchweichte Erde unter sich ... Wasser, Gras ...

Draka kreischte, als sie Schmerzen überkamen, die sich anfühlten, als würde ihr Kind ihren Bauch von innen heraus aufschlitzen. Ihre Knie gaben nach, und sie sackte auf den schlammigen Boden; ihre gequälten Lungen sogen keuchend klamme Luft ein.

„Draka!“ Das war Durotan. Auf Händen und Knien kauernd, drehte Draka den Kopf und sah, wie er auf sie zugerannt kam. Dann streckte ein riesiger Orc eine mit pechschwarzen Malen verzierte Hand aus und packte ihren Gefährten.

„Schwanger?“, bellte der Orc. „Du wagst es, dieses Wachook mit in meinen Kriegstrupp zu bringen?“

„Lass mich los, Schwarzfaust!“, bat ihr Gemahl. *„Draka!“*

Sie konnte ihren Kopf nicht länger oben halten. Durotan würde nicht an ihrer Seite sein und ermutigend brüllen, wenn ihr Baby auf die Welt kam. Bei allen Geistern … konnte es überhaupt überleben, wenn es so früh geboren wurde, gefangen in der Pein seiner Mutter? Draka schluchzte, jedoch nicht vor Schmerz, sondern vor Wut und Zorn. Dieses Kind hatte etwas Besseres verdient! Es verdiente zu *leben!*

Plötzlich war da jemand, der beruhigend murmelte: „Ssssch … Ssssch … Du bist nicht allein, Draka, Tochter von Kelkar, Sohn von Rhakish."

Durch das Gewirr von schweißnassem Haar, das ihr am Gesicht klebte, schaute sie auf – in die grün glühenden Augen von Gul'dan.

Nein!

Durotan revoltierte mit all seinen Fasern gegen den Gedanken an Gul'dan mit seiner grünen Haut und seiner Todesmagie, der an seiner Stelle an Drakas Seite weilte, während sie sein Kind gebar. Durotan kämpfte gegen Schwarzhands Griff an, doch der Orc-Hauptmann hielt ihn unbeirrt fest.

„Pressen, Kleiner", sagte Gul'dan gerade mit ungewohnt gütiger Stimme. „Pressen …" Durotan verfolgte hilflos, wie Draka – auf Händen und Knien hockend – ihren Kopf in den Nacken zurückwarf und schrie, als ihr Sohn das Licht der Welt erblickte.

Das Baby war reglos, so grässlich reglos, und gab keinen Laut von sich. Durotan sackte in Schwarzfausts eisernem Griff zusammen, und das Herz brach ihm.

Mein Sohn …

Doch Gul'dan hielt das winzige Etwas, das kaum so groß war wie seine grüne Hand, und beugte sich darüber.

Die kleine Brust bebte. Einen Herzschlag später erfüllte ein kräftiges Heulen die Luft, und Durotan keuchte, als grenzenlose Erleichterung über ihn hinwegspülte. Sein Sohn war am Leben!

„Willkommen, Kleiner!“ Gul’dan lachte und hob Durotans und Drakas Baby gen Himmel. „Ein neuer Krieger für die Horde!“, rief er, und rings um Durotan erscholl ohrenbetäubender Jubel, doch er schenkte ihm keinerlei Beachtung. Benommen starrte er auf das kleine Wesen hinab, das sein Sohn war.

Das Kind war grün.

4

In der Stadt war es dämmrig, laut und heiß. Im Zentrum brannten Feuer, so, wie sie es schon seit Jahren taten. Und auch das Klingen von Hämmern auf Eisen und das Zischen verdampfenden Wassers waren unablässig zu vernehmen. Die Luft roch schwach nach Rauch, auch wenn sie in der höhlenartigen Konstruktion stets atembar blieb. Der Name der Stadt beschrieb zugleich ihre Bewohner – entschlossen, wachsam, immer tätig: Eisenschmiede.

Der König der unterirdischen Zwergenhauptstadt – der Vollbart von wildem Rot, die Nase mächtig wie eine Knolle – führte seinen Gast durch den großen Bereich der Schmieden. Er schüttelte den Kopf, als könnte er etwas immer noch nicht glauben, auch wenn seine Füße ihre Schritte zielstrebig fortsetzten. Er wies mit einem würstchendicken Finger auf seinen Begleiter.

„Für niemanden außer Euch hätte ich jemals Pflugscharen schmieden lassen, Anduin Lothar", grummelte er mit seiner tiefen, melodischen Stimme. „Jetzt könnt Ihr und Eure Armee von Bauern der Erde mit Zwergenstahl zu Leibe rücken, ja? Das auch nur auszusprechen jagt mir einen Schauder über den Rücken. Was werden meine Gemahlinnen davon halten?"

Anduin Lothar, der einzige Mensch, für den König Magni Bronzebart jemals Pflugscharen würde schmieden lassen, lächelte auf seinen alten Freund hinab. Groß gewachsen und gut gebaut, wenn auch nicht übermäßig muskulös, bereitete königliche Gesellschaft dem „Löwen von Sturmwind" keinerlei Unbehagen. Er hatte den Großteil seines Lebens damit verbracht, an der Seite des Mannes zu kämpfen – und zu trinken –, der gegenwärtig auf dem Thron von Sturmwind saß, und er kannte auch Magni gut.

„Das ist des Soldaten Los, mein Herr", sagte er. Zuneigung ließ die ironischen Worte an Wärme gewinnen. „Je besser ich meine Arbeit mache, desto seltener bittet man mich darum, dass ich sie tue."

Magni brummelte missbilligend. „Nun ja", sagte er und fügte sich in die Situation, „es ist trotzdem gut, Euch zu sehen, alter Freund. Sobald die Lieferung fertig ist, lassen wir Eure Wagen beladen und schicken sie auf den Weg."

Lothar blieb neben einer der Kisten stehen und fuhr mit der Hand sehnsüchtig – und mit großer Vorsicht – über die schimmernde Oberfläche der zweifellos besten Pflugscharen, die die Welt je gesehen hatte.

„Kommt", fuhr Magni fort. „Ich habe etwas für Euch."

Er hatte den Hammer, den er bei sich trug, neben einer kleinen Holzkiste auf einem schmalen Tisch abgelegt. Lothar trat neugierig neben ihn. Magni öffnete die Kiste, und Lothar spähte interessiert hinein. Darin befand sich – gebettet auf cremeweißen Stoff – ein Gegenstand, wie er ihn noch niemals zuvor gesehen hatte. Er bestand aus Metall, mit einem breiten Trichter am einen Ende, fast wie bei einem Hornblasinstrument. Das andere Ende war geschwungen, und beide Seiten wurden durch einen dünnen Schaft miteinander verbunden. In einem separaten Fach glänzte ein Vorrat daumennagelgroßer Metallkugeln. Lothar hatte nicht die geringste Ahnung, was er da vor sich sah.

„Was ist das?“, wollte er wissen.

„Ein mechanisches Wunderwerk“, erklärte Magni und streckte mit demselben vernarrten Gesichtsausdruck, den einige Männer für ihr neugeborenes Kind reservierten, die Hand nach dem Ding aus. „Das ist ein Donnerstock.“ Er nahm die Waffe aus der Kiste und hielt sie am geschwungenen Ende.

„Haltet den Donnerstock ungefähr so“, sagte Magni. „Streut ein bisschen Schießpulver hier in den Lauf, drückt es mit dem Ladestab an, eine Kugel hinterher, wieder angedrückt, der Zündstein sitzt hier …“

Er legte mit der Waffe an, um über die Länge des Laufs zu peilen wie ein Bogenschütze, der sein Ziel anvisiert. Dann zog er verwirrt die widerborstigen scharlachroten Augenbrauen zusammen und ließ die neue Waffe sinken. „Merkwürdig“, murmelte er und reichte Lothar geistesabwesend sein Geschenk.

Lothar schob sich die Waffe in den Gürtel und folgte Magnis Blick, um zu sehen, was dessen Aufmerksamkeit erregt hatte. Es war ein Bote des Königs, der auf sie zugelaufen kam, so schnell ihn seine Füße trugen. Lothar richtete sich gerade auf, seine Sinne schärften sich, seine Muskeln spannten sich an – er war bereit, sofort zu handeln, falls das erforderlich sein sollte. Zwerge marschierten, stapften und schlenderten, und manchmal eilten sie auch. Sie rannten jedoch fast nie – und mit Sicherheit nicht so. Irgendetwas stimmte nicht.

Das Gesicht des Zwerges war fast so rot wie der Bart seines Königs, als er die Stufen emporstürmte und nicht langsamer wurde, bevor er vor Magni auf die Knie fiel. Er war zu sehr außer Atem, um Worte hervorbringen zu können, und rang keuchend nach der metallschwangeren Luft, während er dem König ein zusammengerolltes Pergament entgegenstreckte.

„Trink etwas Wasser", wies Magni den Boten an. Mit seinen dicken Fingern rollte der König das Schreiben flink und geschickt auseinander. Während Magni las, zielte Lothar so mit dem Donnerstock, wie der König es zuvor getan hatte, bevor er neugierig in das Ende des Metallzylinders spähte, die kleine Kugel herausfischte, die sich darin befand, und sie näher in Augenschein nahm. Als Lothar schließlich wieder Magni ansah, merkte er, wie sich die warmherzigen Gesichtszüge seines Freundes verhärteten. Als der König dann langsam aufschaute und Lothars fragendem Blick begegnete, lagen Entschlossenheit und auch ein Anflug von Sorge in seinen Augen.

„Ihr solltet Euch wohl besser auf den Heimweg machen. Wie es scheint, hat jemand eine Eurer Garnisonen angegriffen."

Lothar beugte sich tief über die Greifin, die ihn nach Sturmwind zurückflog. Die Kreatur – halb Löwe und halb Adler – gehörte zu einer bloßen Handvoll im Besitz Seiner Majestät König Llanes, die hauptsächlich im Dienst geritten wurden. Die Position seines Reiters verriet dem anmutigen Geschöpf, dass er es sehr eilig hatte, und die Greifin brauste so schnell durch die Lüfte, wie sie es eben vermochte.

Lothars Gedanken waren ebenso schnell. Eine Garnison angegriffen? Von wem oder was? Das Schreiben hatte kaum Einzelheiten enthalten. Es waren auch keine Zahlen genannt worden – weder von Opfern noch von Angreifern. Nur die schlichte Mitteilung, dass ein Überfall stattgefunden hatte. Gewiss steckten nicht die Trolle dahinter. Als sich diese blauhäutigen, mit Stoßzähnen bewehrten Geschöpfe das letzte Mal in der Nähe von Sturmwind hatten blicken lassen, waren sie von Medivh und Llane davongejagt worden. Zu Ehren von dessen Beitrag an ihrem Sieg hatte man Medivh sogar eine Statue errichtet.

Die Greifin legte die Schwingen an, um in einen steilen Sinkflug überzugehen, und Lothar klammerte sich fest an den Sattel. Weiter unten, außerhalb der Kaserne von Sturmwind, wurde er von zweien seiner Hauptleute erwartet – von Karos, groß und mit scharf geschnittenen Zügen, die Haltung soldatisch steif, und dem dunkelhäutigen Varis, der seit jeher der Geduldigere der beiden war. Sie wirkten gelassen und professionell, mit gefassten Gesichtern, doch Lothar hatte lange genug mit ihnen zusammen gedient, um zu wissen, dass er recht behalten sollte: Irgendetwas stimmte hier ganz und gar nicht.

Sobald die Greifin draußen vor der königlichen Kaserne gelandet war, sprang er von deren Rücken. Sie stieß ihn mit dem Kopf an, und er tätschelte ihr den Nacken, ehe er die Zügel einem Diener reichte. Lothar vergeudete keine Zeit und stieß Karos die Schriftrolle entgegen.

„Diesem Schreiben zufolge gab es einen Angriff. Ich will sofort wissen, was passiert ist!“

Varis nickte, während sie Seite an Seite hineinmarschierten und die Stufen zum Spital hinabeilten. Kerzen in Haltern an den Wänden sorgten für mattes Licht und tauchten die Reihen weiß verhüllter, stummer Gestalten in unheimliches Zwielicht. „Ja, Herr. Wir wissen nicht viel mehr als Ihr, Herr. Die Garnison schickte eine Nachricht, mit der Bitte um Verstärkung. Doch als wir eintrafen, waren ... Also, da waren alle schon tot, Herr."

„Keine Überlebenden?" Lothar war fassungslos. „Nicht einer?" Sein Blick glitt von Varis' distinguierter, düsterer Miene zu Karos' blassem Antlitz.

„Nein, Herr. Vor Ort fanden wir nur noch Tote vor", entgegnete Karos. „Wir haben die Leichen hierher gebracht."

„Zwei Suchtrupps werden noch vermisst", sagte Varis. „Wir haben ... Die Leichen sind ..." Die beiden Soldaten wechselten einen Blick. Lothar galt als Führer, dem seine Männer aus schierer Begeisterung folgten, doch in diesem Moment hätte er am liebsten mit etwas Gewalt nachgeholfen. „Am besten seht Ihr es Euch selbst an, Herr."

Lothar marschierte weiter und versuchte verzweifelt zu begreifen, was er da gerade gehört hatte. „Eine ganze *Garnison* wurde ausgelöscht?", forschte er nach. „Und es gibt niemanden, der uns irgendetwas darüber sagen kann?"

Schweigen, bloß durchbrochen vom Geräusch von Stiefeln auf Stein. Wieder warfen die beiden Soldaten einander einen unbehaglichen Blick zu.

„Nun, wir haben da jemanden gefunden ...", begann Varis unsicher.

„Als er dabei war, die Leichen zu durchsuchen", sagte

Karos. Lothar sah ihn an und stellte fest, dass Schweiß seine Schläfe hinabrann.

„Habt ihr ihn am Ort des Überfalls gefunden?"

„N-nein, Herr", sagte Karos. „Hier. In der Kaserne. Nachdem wir die Toten hergebracht hatten."

„*In* der Kaserne?" Lothars Stimme hallte in dem Gang wider, doch das kümmerte ihn nicht. „Beim Lichte, welcher Schwachkopf konnte jemanden übersehen, der hier in dieser verdammten Kaserne die Leichen gefallener Soldaten plündert?"

„Wir glauben, er ist ein Zauberer, Herr", sagte Varis hastig.

Ein Zauberer? Jemand, der dafür sorgen konnte, dass er nicht gesehen wurde. Lothars Schritte wurden langsamer, doch er blieb nicht stehen. Zweifellos war das die Antwort auf die Frage, die er soeben seinen offenkundig ziemlich verwirrten Männern gestellt hatte, doch eine Antwort, die tausend neue Fragen aufwarf.

Er mühte sich, seine Stimme ruhig zu halten. „Konntet ihr ihn dingfest machen, oder hat er euch in Schafe verwandelt?" Er versuchte nicht einmal, seine Verärgerung aus seinen Worten herauszuhalten.

„Ja, Herr", sagte Karos. „Ich meine – ja, wir haben ihn. Wir bringen Euch gerade zu ihm."

Sie hatten den Möglicherweise-Magier, der in die Kaserne eingedrungen war, in eins der Amtszimmer gesperrt und eine Wache abgestellt, um ihn im Auge zu behalten. Die Wache salutierte zackig, trat beiseite und öffnete mit einem Hauptschlüssel die Tür.

Lothar hatte damit gerechnet, sich einem alten Mann mit einem langen weißen Bart gegenüberzusehen, der ihn mit überheblicher Miene anstierte. Darauf, dass er es mit einem schmutzigen, ungepflegten Halbwüchsigen zu tun bekommen würde, war er nicht gefasst. Als Lothar eintrat, war der Junge gerade dabei, ein Buch durchzublättern, das irgendjemand auf dem Schreibtisch liegen gelassen hatte; jetzt schaute er mit großen braunen Augen auf und sprang auf die Füße.

„Endlich!“, rief er. „Habt Ihr hier das Komman …“

Lothar hatte ihn bereits am Arm gepackt, herumgerissen und auf den Tisch gedrückt. Er griff nach einem Stechzirkel und rammte ihn auf den Tisch, die Spitzen beiderseits des linken Arms des Bengels, sodass dieser festgeklemmt war. Dann zog er dem jungen Eindringling den Ärmel hoch.

Varis hatte recht gehabt. In den Arm des Burschen war das Abbild eines Auges eingebrannt.

„Sha’la ros!“, heulte der Junge, und in seinen Augen glühte blaues Licht. Lothar hielt dem Zauberer mit seiner freien Hand den Mund zu, um die Beschwörung zum Schweigen zu bringen. Helle, himmelblaue Magie wirbelte zwischen den Fingern seiner Rechten, um ohne die Macht der Worte, die sie hätten nähren können, gleich wieder zu vergehen. Lothar drängte sein Gesicht dicht an das des Magiers. „Das ist das Zeichen der Kirin Tor. Was treibst du in meiner Stadt, Hexer?“

Der junge Zauberer sackte zusammen und ließ die Hand sinken. Die Magie, die er heraufbeschworen hatte, verflüchtigte sich. Vorsichtig nahm Lothar seine Hand weg und ließ ihn sprechen. „Bitte, lasst mich meine Untersuchung der Leiche auf der anderen Seite des Gangs zu Ende bringen“, sagte er ruhig, als wären seine Worte tatsächlich irgendwie vernünftig.

Lothar grinste düster. „Und warum sollte ich das wohl tun?“

Der Junge zog seine dunklen Brauen zusammen – aus

Frustration? Aus Sorge? „Dieser Leichnam birgt das Geheimnis dieser Überfälle." Er leckte sich die Lippen, und mit einem Mal wirkte er wieder wie der Halbwüchsige, der er war. „Ich kann Euch helfen."

Lothars Augen wurden zu Schlitzen, als er das Gesicht des Jungen musterte. Er hatte es nicht zu etwas gebracht, ohne ein guter Menschenkenner zu sein, und etwas an dem Burschen kam ihm aufrichtig vor. Darum führte Lothar den jungen Magier zu dem Raum, zu dem er wollte, ohne seinen festen Griff um den mit dem Auge markierten Arm des Jungen dabei auch nur für eine Sekunde zu lockern.

Karos zog das Laken zurück und enthüllte den Leichnam, bei dessen Untersuchung man den Magier ertappt hatte. Lothar blieb so abrupt stehen, dass Varis, der die Nachhut bildete, beinahe gegen ihn gestoßen wäre.

Als kampferprobter, abgehärteter Soldat, der er war, hatte Lothar schon unzählige Tote gesehen, die auf die verschiedensten Weisen umgekommen waren, von zivilisiert bis brutal. Aber *das hier* …

Beide Lider und der Mund des Leichnams standen offen. Die Haut war grau und von dunkleren Flecken übersät, wie von Wundbrand, bloß von etwas weniger Vertrautem. Die Wangen waren eingesunken und die Augen, die ringsum mit Salz verkrustet zu sein schienen, blickten hart und glasig. Nichts an diesem … Ding, das man kaum eine Leiche nennen konnte, war natürlich.

Der junge Magier sagte nichts. Auch er wirkte angewidert von dem, was er sah, doch er war entschlossen, seine Nachforschungen fortzusetzen. Er untersuchte den Körper und nahm jede Einzelheit in Augenschein, ehe sein Blick unaufhaltsam zum kaum menschlichen Antlitz des Toten wanderte. Der Junge wappnete sich innerlich, beugte sich über den Leichnam und schob behutsam zwei Finger in den offenen Mund, um den Kiefer nach unten zu ziehen. Während die Finger des Magiers im Mundraum des Toten herumtasteten, beugte Lothar sich gleichermaßen angeekelt wie fasziniert vor, um besser sehen zu können.

Ein Tentakel aus vagem grünem Nebel stieg aus dem Mund des Toten empor und löste sich in nichts auf. Die Soldaten – darunter auch Lothar – keuchten überrascht. Der Magier sprang zurück und hielt sich mit dem Ärmel Mund und Nase zu; offensichtlich wollte er nicht, dass der seltsame grüne Rauch ihn berührte. Sein Gesicht war blass, und er schluckte schwer, bevor er sich zu Lothar umdrehte.

„Was war das?“, wollte Lothar wissen.

Der Junge nahm einen tiefen Atemzug und versuchte, sich zu beruhigen. „Ihr müsst den Wächter herrufen. Es wäre besser, wenn er Euch erklärt, was vorgeht.“

Das war eine Forderung, keine Bitte. Lothar blinzelte.

„Medivh?“, fragte Karos und sah den Hauptmann an.

„Wir vergeuden kostbare Zeit!“, beharrte der Junge.

Lothar betrachtete ihn mit zu Schlitzen zusammengekniffenen Augen. „Nur der *König* kann den Wächter rufen. Nicht ich und mit Sicherheit auch nicht irgendein hergelaufener Welpe, dem kaum die ersten Barthaare sprießen.“ An Karos gewandt sagte er: „Schafft ihn nach Goldhain.“

Die Nacht war schon weit fortgeschritten und die Dämmerung nicht mehr fern, als die Greifin mit Lothar am vertrauten Gasthof „Zur Höhle des Löwen“ in Goldhain landete. Die Luft war klamm und frostig, und aus dem Wald riefen zu dieser Stunde noch die nächtlichen Jäger.

Einige Schritte entfernt hatten sich ungeachtet der späten Stunde einige Dorfbewohner versammelt, um den König mit seiner Leibgarde zu sehen und nach Möglichkeit Zeugen wichtiger und großer Ereignisse zu werden.

„Bestien, sagt ihr?“ Die Stimme war ruhig und gelassen, aber autoritär und verschaffte sich über das misslautende Durcheinander einiger anderer hinweg mühelos Gehör. Vielleicht, dachte Lothar, als die Soldaten der königlichen Garde zackig salutierten und ihm Zutritt zur „Höhle des Löwen“ gewährten, kam ihm das auch nur so vor, weil er diese Stimme so gut kannte und sie überall heraushörte.

König Llane Wrynn war groß, hatte dunkles Haar und kluge, gütige Augen und trug seinen Vollbart sorgfältig gestutzt. Selbst jetzt, in weniger förmlicher Kleidung, wirkte er von Kopf bis Fuß wie der König, der er war. Die Königsfamilie hatte gerade einen Ausflug in den Wald von Elwynn unternommen, als Llane eine ähnliche Botschaft erreicht hatte wie König Magni. Daraufhin war er zum Gasthof zurückgekehrt, um weitere Nachrichten abzuwarten und sich ein genaueres Bild von der Lage zu machen.

Lothar verspürte einen Stich unangebrachter Nostalgie. Bis zu diesem Moment war das in dem kleinen Dorf Goldhain gelegene Gasthaus für ihn ein Ort gewesen, an dem er sich regelmäßig mit Llane und Medivh getroffen hatte, um mit ihnen gemeinsam zu lachen, zu spielen und zu trinken. Jetzt war es in ein provisorisches Hauptquartier umgewandelt worden. Im Festraum waren mehrere Tische zusammengeschoben worden und jetzt von Karten, Briefen und Tintenfässern bedeckt. Lothar musste lächeln, als er feststellte, dass die ausgerollten Ecken der Pergamente von Bierkrügen gehalten wurden.

„Welche Art von Bestie würde das tun, was ihr berichtet habt?“, fuhr Llane fort. Es kostete ihn sichtlich Mühe, ruhig zu bleiben, als er den Schild eines Sturmwind-Soldaten in Augenschein nahm, der so tief gespalten worden war, dass ihn nur noch ein kleiner Rest der metallenen Verbindung zusammenhielt.

Einer der Offiziere – mit dunklem Haar und noch dunkleren Augen – schüttelte den Kopf. „Nur Gerüchte, Eure Majestät.“

„Aus *drei verschiedenen* Tälern“, konterte Aloman, eine von Lothars besten Soldatinnen, mit einem harten Blick ihrer blaugrauen Augen.

„Ich habe ein Dutzend einander widersprechender Schilderungen gehört“, erklärte ein dritter Offizier.

„Das ist eine Rebellion, Sire“, meldete sich ein vierter zu Wort.

„Aufständische, Bestien ...“, sagte der erste Offizier gereizt. „Wir brauchen mehr Informationen.“

Als Llane Lothar entdeckte, glättete sich seine gerunzelte Stirn ein wenig. „Lothar!“, rief er. „Habt *Ihr* irgendetwas erfahren, das uns weiterhelfen könnte?“

„Vielleicht ein klein wenig“, entgegnete Lothar. Königin Taria, die neben ihrem Gemahl stand, blickte auf, als sie ihres Bruders Stimme hörte. Ihrer beiden Blicke trafen sich, und sie schenkte ihm ein angespanntes Lächeln. Taria wirkte ebenso majestätisch wie Llane, doch Lothar wusste nur zu gut, dass sich hinter ihren Rehaugen und ihrem bescheidenen Auftreten ein scharfer Verstand und eine Halsstarrigkeit verbargen, die seiner eigenen fast gleichkam.

Lothar sprach rasch, vermied Mutmaßungen und hielt sich an die Fakten, als er von dem jungen Magier und dem merkwürdigen grünen Hauch berichtete, der den Lippen des Toten entwichen war. Er endete mit: „Zudem, mein Lehnsherr, hat man mir gesagt, ich solle den Wächter rufen. Also kümmert Euch darum, Mann."

„Wird sofort erledigt", sagte Llane ironisch und seufzte dann.

„Gibt es immer noch keine Nachricht aus Dunkelhain?", fragte Taria sanft. Sie und Lothar waren beide in Dunkelhain aufgewachsen, einem Ort, der ebenso idyllisch und ruhig war wie Goldhain. Das Dorf lag im Süden des Waldes von Elwynn, und seit einer Weile hörte man unerklärlicherweise nichts mehr von dort. Doch auch jetzt konnte Lothar seiner Schwester leider nichts berichten, das ihre Unruhe gelindert hätte. Er schüttelte den Kopf.

Llane sah ihn vollkommen ratlos an. „Wie kann eine Garnison von dreißig Mann einfach spurlos verschwinden?"

„Durch Fel-Magie", ertönte da eine junge, kräftige Stimme, „oder zumindest durch ihren Einfluss."

Schlagartig verstummte alles Gerede. Mit Ausnahme von Lothar schauten Llane und alle anderen im Raum zur Tür hinüber und zu dem Neuankömmling, der dort stand. Der König hob eine Augenbraue. „Ist er das?", fragte er Lothar unsicher.

„Hm-hmm", entgegnete Lothar abgelenkt. Seine Aufmerksamkeit galt vielmehr dem jungen Soldaten hinter dem Magier, der ausgewählt worden war, um ihn zu eskortieren, und jetzt in Habtachtstellung dastand.

Verflucht!

Lothar presste die Lippen aufeinander und beantwortete Llanes Frage mit einem Nicken. „Feldwebel Callan!", sagte Taria, die Stimme warm vor Freude.

Callan verbeugte sich knapp. „Eure Majestät." Seine sonore Stimme klang eine Winzigkeit zu förmlich. *War ich jemals so jung wie er?*, fragte sich Lothar.

„Danke, Feldwebel", sagte er kurz angebunden, ehe er die Hand ausstreckte, um den jungen Magier zu packen und ihn zu Llane zu führen. Callan salutierte und bezog neben der Tür Stellung, um auf weitere Befehle zu warten.

„Also", sagte Llane mit harter Stimme. „Wer bist du, Zauberer?"

„Mein Name ist Khadgar", entgegnete der Junge. „Ich bin der Wächter-Novize."

War es im Raum leise, als Khadgar das Wort ergriff, so war es jetzt so still, dass einem das Knistern des Feuers überlaut vorkam. Der Junge schaute sich unbehaglich um, verlegen von der geballten Aufmerksamkeit, die ihm zuteilwurde, und fuhr fort.

„Ich ... na ja, ich *war* der Wächter-Novize. Ich habe mich von meinen Eiden losgesagt." Das Schweigen wurde noch tiefer. „*Offiziell* gibt es da kein ... na ja, kein verbindliches Protokoll, wie so was funktioniert, wisst Ihr? Für mich war das eher eine ... eine persönliche Entscheidung, die letztlich dazu führte, dass ich Dalaran und den Kirin Tor den Rücken gekehrt habe, und abgesehen davon ... tauge ich einfach nicht als Wächter", endete er ein wenig lahm.

„Du meinst, du bist ein *Flüchtling*", deutete Lothar seine Worte.

Der Junge – Khadgar – wandte sich ihm zu, um sich gegen diese Anschuldigung zu wehren. „Ich verstecke mich nicht." Dann wandte Khadgar seine Aufmerksamkeit dem König zu. „Eure Majestät", sagte er und trat vor. „Ich mag vielleicht meine Ausbildung abgebrochen haben, doch damit habe ich nicht auch meine Fähigkeiten hinter mir gelassen. Genauso wenig wie Ihr vergessen könntet, wie man ein Schwert führt, falls Ihr beschließen solltet, kein Soldat mehr zu sein. Ihr müsst wissen …" Er fuhr sich mit einer Hand durch sein braunes Haar. „Ich habe etwas *gespürt*. Dunkle Mächte. So stark, dass ich sie fast *riechen* kann."

Ein Schauder kroch Lothar über die Haut, und er wusste, dass der Junge die Wahrheit sprach.

„Zu wissen, dass etwas so Böses so nah ist … Das konnte ich einfach nicht auf sich beruhen lassen. Ich glaube …"

Er brach ab, als draußen mit einem Mal ein Kreischen erscholl, gefolgt vom Gebrabbel verängstigter Stimmen. Callan eilte zur Tür und riss sie auf, um die Leute zur Ordnung zu rufen.

„Was geht da draußen vor?", wollte Lothar von ihm wissen.

Der Feldwebel wandte seinem befehlshabenden Offizier sein unvorstellbar junges Antlitz zu. „Rauch, Herr! Im Südosten!"

„Eure Majestät", sagte Khadgar, und sein ganzer Körper verkrampfte sich. „Ich bitte Euch dringend, so schnell wie möglich den Wächter zu rufen!"

„Sie haben den Wald von Elwynn erreicht!", verkündete einer der Posten. „Dunkelhain brennt!" Lothar und Llane sahen einander an, ehe Lothar mit großen Schritten zum Fenster marschierte. Der Wachmann hatte recht. Im Zwielicht so kurz vor der Dämmerung war das Feuer leicht zu entdecken, ein träges, wenngleich finsteres orangerotes Leuchten, das unmittelbar über der Baumlinie waberte. Der Wind drehte, und jetzt konnte er das Feuer auch riechen.

Dann war Taria neben ihm, eine Hand auf seinem Arm. „Ein Angriff?“ Sie war von edler Geburt und durch Heirat zur Königin geworden. Sie hielt ihre Stimme ruhig. Allein er, der sie so gut kannte wie kein anderer, konnte das fast unmerkliche Zittern darin hören; konnte die Furcht in ihrem Griff an seinem Arm spüren.

Er antwortete ihr nicht. Das brauchte er nicht. Sie wusste auch so Bescheid. Ihre Miene wandelte sich, als sie seine musterte. „Was ist?“, fragte sie.

Lothar sprach so leise, dass seine Worte allein an ihr Ohr drangen. „Hör auf, Callan anzufordern.“

Sie schaute ihn an, und in diesem Moment war sie außerstande, Verwirrung vorzutäuschen. Er senkte seine Stimme zu einem schroffen Flüstern. „Halte dich aus meinen Angelegenheiten heraus.“

Taria stritt seinen Vorwurf nicht ab, sondern sagte bloß, als würde das alles erklären: „Er will in die Fußstapfen seines Vaters treten.“

Es gab mindestens zehntausend Dinge, die dagegen sprachen, und am liebsten hätte Lothar unverzüglich mindestens dreitausend davon zur Sprache gebracht, doch dafür war jetzt keine Zeit. Stattdessen sagte er: „Hör auf, ihm zu helfen.“

„Hüte deine Zunge“, sagte Taria. „Du sprichst mit der Königin.“

Das entlockte Lothar ein durchtriebenes Lächeln, und er beugte sich zu ihr. „Zuerst und vor allem bist du meine Schwester“, erinnerte er sie. Das konnte sie nicht leugnen. Llane tauchte hinter ihnen auf und musterte Lothar mit seinen ernsten braunen Augen.

„Wann warst du das letzte Mal in Karazhan?“, fragte der König.

„Zusammen mit Euch. Ich weiß nicht recht … vor

sechs Jahren?“ Sechs Jahre. Eine lange Zeit. Wie konnten sie einfach so verstreichen? Einst hatten sie drei sich so nahe gestanden ...

Llane schaute überrascht drein. „Und seitdem hattest du keinen Kontakt zu Medivh?“

„Nicht, dass ich es nicht versucht hätte“, murmelte Lothar. „Ich weiß, dass er meine Briefe bekommen hat, doch die Mühe, einen Boten anzuheuern, um sie ihm zu schicken, hätte ich mir sparen können; ebenso gut hätte ich sie auch gleich anzünden können, nachdem ich sie geschrieben hatte. Ich nehme an, Ihr habt seitdem auch nichts von ihm gehört?“

Llane schüttelte den Kopf. „Nun“, sagte er dann grimmig und schaute auf seine Hand herab, „jetzt kann er sich nicht länger vor uns verstecken.“ Er zog sich einen Ring mit einem großen, funkelnden blauen Edelstein vom Finger und drückte ihn Lothar in die ausgestreckte Hand.

Ihre Blicke trafen sich.

„Der Wächter“, erklärte Llane, „wurde gerufen.“

5

Durotan, Orgrim und zwei Dutzend weitere Frostwölfe standen auf einer Anhöhe und beobachteten das Schauspiel, das sich unter ihnen zutrug. Durotan strich Scharfzahn gemächlich über das dichte Fell und konnte kaum glauben, was sich seinen Blicken darbot. Orcs – diese mächtigen, gewaltigen, stolzen Krieger – steckten Hütten mit strohgedeckten Dächern in Brand, schlachteten Vieh ab und jagten kleineren, unbewaffneten, sanft wirkenden Kreaturen nach, die schreiend vor ihnen flohen. Gul'dan hatte den Orcs Nahrung und sauberes Wasser versprochen. Und er hatte sein Wort gehalten. Die Felder zu ihren Füßen waren golden von Getreide und reich an hellorangenen Kürbisfrüchten.

Die Mägen seiner Männer waren voll, doch ihre Stimmung war dennoch nicht die beste. Durotans Lippen verzogen sich vor Abscheu, während unten das Gemetzel, das den Begriff „Schlacht" nicht verdiente, weiterging.

In dem Durcheinander löste sich ein Wolf samt Reiter

von den anderen und preschte den Hügel hinauf auf sie zu. Schwarzfaust, der Kriegshäuptling, trug eine grimmige Miene zur Schau. Über den mächtigen Schultern seines Wolfs lag eine Gefangene. Einer dieser „Menschen“, wie Gul’dan sie nannte.

Die Frau war jung und verängstigt. Ihr Haar hatte die Farbe des Strohs, das unter ihnen knisterte und brannte, und ihre Haut war von einem seltsamen Rosaorange. Ihre Augen waren genauso blau wie die von Durotans Sohn. Obwohl sie vor Entsetzen weinte, war der Säugling, den sie fest umklammert hielt, zu ängstlich, um zu schreien. Die Frau schaute zu Durotan auf und flehte ihn stumm an, doch er wusste auch ohne Worte, was sie sagte. Sie sagte das, was alle Eltern an ihrer Stelle sagen würden. *Verschont mein Kind!*

Detish …

„Schließen sich die Frostwölfe der Jagd nicht an?“, fragte Schwarzfaust.

Während er darauf antwortete, musterte Durotan die heulende Menschenfrau. „Wir ziehen es vor, wenn unsere Feinde mit Äxten bewaffnet sind statt mit Kindern.“

Etwas huschte über Schwarzfausts Antlitz, als er auf seine Gefangene hinabblickte; zwar war der Ausdruck auf seinen Zügen sogleich wieder verschwunden, doch Durotan hatte ihn gesehen. „Wir haben unsere Befehle, Durotan.“ In seiner Stimme lag ein unmerklicher Anflug von Scham. „Achte die alten Wege.“ Er schwang sich wieder auf sein Reittier und ergriff die Zügel des Wolfs. So leise, dass Durotan es fast nicht gehört hätte, murmelte der Kriegshäuptling: „Irgendwo in diesem Misthaufen findet sich schon noch ein würdiger Gegner.“

Durotan erwiderte nichts darauf. Schwarzfaust knurrte, ehe er an den Zügeln riss und seinen Wolf wendete.

„Sucht sie!", rief er dem Rest des Kriegstrupps zu. „Versucht, nicht zu viele von ihnen zu töten. Wir brauchen sie lebend!"

Leise und beinah entschuldigend sagte Orgrim: „Das hier ist Krieg, mein Häuptling."

Durotan verfolgte weiterhin das Grauen, das sich unter ihnen entfaltete. Er dachte an die Käfige und an die Draenei und schüttelte den Kopf. „Nein", sagte er. „Das ist es nicht."

Es war kleinlich von ihm, das wusste Lothar, doch zum Kuckuck, im Augenblick empfand er Ärger, ein Gefühl der Hilflosigkeit und, ja, auch Engherzigkeit. Also hatte er dem jungen Magier nicht gesagt, wohin ihre Reise ging. Zwar hatte Khadgar sich danach erkundigt, doch auch Llane, den offensichtlich ähnliche Gefühle umtrieben, hatte nur gesagt: „Wo immer Lothar dich hinschickt."

Jetzt klammerte er sich hinter Lothar fest, während sie auf der Greifin dahinflogen, er und dieser Fast-Wächter, ein Junge, der noch nicht einmal so alt war wie Callan. Lothar merkte, wie er von einer Seite zur anderen rutschte und mit der Neugierde in die Tiefe spähte, wie sie für Magier typisch war, während er in einem fort Fragen stellte, die jedoch zum Glück vom Wind verweht wurden. Lothar war nicht in der Stimmung, den Fremdenführer zu spielen.

Die Greifin war beinah senkrecht in den Himmel hinaufgeschossen, als könnte sie Lothars schlechte Stimmung spüren und würde Khadgar am liebsten abwerfen. Erst als sie sich hoch über die grünen Baumwipfel erhoben hatten, die just in diesem Moment von der Dämmerung berührt wurden, blieb die Greifin schließlich auf gleicher

Höhe. Hier oben war es kalt, und Lothar quoll der Atem in weißen Wölkchen von den Lippen. Am liebsten hätte er die Greifin angewiesen, etwas Luftaufklärung zu betreiben und geradewegs auf das Feuer zuzuhalten. Doch er hatte seine Befehle, und so war er gezwungen, zuzusehen, wie der unheilvolle Schein der Flammen schwand, während sie weiter nach Osten flogen.

Die aufgehende Sonne breitete einen wohlwollenderen Glanz über die nur langsam erwachenden Wälder, bis schließlich helllichtes Tageslicht herrschte. Weit vor ihnen ragte ein Berg empor, ein einzelner Riese inmitten der kleineren Hügel und ein grauer Klecks vor dem Hintergrund des strahlend hellen Osthimmels. Auf seinem Gipfel erhob sich etwas in noch größere Höhe. In diesem Moment fing sich die Sonne darin, und das Licht blitzte aus den Fenstern des Baus. Nein, kein Sonnenlicht; da war richtiges Licht, blau-weiß und wunderschön, das aus dem Innern der obersten Kammer drang.

„Karazhan!" Ausnahmsweise riss der Wind Khadgar seinen Ausruf nicht von den Lippen, und in diesem einen Wort schwangen all sein Enthusiasmus, sein Erstaunen und seine Beklommenheit mit. Und ungeachtet seiner gegenwärtigen Griesgrämigkeit konnte Lothar nicht umhin, ihm diesen Moment zu gönnen. Immerhin wäre dies Khadgars Zuhause geworden, wenn er seine Verantwortung nicht aufgegeben hätte.

Lothar kniff die Augen gegen die Sonne zusammen. Das Tageslicht meinte es nicht gut mit dieser Stätte. Der graue Stein des berühmten Turms von Karazhan wies Risse auf, die selbst aus der Entfernung sichtbar waren, und je näher sie kamen, desto mehr wurde Lothar klar, dass sich das Gemäuer in einem Zustand fortschreitenden Verfalls befand. Efeu wucherte auf den Mauern.

Die Gemüsegärten und das Weideland, das nötig war, um den Wächter und jene zu ernähren, die ihm an diesem abgelegenen Ort zu Diensten waren, wirkten ungepflegt und waren von Unkraut überwuchert. Einigen Ställen fehlten sogar Teile des Dachs. Er kniff die Lippen zu schmalen Strichen zusammen. Wenn der Turm selbst derart heruntergekommen war, was war dann wohl mit seinem Meister? Sechs Jahre lang hatte er sich in Schweigen gehüllt. Das war eine lange Zeit.

Als die Greifin bedächtig beidrehte und sich zur Landung bereitmachte, entdeckte Lothar eine einzelne Gestalt mit stockgeradem Rücken, die sie am Fuß des Turms erwartete. Das Gesicht des Mannes war ein blasser Schmierfleck über dem flatternden Wappenrock mit dem Auge der Kirin Tor. Ungeachtet seiner Beklommenheit spürte Lothar, wie seine Anspannung zumindest ein wenig nachließ.

Die Greifin landete sanft, und ein Grinsen machte sich auf dem Gesicht des Soldaten breit, als er von ihrem Rücken glitt und auf den wartenden Mann zuging. Dieser war groß gewachsen und schlank, dabei aber durchaus muskulös, hatte weißes Haar, bleiche Haut und ein von Falten durchzogenes Gesicht mit jung gebliebenen Augen. Die funkelten nun vor Vergnügen, als der Kastellan die Arme ausstreckte, um seinen alten Freund willkommen zu heißen.

Lothar klopfte dem zeitlosen Mann auf den Rücken. „Moroes, du antikes Ungetüm! Schau dich an! Vollkommen unverändert!“ Das war nicht bloß ein freundliches Kompliment. Als er selbst noch jung gewesen war, war Moroes ihm alt vorgekommen. Jetzt dagegen wirkte der Magier wesentlich jünger als einst. Ja, überlegte Lothar, er selbst war eben gealtert und Moroes nicht.

„Ich wünschte, dasselbe könnte ich auch über dich sagen, Anduin Lothar“, entgegnete Moroes. „Aber du bist ein alter Mann geworden! Ist das da etwa Grau in deinem Haar?“

„Schon möglich“, gab Lothar zu. Mit Sicherheit würde er einige graue Haare bekommen, falls sich seine Befürchtungen bestätigten. Dieser Gedanke betrübte ihn. Er drehte sich zu Khadgar um. Die Augen des Jungen waren groß wie zwei in sein junges Gesicht gepflanzte Hühnereier.

„Folgt mir, meine Herren“, sagte Moroes. Seine jugendlich-alten Augen verweilten auf Khadgar, doch er stellte keine Fragen.

„Komm“, sagte Lothar zu Khadgar, um beinahe widerwillig hinzuzufügen: „Ich denke, es wird dir gefallen.“ An Moroes gewandt fragte er beim Eintreten: „Wo stecken denn alle?“

Kummer huschte über die alterslosen Züge des anderen, als er ausweichend erwiderte: „Vieles hat sich geändert.“

Gleichwohl, etwas war unverändert geblieben: die Kammer, in die sie nun gelangten, die Bibliothek. Ebenso hoch wie die Wände schienen auch die Regalreihen voller Bücher aufzuragen, die die Wendeltreppe im Herzen des großen Raums umringten. Die Regale füllten jeden Zentimeter der gerundeten Steinmauer aus: Brett an Brett, Buch an Buch, etliche Kisten voll mit Schriftrollen, noch bis auf die allerletzte, wie Lothar wusste, selten und kostbar und aller Wahrscheinlichkeit nach einmalig. Es gab so viele Regale, dass Leitern aufgestellt worden waren, die zu einer Art Lesegalerie hoch über ihnen führten – die wiederum ebenfalls schier von Büchern überquoll. Und als ob die Bücher auf den Regalen und der Terrasse noch nicht genug gewesen wären, lagen überall auf dem Boden weitere mannshohe Stapel. Das Wissen, das in all diesen Bänden steckte, hätte kein einzelner Mensch in seinem ganzen Leben in sich aufnehmen können.

Jedenfalls kein *gewöhnlicher* Mensch.

Doch noch bemerkenswerter als die fast schon obszöne Fülle an unbezahlbarem Wissen, die diese Kammer beherbergte, waren die Geheimnisse der Magie, die sich jenen erschlossen, die diese Bücher lasen.

Die Schlieren dieser Magie wanden sich gleißend hell aufwärts und durch die Regale, glühend weiße Rinnsale, die an der Decke hoch über ihren Köpfen zu erblühen schienen. Khadgar erinnerte an einen Jungen in einem Pastetenladen, bereit, alles zu verschlingen, das sich seinen Blicken darbot, und Lothar konnte es ihm kaum verübeln.

„Führen die zum Becken des Wächters?", fragte Khadgar. Sein Blick war starr auf die federartigen Lichttentakel gerichtet, und seine Stimme konnte ihr unmerkliches Zittern nicht verleugnen.

Moroes' Augen weiteten sich um eine Winzigkeit, und er warf Lothar einen fragenden Blick zu, wie um zu sagen: *Was für einen interessanten Leckerbissen hast du mir denn da mitgebracht?* „In der Tat", erklärte er. „Karazhan wurde als Stätte der Konfluenz errichtet ..."

„... als Ort, an dem sich die Ley-Linien treffen, ich weiß", keuchte Khadgar. Er schüttelte den Kopf, offensichtlich beinahe überwältigt von der Situation. „Die Macht, die hier schlummern muss ... Dieses Wissen!" Er lachte, und es klang überraschend unschuldig. „Ich wusste nicht einmal, dass es überhaupt so viele Bücher gibt!"

Moroes schaute sogar noch faszinierter drein. Allerdings war Lothar nicht gewillt, irgendwelche Fragen des

Kastellans zu beantworten, bis er selbst einige gestellt hatte. „Wo ist er?“, fragte er rundheraus.

Moroes bedachte seinen alten Freund mit einem wissenden Lächeln. Er streckte den Zeigefinger aus und deutete geradewegs in die Höhe.

Natürlich. „Warte hier“, wies Lothar Khadgar an, während er die Wendeltreppe musterte, die nach oben führte ... und immer noch weiter *nach oben* ... und sich für den Aufstieg wappnete. Er war sich sicher, dass der Junge diesen speziellen Befehl beherzigen würde. Gewöhnliche Burschen in Khadgars Alter wären wesentlich aufgeregter gewesen, wenn sie eine Waffenkammer betreten hätten. Natürlich wusste Lothar um den Wert von Büchern, doch dieser Junge erinnerte ihn sehr daran, wie Medivh früher gewesen war – nach Wissen hungernd, als wäre es ihm Speis und Trank. Und bei den Magiern war das womöglich tatsächlich der Fall. Er setzte zwar nach: „Versuch nichts anzufassen.“ Doch er gab sich keinen Illusionen darüber hin, wie ernst diese Anweisung genommen werden würde.

Moroes übernahm die Führung. Lothar wartete, bis sie einige Windungen der Treppe hinter sich hatten und garantiert außerhalb von Khadgars Hörweite waren. „Also empfängt er niemanden?“

Moroes zuckte die Schultern. „Die Welt war in Frieden.“

Wiederum eine Antwort, die nicht wirklich eine war. „Es gab noch andere Obliegenheiten. Die Überschwemmungen in Lordaeron. König Magnis Hochzeiten.“ Er lächelte ein wenig. Einst gab es eine Zeit, da hätten Medivh, Llane und er selbst sich keine so gute Gelegenheit auf feines Zwergenbier entgehen lassen. Dann schwand sein Lächeln. „Er hat sich einfach nicht sehen lassen.“

„Das stimmt“, bestätigte Moroes. Er schwieg einige Stufen lang, ehe er sagte: „Ich bin froh, dass du hier bist, Lothar. Es wird dem Wächter guttun, ein anderes freundliches Gesicht zu sehen als immer nur meins.“

„Hätte er das gewollt, hätte er mein Gesicht in den letzten sechs Jahren jederzeit sehen können“, sagte Lothar.

„Stimmt“, sagte Moroes wieder und vermied es ärgerlicherweise, jedwede Informationen preiszugeben, die Lothar tatsächlich irgendeine Erkenntnis hätten bringen können.

Verflucht, Lothar hatte ganz vergessen, wie hoch dieser Turm war. „Erzähl mir, was du kannst, Moroes“, sagte er. „Fang damit an, wer alles gegangen ist und warum.“

Das war ein gutes Thema, das es Lothar überdies erlaubte, seinen Atem während des scheinbar endlosen Aufstiegs nicht unnötig zu verschwenden. Moroes bewegte sich wie eine Gnomen-Maschine mit stetiger, gleichmäßiger Geschwindigkeit. Seine Ausdauer war scheinbar grenzenlos.

Die Bediensteten, die für die Versorgung von Gästen verantwortlich waren, hatten den Turm als Erste verlassen, berichtete Moroes ihm: die Mägde, die Lakaien und ein Großteil des Küchenpersonals. Medivh meinte, da er nicht beabsichtige, weiter Besucher zu empfangen, gebe es auch keinen Bedarf an Dienern. Aus demselben Grund gebe es keine Notwendigkeit für zusätzliche Pferde oder Jagdhunde. Der Herr von Karazhan hatte die Stallknechte und Hundeführer aus der vorhandenen Tierschar wählen lassen, ehe sie sich davonmachten, und auch das Gros der Reinigungskräfte und Gärtner war entlassen worden. Selbst das Vieh hatte man fortgeschickt; die wenigen Bewohner, die blieben, mussten sich mit ein paar Hühnern begnügen, die sie mit Eiern versorgten, und mit dem Gemüse aus den Gärten.

Und so war es weitergegangen. Lothar hörte zu – er konnte gar nicht anders; er war längst zu sehr außer Atem, um etwas zu sagen –, und sein Unbehagen nahm stetig zu, während Moroes seine Litanei über jene fortsetzte, die dem Turm von Karazhan den Rücken gekehrt hatten. „Die Buchkünstler waren die Letzten, die gingen", schloss Moroes. Die Buchkünstler. Nicht die, die Nahrungsmittel anbauten oder zubereiteten oder den Turm in einem ordentlichen Zustand hielten. Lothar gefiel das Bild seines alten Freundes Medivh, das Moroes gezeichnet hatte, ganz und gar nicht.

„Heutzutage bleibt der Wächter die meiste Zeit über für sich", sagte Moroes. „Doch dich zu empfangen kann er nicht verweigern. Genauso wenig kann er sich König Llane widersetzen. Nicht, wenn er gerufen wird." Lothar hatte sich unmerklich – jedenfalls hatte er das geglaubt – gegen die zentrale Säule der Wendeltreppe gelehnt, um wieder ein wenig zu Atem zu kommen. Moroes musterte ihn. Er atmete tief ein, bewegte seine Hände so, als wollte er Lothar anweisen, er möge es ihm gleichtun, sagte: „Hopp-hopp!", und setzte seinen forschen Aufstieg fort.

Lothar blickte die scheinbar endlosen Stockwerke hinauf, die noch vor ihnen lagen, und in diesem Moment hätte er nichts lieber getan, als Moroes die Treppe hinunterzustoßen. Mit einem verhaltenen Keuchen starrte Lothar dem so viel älteren Mann, der unbeirrt höher stieg, nach, als wären seine Blicke Dolche. Doch als er ihm schließlich folgte, waren seine Knie weich.

Endlich erreichten sie die oberste Kammer des Turms von Karazhan. Der Raum war offen und luftig. Alkoven mit dem Auge der Kirin Tor wechselten sich mit Buntglasfenstern ab. Das bunte Licht vermischte sich mit der Helligkeit, die vom Mittelpunkt des Raums ausging – von der Quelle des Wächters. Wie ein sanft vor sich hin brodelnder Kessel blubberte das Becken und stieß gelegentlich einen Schwall blassblauen Dunstes aus; es war ein Quell von so mächtiger magischer Energie, dass Lothar nicht einmal darüber nachdenken wollte, *wie* mächtig er war. Eine Galerie verlief auf halber Höhe rings um die Kammer; man erreichte sie über zwei Treppen. Dort befand sich Medivhs Schlafstätte. Das alles hatte Lothar schon bei seinen vorherigen Besuchen in Karazhan gesehen.

Die Statue hingegen war neu.

Dabei war es eigentlich gar keine richtige Statue, zumindest noch nicht. Im Augenblick handelte es sich um kaum mehr als um einen grob menschenförmigen Tonklumpen, der fünf oder sechs Meter über dem leuchtenden Becken schwebte; das Licht warf wogende Ströme aus Weiß auf die braune, klumpige Oberfläche. Das Ding war stämmig, seine Gliedmaßen dick wie Baumstämme, mit einer undefinierbaren Beule an seinem gewaltigen Leib. Das klobige Etwas wurde von einem Gerüst aufrecht gehalten, an dem ein Gehstock mit einem geschnitzten Raben als Griff lehnte.

Und am oberen Ende der Leiter hockte der Schöpfer dieses „Kunstwerks“.

Der Wächter von Azeroth war zwar kleiner und schmaler als Lothar, aber immer noch groß und gut in Form. Schweiß und Lehm bedeckten seinen nackten Oberkörper, während er sowohl mit Werkzeugen als auch mit bloßen Händen an der Tonfigur arbeitete. Er stand mit dem Rücken zu den Neuankömmlingen, und seine Muskeln spannten und entspannten sich, während er unbeirrt in seinem Tun fortfuhr.

Ohne sich umzudrehen, fragte Medivh: „Hast du nach ihm geschickt, Moroes?“ Seine Stimme klang klar und kräftig und die Frage scheinbar beiläufig, doch ihr haftete ein fast unmerklicher, warnender Unterton an.

„Hat er nicht“, entgegnete Lothar, der nach dem irrsinnigen Aufstieg nicht zu schnaufen versuchte und kläglich damit scheiterte. Auf dem Tisch lag ein Klumpen Ton, in dem Lothar herumstocherte, während er weiterhin versuchte, wieder zu Atem zu kommen. „Also“, sagte er, „bist du jetzt unter die Bildhauer gegangen?“

Jetzt wandte Medivh sich um. Lothar war sich nicht sicher, was er erwartet hatte. Der desolate Zustand des einstmals prächtigen Karazhan kam ihm in den Sinn, ebenso wie Moroes Geschichte über die Isolation seines Herrn, über sechs Jahre, in denen er keinerlei Kontakt zu irgendwem gehabt hatte ... Doch Medivh sah aus wie ... Medivh. Sein Haar – lang und locker und ungezügelt – hatte denselben sandfarbenen Braunton wie immer, und auch sein Bart war von derselben Farbe. Keine plötzlichen weißen Strähnen oder tiefe Furchen auf seiner Stirn, auch wenn das Gesicht des Wächters genau wie Lothars im Laufe der vergangenen Jahre einige Falten hinzugewonnen hatte. Seine Augen blickten müde, doch sein Leib war so kräftig und fit wie eh und je.

„Um ehrlich zu sein, erschaffe ich gerade einen Golem“, sagte Medivh im Plauderton. Er musterte seine Schöpfung einen Moment lang, bevor er zu einem Stück Draht zwischen zwei Holzgriffen langte und einen Kringel Lehm von der Schulter des Dings schnitt.

„Einen Golem“, sagte Lothar und nickte, als wüsste er ganz genau, was Medivh damit meinte.

„Einen Tondiener", erklärte Medivh. „Normalerweise dauert es Jahre, bis die Magie den Lehm durchsetzt, aber hier oben ..." Er wies auf den Quell flüssiger weißer Magie. „... geht das viel schneller! Vielleicht kann er Moroes von Nutzen sein. Ihm bei der Hausarbeit helfen."

„Es ist ja auch sonst niemand mehr da, der das tun könnte", sagte Lothar unverblümt, während er von dem Diener dankbar einen Becher verdünnten Weins entgegennahm.

Medivh zuckte die Schultern, sprang leichtfüßig von der Leiter hinunter und griff nach einem Handtuch, um damit über seinen lehmbespritzten Oberkörper zu wischen, ohne dass es viel gebracht hätte.

„Ich mag die Stille." Einen Augenblick lang standen die beiden alten Freunde einander gegenüber und sahen sich an. Dann wurde Medivhs Antlitz weicher, ein aufrichtiges Lächeln spielte über seine Lippen, und seine Stimme wurde ganz warm. „Es ist schön, dich zu sehen, Lothar."

„Du wurdest schmerzlich vermisst, alter Freund", sagte Lothar. „Doch ich bin nicht gekommen, um in Erinnerungen zu schwelgen. Wir brauchen deine Führung, Medivh, und zwar sofort."

Er zog den Ring mit dem königlichen Siegel ab, den Llane ihm gegeben hatte. Er hielt den ziemlich schweren Ring zwischen Daumen und Zeigefinger und zeigte ihn Medivh. „Unser König verlangt nach dir."

Eine subtile Maske der Regungslosigkeit verhärtete die Züge des Wächters, als er den Ring entgegennahm und ihn kurz betrachtete, wie er auf seiner Handfläche lag. Dann gab er ihn zurück. Lothar bemerkte, dass ein Lehmfleck daran war, und wischte ihn ab, bevor er ihn wieder an seinen Finger steckte.

„Wer ist der Junge, der unten wartet?", fragte Medivh.

Der Junge, der unten wartete, war augenblicklich zufriedener als ein Schwein in der Jauchegrube.

Im Licht der Magie badend, hatte er die Zeit inzwischen dazu genutzt, um sich voller Freude in die Bücher der Bibliothek zu vertiefen. Er war gerade dabei, mit flinken Fingern eins davon durchzublättern, die Hände staubbedeckt, als er aus dem Augenwinkel heraus eine schemenhafte Bewegung ausmachte. Da wurde ihm schlagartig klar, dass er in Büchern stöberte, die ihm nicht gehörten – in Büchern, die tatsächlich im Besitz des *Wächters von Azeroth* waren –, und er schlug den Band hastig zu und stellte ihn schuldbewusst zurück ins Regal.

Am anderen Ende des Raums dräute eine Gestalt, so dunkel, dass sie fast mit den Schatten verschmolz.

Khadgar schluckte. „Hallo?", rief er. Die Gestalt rührte sich nicht. Er trat zögernd einen Schritt vor. „Wächter?"

Jetzt bewegte sich die Gestalt und drehte sich ein wenig zur Seite, um sich einer Reihe von Büchern zuzuwenden. Sie hob eine schwarze Hand, streckte den Zeigefinger aus und deutete auf etwas. Dann trat die Gestalt vor, einen Schritt, einen zweiten – und *verschwand* in dem Regal.

Khadgar holte tief Luft und rannte danach los. Auf was hatte die Gestalt gezeigt, und wo war sie hin? Als er glaubte, in etwa die richtige Stelle erreicht zu haben, blieb er stehen und ließ den Blick über die Buchrücken gleiten. Sofern die Gestalt keine Sinnestäuschung gewesen war, musste es hier irgendeine Art Tür geben. Wie ging noch mal dieser Trick mit Büchern und Geheimtüren und verborgenen Räumen? Ach ja, ein bestimmter Band diente häufig als Hebel. Jedenfalls war das in den alten Geschichten immer so. Aber welches Buch kam dafür am ehesten infrage?

Mit Drachen träumen: Die wahre Geschichte der Aspekte von Azeroth? Eher unwahrscheinlich ... aber interessant. Er zog das Buch aus dem Regal. *Was die Titanen wussten?* Vermutlich nicht ... aber dennoch ... Khadgar schnappte sich auch diesen Band. *Durch Welten wandeln* – also, dieser Titel hatte Potenzial.

Er hatte gerade die Hand danach ausgestreckt, als er ein Kribbeln an der Unterseite seines Unterarms spürte. Stirnrunzelnd stellte Khadgar die beiden Bücher an ihren angestammten Platz zurück und zog seinen Ärmel nach unten. Das Mal, das ihn einst als künftigen Wächter gekennzeichnet hatte, das Auge der Kirin Tor, leuchtete!

Überrascht wich Khadgar zurück, und das Leuchten und das warme, kribbelnde Gefühl schwanden. Er trat wieder vor, und sogleich begann das Mal erneut zu schimmern. Es ... es war, als würde es ihn irgendwie *leiten*. Der junge Magier bewegte seinen Arm an der Reihe der Bücher hin und her – kühler, wärmer; beim Lichte, jetzt wurde es regelrecht *heiß* –

Da.

Der vorletzte Band auf dem Brett, schmaler und unscheinbarer als die meisten anderen Bücher hier. Als er ihn herauszog, stellte Khadgar fest, dass auf dem Einband kein Titel stand. Er hatte das Buch gerade aufgeschlagen, um vielleicht auf den ersten Seiten etwas zu finden, als er Schritte hörte.

Hastig verstaute Khadgar den Band in einer der in seinen Umhang eingenähten Taschen. Er atmete tief durch, umrundete die Ecke und ...

„Und?“, forschte der Wächter von Azeroth. „Hast du dich gut umgesehen?“ Und seine Augen loderten blau.

6

Khadgar wurde von einer unsichtbaren Kraft von den Füßen gerissen und durch die Luft geschleudert. Er schrie und wand sich, und dann krachte er mit solcher Wucht gegen eins der Bücherregale, dass das massive Ding mehrere Schritte zurückglitt. „Nimmst schon Maß, hm?“, sagte Medivh, der auf Khadgar zumarschiert kam; seine Augen blitzten vor Zorn, und er hatte die Hände zu Fäusten geballt. „Hast du bereits ein paar Ideen, wie du hier umdekorieren willst, sobald der Turm dir gehört?“

Lothar muss es ihm gesagt haben. Und natürlich muss er dann auf solche Gedanken kommen, dachte Khadgar. Er wusste, dass er schrecklich klug war. Manchmal konnte er allerdings auch schrecklich dämlich sein, wie Khadgar ebenfalls klar war.

„Wächter!“, rief er. „Ich habe meinen Schwur widerrufen!“

„Das hat man mir jedenfalls gesagt.“ Und offensichtlich scherte sich Medivh nicht das Mindeste darum. Der

Wächter bewegte wie beiläufig einen Arm, und jetzt fand Khadgar sich mit dem Rücken zu der großen zentralen Wendeltreppe wieder. Wie ein auf ein Brett genageltes Insekt baumelte der junge Magier mehrere Meter über dem Boden, wo er hilflos mit Armen und Beinen wedelte, während er sich gegen die unsichtbare Macht zu wehren versuchte, die ihn gnadenlos festhielt.

Medivh musterte Khadgar und schnaubte verächtlich. „Erbärmlich“, sagte er mit vor Geringschätzung triefender Stimme. Er hob lässig eine Hand, und der Druck, der auf Khadgars Brust lastete, nahm weiter zu. Die Furcht des Jungen eskalierte, als ihm klar wurde, dass er kaum noch atmen konnte.

Dennoch musste er reden. „Ich wollte nicht hierherkommen! Ich schwöre es, Wächter! Ich habe sie lediglich dazu gedrängt, dich aufzusuchen!“

Er warf Lothar einen verzweifelten Blick zu. Der große Mann stand einfach mit verschränkten Armen da und schaute zu. Warum sprach er denn nichts? „Ich sagte ihnen, dass Ihr derjenige sein solltet, der ihnen erklärt, was …“

„Der ihnen was erklärt?“

Khadgar spürte, wie sein Herz gegen den Käfig seiner Rippen donnerte. Schon begann sich sein Blickfeld zu trüben. Er kämpfte um einen weiteren Atemzug und schaffte es, ein einzelnes Wort hervorzubringen:

„Fel-Magie!“

Schlagartig schwand der Druck. Khargar stürzte schwer auf den Steinboden und keuchte, als wieder Luft in seine Lungen strömte.

„In Azeroth?“, forschte Medivh und kam mit großen Schritten zu ihm herüber. Khadgar bewegte sich behutsam, zuckte aber dennoch vor Schmerzen zusammen. Gebrochen war nichts, auch wenn er einige prächtige Blutergüsse davontragen würde. Er blickte zu dem Wächter auf, der mit grimmiger Miene auf ihn herabstarrte.

„In der Kaserne“, ächzte Khadgar, noch immer ganz außer Atem. „Bei einer der Leichen.“

„Wächter“, unterbrach Lothar sie. „Was ist diese Fel-Magie?“

Medivh wandte seine Augen keine Sekunde von Khadgar ab. „Eine Magie wie keine andere“, sagte er leise. „Sie nährt sich vom Leben selbst. Sie besudelt den, der sie anwendet, und vergiftet alles, was sie berührt. Sie verspricht große Macht – doch der Preis dafür ist grauenvoll. In Azeroth ist kein Platz für Fel-Magie.“

Er verstummte, und Khadgar hatte einen sehr langen Moment Zeit, um sich zu fragen, ob es die richtige Taktik gewesen war, die Fel-Magie ins Gespräch zu bringen, und ob Medivh ihn wohl vom Turm werfen oder einfach in ein kleines Nagetier verwandeln und an eine Katze verfüttern würde?

Schließlich nickte Medivh einmal. „Du hast das Richtige getan.“ An Lothar gewandt sagte er: „Ich komme mit.“ Mit fliegenden Schößen seiner purpurnen Robe marschierte er an Khadgar vorbei, ohne den jungen Mann noch eines weiteren Blickes zu würdigen. Lothar indes trat vor und streckte Khadgar die Hand hin, doch als der Magier danach griff, zog Lothar sie zurück und folgte dem Wächter. Khadgar dachte an all die Zaubersprüche, die er in diesem Moment gern gewirkt hätte, und an das, was sie mit Lothar anstellen würden, während er sich schwerfällig allein aufrappelte.

Lothar band die Zügel der Greifin sorgsam fest, sodass sie sich nicht ohne Weiteres lösen würden, und justierte sie so, dass sie zwar straff, aber bequem um ihren gefiederten Hals lagen. Er streichelte ihren Kopf, und sie krächzte leise vor Wohlbefinden. Die Greifin war eine verlässliche Gefährtin, und sie hatte ihm geholfen, Khadgar einen ordentlichen Schrecken einzujagen. Lothar würde sie vermissen.

Er nahm die Hand fort, und sie öffnete fragend die goldenen Augen. „Ab nach Hause mit dir." Lothar klopfte ihr zweimal auf den Schnabel. Die Greifin schüttelte sich, plusterte Fell und Federn auf, streckte sich wie eine Katze und sprang mit einem Satz himmelwärts, bis sie Wind unter den Schwingen hatte. Sie würden sie zurück zu ihrem Horst in Sturmwind tragen, zu einem wohlverdienten Mahl und einem geruhsamen Schlaf.

Er verfolgte einen Moment lang, wie die Greifin davonflog, und beneidete sie um die Einfachheit ihres Lebens im Vergleich zu seinem, in dem es gerade drunter und drüber ging. Dann wandte er sich um und ging auf die drei Magier zu. Medivh, der jetzt einen mit Rabenfedern besetzten Kapuzenumhang trug, hatte am Boden alle vier Himmelsrichtungen mit Symbolen markiert und zog gerade mit dem Ende seines Stabs einen Kreis, der sie verband. Der Linie des Stabs folgte das blassblaue Licht arkaner Magie und entflammte die Runen. Khadgar beäugte den Wächter unsicher, während Medivh sein Werk verrichtete; Moroes indes stand ein paar Schritte abseits und hatte die Hände hinter dem Rücken verschränkt. Schließlich blickte Medivh von seinem Tun auf und grinste ob der Miene des Jungen.

„Das bringen sie einem in Dalaran nicht bei."

„Teleportation?" Khadgar schüttelte den Kopf. „Nein." Sein Blick kehrte zu den Symbolen zurück.

„Und sie tun recht daran, diese Kunst zu fürchten",

fuhr Medivh fort. Er sah Khadgar erneut an, und seine Augen funkelten. *Das macht ihm Spaß*, dachte Lothar. „Sie ist ausgesprochen gefährlich." Er nahm die Magie mit geschickten Fingern auf, hielt sich die Hand über den Kopf und ließ den Arm dann mit einer raschen, präzisen Bewegung nach unten sausen. Die leuchtenden Schlieren, die er eingesammelt hatte, schossen empor und vereinten sich miteinander, um eine Kuppel knisternder Helligkeit zu bilden. Der blaue Schimmer zeichnete ein scharfes Relief seiner Züge, während Medivh auf den Jungen deutete. „Nur zu. Tritt ein."

Khadgar zögerte.

„Komm schon", spöttelte Medivh fröhlich. „Wo bleibt dein rebellischer Kampfgeist?" Die Wangen des Jungen färbten sich unter seinem dürftigen Gesichtshaar rosa, als er der Aufforderung nachkam, allerdings nicht ohne offenkundige Beklommenheit.

Lothar selbst musste sich ein Lächeln verkneifen, als er nach Khadgar in den Kreis trat. Angesichts des Umstands, wer er war – ein künftiger Wächter, oder zumindest hatte man ihn dafür ausgebildet –, war es fast zu einfach, ihn aus dem Konzept zu bringen.

Sobald Lothar seine beiden Füße ins Innere des Kreises gesetzt hatte, verschwand alles um sie herum: die Ställe, der Turm, sogar der Boden unter ihnen. Khadgar blieb kaum genügend Zeit für ein überraschtes Keuchen, bevor andere Eindrücke an ihre Stelle rückten: polierter weißer Stein anstelle brauner Erde, das Blau und Gold von Fahnen, das Schimmern metallener Rüstungen …

„Beim Lichte, was … Halt!"

Die Stimme trieb auf sie zu, anfangs leise, dann immer lauter. Die extrem scharfen Spitzen mehrerer Lanzen kamen in Sicht, die von Händen in Stulpen gehalten wurden, ehe sie sich schließlich den Gesichtern der Männer der Königsgarde gegenübersahen, die erst zornig und dann verwirrt dreinschauten.

„Hauptmann?" Der erste Wachmann starrte Lothar in fassungslosem Erkennen an, ehe sein Blick zu Medivh schweifte. „Wächter!"

„Senkt die Waffen", befahl Lothar, wenn auch nicht unfreundlich. Sofort traten die Soldaten zurück und nahmen Haltung an, die Schäfte ihrer Lanzen fest auf den Boden gepflanzt.

Llane hatte sich von seinem Thron erhoben und kam nun die Stufen herab; seine Augen waren warm und herzlich, und ein breites Lächeln teilte seinen sorgsam gestutzten braunen Vollbart. Medivh verneigte sich tief.

„Euer Gnaden", sagte der Wächter.

Doch Llane wollte davon nichts wissen. Stattdessen streckte er die Arme aus, um Medivh ungestüm zu umarmen. Um die Umarmung zu erwidern und seinem alten Freund auf den Rücken zu klopfen, reichte der Wächter dem überraschten Khadgar seinen Stab, der ihn beinah ehrfürchtig musterte. Als sich Llane und Medivh wieder voneinander trennten, lächelten beide.

„Medivh ... Es ist schon so lange her!", rief Llane. „Komm. Hilf uns, die Wurzel dieses Übels zu verstehen, das uns plagt." Als der König und der Wächter den Thronsaal verließen, steckten sie bereits die Köpfe zusammen, um sich rasch auf den neuesten Stand zu bringen.

Khadgar schickte sich an, ihnen zu folgen, doch Lothar legte dem Jungen eine Hand auf die schmale Schulter.

„Du hörst zu, sagst aber nichts", warnte Lothar. „Verstanden?"

Khadgar nickte. Er und Lothar folgten dem König in einen anderen Raum, den Lothar nur zu gut kannte. Der

Thronsaal war offiziellen Anlässen und Volksbegehren vorbehalten – für die Gelegenheiten, da Llane König sein musste. Im Kriegsraum dagegen war der König Oberbefehlshaber.

Verglichen mit der Größe und der Förmlichkeit des Thronsaals wirkte diese Kammer fast intim. Lothar war das stets angemessen erschienen. Ein Soldat konnte sich von seinen Strategien distanzieren, von waghalsigen Plänen, von der schieren Zahl der Legionen und den Schwierigkeiten, die es mit sich brachte, Männer und Material zu versorgen. Allerdings konnte er – oder sie, da auch Frauen in Sturmwinds Armeen kämpften – keinen Abstand zwischen sich und die Tatsache bringen, dass sie es mit dem Tod zu tun bekommen würden. Genauso intim wie der Akt, Leben zu erschaffen, war jener, es zu nehmen.

Die Decke war niedrig, und das Licht stammte von einigen wenigen Fenstern und Kandelabern. Der vordere Teil der Kammer wurde von einem gewaltigen Tisch beherrscht, auf dem auf Pergament gezeichnete Karten ausgebreitet lagen, während auf einem zweiten Tisch kleine, geschnitzte Figürchen standen, die Geschütze, Verbündete oder Feinde repräsentierten. Darüber hinaus wurde in der Kammer jede Menge Kriegsgerät zur Schau gestellt: Schilde, lange und kurze Schwerter, Morgensterne, Piken, Äxte. Khadgar marschierte mit großen Augen geradewegs auf die Vitrinen zu und umrundete sie ehrfurchtsvoll.

„Das“, sagte Llane und wies auf mehrere Ansammlungen roter Figuren auf dem zweiten Tisch, „sind die Bestien, die uns so massiv angegriffen haben.“

„*Bestien* welcher Art?“, fragte Medivh und studierte die Karten.

Llane wirkte aufgebracht. „Riesen – bewaffnete Riesen. Sie reiten auf Wölfen. Mächtige, unaufhaltsame Bestien."

„Unaufhaltsam sind nur die Gerüchte", warf Lothar ein.

„Dagegen können wir kaum allzu viel tun", sagte Llane.

Medivh studierte weiterhin mit gefurchter Stirn den Strategietisch. Dann streckte er eine Hand aus, um das geschnitzte Symbol des geheimnisvollen Gegners zu berühren. „Was ist mit den anderen Reichen? Leiden sie unter derselben Plage?"

„Zwar suchen alle unseren Schutz, doch keiner traut uns genug, um uns irgendetwas Konkretes zu berichten." Llane hatte die Arme vor der Brust verschränkt und starrte den Tisch so durchdringend an, als könnte er mit seiner Willenskraft allein irgendetwas daran ändern.

„Mit anderen Worten: In den vergangenen sechs Jahren hat sich nur wenig verändert", sagte Medivh trocken.

Lothar hatte genug gehört. „Wir wissen nicht das Geringste über diese sogenannten Monster." Er nahm eine der Feindfiguren und schüttelte sie, um seinen Worten noch mehr Nachdruck zu verleihen. „Wir brauchen Gefangene. Selbst ein Leichnam würde uns etwas verraten."

Llane nahm Lothar die kleine Figur aus der Hand und drehte sie zwischen den Fingern. Er hob den Blick, um den Wächter anzusehen. „Ich vermag nicht zu sagen, wie groß die Gefahr ist, in der wir schweben, Medivh."

„Ich existierte, um dieses Reich zu beschützen, Mylord. Das ist mein alleiniger Lebenszweck. Ich bin der Wächter." Medivhs blaugrüne Augen schweiften zu

Khadgar, der den rabengekrönten Stab in Händen hielt und all die Waffen bestaunte. „Jedenfalls“, berichtigte er sich, „fürs Erste noch.“

Llanes Blick folgte Medivhs, und er hob die Brauen. *Er hat es vergessen*, wurde Lothar klar. „Ja“, sagte Llane und versteifte sich fast unmerklich. Er stellte die Figur an ihre ursprüngliche Stelle auf der Karte zurück. „Und was machen wir mit diesem … Wie hieß er noch?“

„Khadgar, Sire“, entgegnete der junge Magier ruhig. Als er sich zum König umdrehte, traf er mit dem Rabenstock klirrend eins der Schwerter und errötete.

„Wir nehmen ihn mit“, verkündete Medivh, bevor Lothar etwas dagegen einwenden konnte.

Lothar verdrehte die Augen. „Also gut. Dann sollten wir jetzt besser aufbrechen.“

Lothar forderte drei Pferde, eine Kompanie bewaffneter, gepanzerter Soldaten und einen stabilen vergitterten Karren für den Transport der Gefangenen an, die sie hoffentlich machen würden. Sobald man ihnen mitteilte, dass die Kompanie bereit war, machten er, Medivh und Khadgar sich auf den Weg. Als Feldwebel Callan im Burghof zackig salutierte, zog Lothar eine Grimasse.

„Wir sind bereit zum Aufbruch und erwarten Euren Befehl, Herr.“

„Geben wir unseren Gästen erst einmal Gelegenheit, auf ihre Pferde zu steigen, oder, Feldwebel?“

Callans Wangen liefen rosa an, doch er nickte. „Wie Ihr wünscht, Herr“, entgegnete er.

Beinah augenblicklich beschlichen Lothar Gewissensbisse. Der Junge hatte schließlich alles richtig gemacht. Sogar vorbildlich, bis hin zur Auswahl der Pferde. Er hatte ihm selbst seinen Hengst Reliant und zwei Rösser mit gutem Temperament für Medivh und Khadgar mitgebracht. Er hatte Lothars abfällige Bemerkung nicht verdient. Der Hauptmann schwang sich in Reliants Sattel und tätschelte dem Hengst den geschmeidigen braunen Hals. Greife mochten gut und schön sein, doch Pferde waren besser.

Schroff sagte er: „Eine gute Wahl bei den anderen beiden."

„Danke, Herr!" Callans Miene blieb unverändert, doch Lothar sah, wie sich die Schultern seines Sohnes fast unmerklich entspannten.

In einem langsamen Trott ritten sie durch die Straßen der Stadt. Als sie den Marktplatz erreichten, kamen sie an einer hoch aufragenden Statue mit einem sehr vertrauten Antlitz vorbei. Khadgars Gesichtsausdruck, als er erst die Statue, dann Medivh und dann wieder die Statue musterte, um den Blick schließlich bedächtig geradeaus gerichtet zu halten, war einfach unbezahlbar.

Medivhs Sattel knirschte, als er auf dem Rücken des Tieres sein Gewicht verlagerte. „Ich habe sie nicht darum gebeten, das Ding aufzustellen", machte er klar. Lothar wusste, dass das stimmte. Die Statue war auf Wunsch der Bevölkerung errichtet worden, aus Dankbarkeit darüber, nicht als Troll-Festmahl geendet zu haben.

„Ihr habt die Stadt gerettet", erklärte Khadgar höflich.

Der Wächter runzelte gelinde die Stirn. „Und was haben sie sonst noch davon?"

„Das Volk liebt Euch", sagte Khadgar. Lothar verkniff sich ein Lächeln.

„Das habe ich dich nicht gefragt", sagte Medivh.

Khadgar spähte mit zusammengekniffenen Augen zum blauen Himmel empor. „Wenn die Sonne heiß brennt, spendet die Statue einen angenehmen Schatten."

Medivh warf seinem alten Freund einen beeindruckten Blick zu und konnte ein Lächeln nicht verbergen, auch wenn er es wohl gern getan hätte.

Sobald sie über die Brücke und durch Sturmwinds Tore getrabt waren, gab Lothar dem Trupp das Signal, in einen leichten Galopp zu verfallen. Sie folgten weiterhin dem Weg. Am Gasthaus „Zur Höhle des Löwen" hatte sich eine Menschenmenge versammelt, die den vorbeireitenden Soldaten zujubelte. Lothar achtete darauf, Blickkontakt zu pflegen und den Salut zu erwidern, mit dem ihn einige Kinder bedachten. Er wusste längst, dass dieser Kampf teilweise dadurch gewonnen wurde, dass man Gerüchte auf ein Mindestmaß reduzierte und der Bevölkerung das Gefühl gab, sicher zu sein, und eine komplette Kompanie von fünfzig voll gepanzerten Reitern, die an ihnen vorbeidonnerte, trug gewiss einiges dazu bei, um dieses Ziel zu erreichen.

Die Soldaten waren zu gut ausgebildet, um Zeit mit müßiger Konversation zu vergeuden – darum begleiteten sie auf ihrem Weg allein das rhythmische Hufgeklapper und die Gesänge und Rufe der Vögel. Lothar dachte daran, was er gesehen hatte: diesen ekelhaften Nebel, der aus dem Mund des Toten aufgestiegen war. Natürlich war er eifrig bestrebt gewesen, Llanes Bedenken zu zerstreuen, doch in Wahrheit wusste er auch nicht besser, worum es sich bei diesen „Bestien" handeln könnte, als ein Bauer, der in der „Höhle des Löwen" sein Bier trank.

Und dann war da noch Callan. Der Gedanke, dass der junge Mann dabei war, gefiel ihm ganz und gar nicht – nicht, solange sie nicht wussten, womit sie es überhaupt zu tun hatten. Verfluchte Taria. Gewiss, auf ihre Weise meinte sie es nur gut, doch nichts *hieran* war gut …

Er blickte finster drein. Der Wald war still. Medivh, der ein Stückchen vor ihm ritt, hatte sein Pferd gezügelt und dann ganz zum Stehen gebracht. Lothar hob die Faust, und der Rest der Kompanie hinter ihm machte ebenfalls halt. Er selbst ritt langsam weiter, bis er am Rand der Lichtung Medivh erreichte.

Das, was einst ein gewöhnlicher breiter Pfad durch einen hübschen Teil von Elwynn gewesen war, glich nun einem Schlachtfeld. Keinem richtigen Schlachtfeld, auf dem sich Soldaten und Armeen trafen, sondern einem der schlimmsten Art: der Art, bei der Sensen, Mistgabeln und kleine Äxte als Waffen herhalten mussten und die „Soldaten" eigentlich Bauern und Dorfbewohner waren. Überall lagen zertrümmerte und umgekippte Karren herum. Ein Teil der Fracht, wie Leinen und Wolle, war durchwühlt und achtlos beiseitegeworfen worden. Bei mehreren Bäumen waren die Äste abgehackt oder von Waffen zerschmettert worden, die so groß gewesen sein mussten, dass Lothar alle Mühe hatte, sie sich auch nur vorzustellen.

Und es gab Blut – sowohl das rote Blut von Menschen als auch, hier und da, Spritzer einer zähen braunen Flüssigkeit. Lothar stieg ab, streifte seinen Handschub ab und berührte die Flüssigkeit, um sie zwischen seinen Fingern zu reiben. Ihm fiel auf, dass hier etwas sehr Wichtiges fehlte: Leichen. Mittlerweile waren auch Medivh und Khadgar abgestiegen. Medivh marschierte voraus, blieb aber plötzlich stehen und ließ sogar seinen Stab einfach los. Khadgar fing ihn auf, bevor er zu Boden fallen konnte. Der Wächter starrte wie gebannt auf einen verbrannten Baumstamm, von dem kränklich-grüner Rauch aufstieg. Die glühende Asche des geschwärzten Holzes funkelte wie Smaragde.

„Das kann nicht sein“, glaubte Lothar Medivh murmeln zu hören.

Er sah, wie Khadgar seine Aufmerksamkeit etwas hinter einen der Karren richtete. „Hier ist ein Leichnam“, sagte der Junge, ehe er ausrief: „Wächter!“

Dann nahm Lothar eine verschwommene, schemenhafte Bewegung wahr. Er drehte gerade noch rechtzeitig den Kopf, um zu sehen, wie einer seiner Ritter durch die Luft geschleudert wurde, Rüstung und Brust von einem Wurfhammer eingeschlagen, der etwa ein Drittel seiner Größe hatte.

Schlagartig erfüllte grässlichen Brüllen den bis dahin stummen Wald, und dann stürmten die Bestien, die sie gesucht hatten, auf die Lichtung, tauchten einfach auf wie aus dem Nichts, sprangen von den Bäumen.

Riesen – bewaffnete Riesen.

Sie reiten auf Wölfen.

Mächtige, unaufhaltsame Bestien …

Lothars erster, absurder Gedanke beim Anblick dieser Kreaturen war, dass die Gerüchte der Wahrheit nicht einmal ansatzweise gerecht wurden.

7

„Mutter der …“, flüsterte Herr Evran. Genau wie die anderen, genau wie Lothar selbst, war auch er wie erstarrt, wie an der Erde festgewurzelt, als die Monster vorwärtsstürmten.

Sie waren groß wie Trolle, und genau wie Trolle hatten sie Stoßzähne und waren mit Tätowierungen, Knochen und Federn geschmückt. Allerdings waren sie nicht einfach nur groß, sondern dazu auch ungeheuer massig. Ihre Brustkörbe waren gewaltig, ihre Hände groß genug, um den Schädel eines Menschen ohne Mühe zu umschließen und zu zermalmen, und die Waffen, die für diese Pranken gemacht waren …

Die größte von allen brachte Herrn Evran zum Schweigen, bevor er auch nur seinen Satz beenden konnte. Das Monster überragte die anderen, hatte über und über tätowierte Hände und stürzte sich mit einer Schnelligkeit und Kraft auf den Ritter wie eine der Raubkatzen aus dem Schlingendorntal. Schon sauste ein gewaltiger Kriegshammer auf den unglückseligen Herrn Evran hernieder. Dann drehte sich das ungeheuerliche Ding um, um – beinahe beiläufig – ein wieherndes Pferd in die Luft zu heben und wegzuschleudern, als wäre das Tier kaum mehr als ein Sack Hafer. Das Pferd landete auf zwei Soldaten und zerquetschte sie unter seinem Gewicht. Eine weibliche Kreatur, deren Haut eher grünlich als braun war, lachte irre beim Anblick dieses Spektakels.

Das alles passierte in der Spanne vom einem Herzschlag zum nächsten.

Herr Kyvan brüllte vor Zorn, doch verglichen mit dem Dröhnen der Bestien klang seine Stimme dünn und schrill. Er riss seine Klinge in die Höhe und stieß das Schwert des grüngetönten Ungetüms zur Seite. Die Kreatur grunzte überrascht und schien dann zu grinsen, als sie sich dem tapferen Kyvan zum Kampf stellte. Obwohl sein Gegner doppelt so groß war wie er, gelang es Kyvan, seinen Mann zu stehen, bis das Ding beinahe beiläufig ein Rad von einem der Karren riss und es Kyvan gegen den Schädel schmetterte.

Das Monster schaute auf und grinste mit seinen grässlichen Stoßzähnen – nur um ins Straucheln zu geraten, als Lothar ihm seinen Schild ins Gesicht hämmerte. Der Kopf des Monsters zuckte zurück, und sofort schwang Lothar sein Schwert und schlitzte der Bestie die Halsschlagader auf. Blut spritzte heraus, das ebenso grün war wie die Haut, und die Kreatur stürzte tot zu Boden.

Zumindest in einer Hinsicht erwiesen sich die Gerüchte als falsch: Die Bestien waren *nicht* unaufhaltsam.

Khadgar stierte mit offenem Mund das riesige Ding an, das ein ausgewachsenes Pferd fünf Meter weit durch die Luft geschleudert hatte. Offenkundig der Anführer der Monsterschar, wütete das Ungetüm auf der Lichtung, griff nach seiner Streitaxt, die fast so groß war wie Khadgar selbst, und schwang sie in einem weiten, flachen Bogen, um zwei gepanzerte Ritter sauber mittendurch zu hauen. Überallhin spritzte Blut, während das Ding seinen Kopf in den Nacken warf und ein freudvolles Brüllen ausstieß. Ringsherum töteten weiße und graue Wölfe, die fast so groß wie Bären waren, mit derselben Schnelligkeit, Macht und Wildheit wie ihre Reiter.

Khadgar riss seinen entsetzten Blick von dem Gemetzel los, um zu sehen, was Medivh tat, in der Annahme, ihm vielleicht helfen zu können. Seine Eingeweide verkrampften sich noch mehr, als er erkannte, dass der Wächter von Azeroth nicht das Geringste tat. Medivh stand einfach nur da und starrte vor sich hin.

Eine der Bestien kam auf Khadgar zugestürmt. Der Junge schrie einen Zauber hinaus, und ein arkaner Blitz schoss aus seiner Hand, traf die Kreatur in die Brust und holte sie von den Beinen. Khadgar schüttelte sich und sprach schnell und deutlich, um einen schützenden Kreis um sich und Medivh zu ziehen. Die Luft schimmerte und umschloss sie mit einer kleinen, funkelnd blauen Blase. Wenn der Wächter schon nicht bereit war anzugreifen, würde der einstige Novize eben dafür sorgen, dass diese Dinger sie beide nicht in Stücke schlugen.

Ein schrilles Wiehern hinter ihnen ließ den jungen Magier herumwirbeln, und plötzlich sah er sich einer der Bestien von Angesicht zu Angesicht gegenüber.

Lothars Schwert troff von grünlich braunem Blut, während er seinen Blick über die Lichtung schweifen ließ. Seine Ritter waren den Bestien zwar zahlenmäßig fast im Verhältnis vier zu eins überlegen, doch die Monster gewannen dennoch die Oberhand. Mehrere gute Soldaten lagen am Boden, entweder tot oder sterbend, und …

Callan.

Callan sah nicht, dass die Axt ihn im nächsten Augenblick …

Lothar bewegte sich bereits, bevor sein Verstand überhaupt begriff, was er tat, sprang vor und nutzte seinen Körper, seinen Schild und sein Schwert allesamt als Waffen. Das Biest war darauf in keiner Weise gefasst, und Lothars Klinge fand ihr Ziel und bohrte sich dem Ding tief in die ungeschützte Brust.

Callan starrte dankbar zu seinem Vater auf. „Versuch gar nicht erst, sie mit brutaler Gewalt zu bezwingen", keuchte Lothar. Er trat gegen den Kadaver der Kreatur und rollte sie von seinem Sohn herunter. „Sie sind stärker als wir. Also musst du schlauer sein."

Er streckte seinem Sohn seine freie Hand hin. Callan hob den Arm, um sie zu ergreifen. Doch noch während sich Callans Augen – einer stummen Warnung gleich – ruckartig weiteten, spürte Lothar, wie sich etwas um seine Hüfte schlang, das dick und kräftig wie ein Baumstamm war und ihn nach hinten riss. Er landete hart und schmerzhaft; das Schwert wurde ihm aus der Hand geschleudert, und seine Rüstung erwies sich nur als Hindernis, als das Monster – der Anführer der ganzen grässlichen Meute – spöttisch grinsend auf ihn zukam.

Die riesige Axt, die nur Sekunden zuvor zwei Männer halbiert hatte, war nirgends zu sehen. Entweder hatte die Bestie sie geworfen oder irgendwo liegen gelassen oder einfach bloß entschieden, dass es sie gerade nicht brauchte. Lothar wusste nicht, was davon zutraf, und es scherte ihn auch nicht. Heißer Speichel tropfte ihm ins Gesicht, als die Oberbestie mit ihrer übergroßen rechten

Hand einen Hammer hob und mit der anderen nach Lothar griff.

Gleichwohl, Lothar war nicht bereit, sich in das vermeintlich Unvermeidliche zu fügen. In dem zweifellos vergeblichen Versuch, sich aufzurappeln, stützte er sich mit den Händen links und rechts seiner Hüfte ab. Dabei streifte seine Rechte etwas Fremdes, Unvertrautes, und einen Moment lang hatte er keine Ahnung, was das war. Dann fiel es ihm wieder ein.

Das ist ein Donnerstock.

Er hatte ihn sich in den Gürtel geschoben und vollkommen vergessen – bis jetzt. Es gelang Lothar, Magnis Geschenk weit genug herauszuziehen, um damit auf die herabsausende Hand zu zielen. Die mächtigen Finger der Kreatur schlossen sich um die Waffe. Lothar drückte den kleinen, beweglichen Teil – den Abzug. Das darauf folgende Krachen ließ ihn beinah taub werden, doch der Schrei der Bestie war trotzdem noch zu hören. Das Ungetüm wankte rückwärts und starrte auf das rauchende Fleisch am Ende seines Arms, wo sich eben noch seine Hand befunden hatte.

Die Bestie war riesig, mit brauner Haut und zwei gelblichen Stoßzähnen, die aus ihrem übergroßen Unterkiefer in die Höhe ragten. Zu beiden Seiten ihres Kopfes hing je ein dicker Zopf herab; der Rest ihrer schwarzen Mähne war entweder ebenfalls geflochten oder fiel dem Ungetüm locker über die mächtigen Schultern. Die Ohren, so groß wie Khadgars Hände, waren spitz und saßen voller Ringe. Genau wie die anderen Monster trug auch dieses primitiven Schmuck aus Perlen und Knochen. Es hielt eine monströse Axt in einer Hand. Mit der anderen berührte es mit überraschender Behutsamkeit das magische Kraftfeld, das ihn und die Magier voneinander trennte.

Die Augen waren klar, braun und ruhig. Hinter diesen Augen, wurde Khadgar klar, schlummerte ein wacher Verstand.

Und *das* war das Furchteinflößendste überhaupt.

„Wächter!", rief Khadgar mit schriller werdender Stimme.

Der Schrei riss Medivh aus der Trance, in der er sich befunden zu haben schien. Er stimmte einen Sprechgesang an, und Licht folgte den Gesten seiner zeichnenden Finger wie Tinte aus einem Federkiel, bis ein Siegel in der Luft hing.

Das Biest ließ die Hand sinken, und seine allzu intelligenten Augen richteten sich unverzüglich auf Medivh, um ihn neugierig zu mustern.

Mehrere plötzliche Blitze aus kränklich-grünem Licht schossen über die Lichtung. Khadgar keuchte, und das Biest sprang zurück, doch ihrer beider Augenpaare waren ungläubig auf ihre Umgebung gerichtet.

Khadgar war aufgefallen, dass die Haut einiger Monster Untertöne von Grün aufwies – der Farbe der Fel-Magie. Zwar hatte er seit ihrer Ankunft hier keine Zeit gehabt, darüber mit Medivh zu sprechen – oder überhaupt über *irgendetwas* –, doch er war sich sicher, dass dem Wächter dieser Umstand ebenfalls nicht entgangen war. Als er jetzt hinschaute, ließen sämtliche Bestien, die diese bestimmte Färbung aufwiesen, ihre Waffen fallen und fingen, von Krämpfen geschüttelt, an zu schreien. Gezackte, spindeldürre Finger aus grünem Licht strahlten von den heimgesuchten Kreaturen aus, um in Bögen geradewegs zu Medivh zu schießen, der mit ausgestreckten Händen dastand, die Handflächen erhoben. Vor

Khadgars Augen wurde die Haut der Bestien blasser, ihre Muskeln schrumpften, und dann brachen sie eine nach der anderen zusammen, um zu zerbröseln wie Stücke trockener Erde zwischen den Fingern eines Kindes.

Ein spontanes, erleichtertes Jubeln ging von den Rittern aus, als sie ihre Chance gekommen sahen. „Sie sterben alle!“, rief jemand.

„Nur die Grünen!“, schrie ein anderer. Sie stürzten sich auf die von Krämpfen geschüttelten Bestien, um sie mit ihren Schwertern zu durchbohren, und wandten sich dann ihren geschockten Brüdern zu. „Tötet die Oberbestie!“, brüllte ein Offizier und deutete auf den Anführer der Meute. Das Ungetüm mit der ruinierten Hand schaute sich in offenkundiger Verwirrung um. Khadgar zuckte zusammen, als ein weiteres Dröhnen von Lothars Waffe über die Lichtung schallte. In der massigen Brust eines der Monster erschien ein Loch. Das Ungetüm starrte einen Moment lang darauf herab, ehe es ins Wanken geriet und tot umfiel.

Die Bestie, die außerhalb des Schutzkreises gestanden hatte, wirbelte herum und fing ihren Gefährten auf, ehe er auf dem Boden aufschlagen konnte. Das Ungetüm wog die monströse Gestalt in den Armen, und der Kummer auf seinem hässlichen Gesicht war nicht zu übersehen. Khadgar blinzelte. Irgendwie überraschte ihn das. Allerdings wandelte sich die Miene des Riesen von Sorge und Kummer zu kalter Wut, als er den Mann anstarrte, der seinen Freund erschossen hatte.

„Lasst diese Bastarde den Stahl eurer Klingen schmecken!“, ertönte Lothars Stimme.

Das Biest richtete sich auf, ließ dabei den Leichnam behutsam zu Boden sinken und machte sich bereit, Lothar anzugreifen. Doch bevor Khadgar eine Warnung ausstoßen konnte, packten ihre Kameraden die Bestie und zerrten sie davon. Mit einem letzten, zornigen Blick sprang das Biest auf Medivhs Pferd, riss an den Zügeln und preschte in die Wälder davon. Die anderen folgten ihm, die meisten auf ihren Wölfen, viele aber auch auf gestohlenen Pferden, und einen Herzschlag später war die Lichtung wieder genauso verlassen, wie die Ritter sie bei ihrer Ankunft vorgefunden hatten ... bis auf die Leichen, die überall verstreut lagen.

Hinter Khadgar stieß Medivh ein langgezogenes, leises Stöhnen aus. Als Khadgar sich umdrehte, sah er, dass der Wächter von Azeroth blass und erschöpft auf ein Knie gesunken war und sich die Handballen gegen die Schläfen presste.

„Wächter!", stammelte Khadgar. Er schickte sich an, Medivh zu helfen, doch der andere scheuchte ihn mit einer Geste fort, während er sich auf unsicheren Füßen erhob. „Was ... was habt Ihr getan?"

Medivh ignorierte ihn gänzlich, um seine Aufmerksamkeit stattdessen darauf zu konzentrieren, rasch einen weiteren Kreis in den Dreck zu ziehen. Frustriert verharrte Khadgar, wo er war.

„Die Fel-Magie", sagte er. „Ich hatte recht, oder? Sie ist hier." Einmal mehr dachte er an den grünen Farbton, den die Haut einiger der Bestien gezeigt hatte, und an die Blitze, die von ihnen zu Medivh übergesprungen waren, als sie ihre Kräfte eingebüßt hatten.

Dann erkannte er mit einem Mal die Siegel, die der Wächter in den Boden ritzte, und begriff, was sie bedeuteten. Noch eine Teleportation! „Was macht Ihr da? Wo wollt Ihr hin?"

Jetzt schaute Medivh ihn mit seinen grünblauen Augen durchdringend an, und Khadgar war es, als würde der Magier geradewegs in seine Seele blicken. „Schaff die Soldaten sicher wieder nach Sturmwind." Er trat in den Kreis. „Ich muss nach Karazhan zurück." Er hielt einen Moment lang inne, ehe er sagte: „Du hast dich heute gut geschlagen."

Dem folgte ein weißer Lichtblitz. Khadgar blieb zurück. Dort, wohin er – blinzelnd wegen der Helligkeit – blickte, war ... nichts mehr.

„Wo ist er hin?" Lothars Ruf klang gleichermaßen besorgt wie zornig, als er zu Khadgar herübergesprengt kam.

Khadgar stellte fest, dass sein Mund staubtrocken war. Er ballte die Hände zu Fäusten, in der Hoffnung, dass sie dann zu zittern aufhörten. Er wusste, dass es nicht das Gefecht war, das ihn derart mitgenommen und verängstigt hatte.

„Nach Karazhan", berichtete er Lothar leise.

Lothar fluchte, presste die Lippen aufeinander und schüttelte dann den Kopf. „Wir brauchen einen Gefangenen. Wo ist dein Pferd?"

„*Sie* haben mein Pferd mitgenommen!"

„Tatsächlich?" Lothars verächtlicher Blick hätte einen ganzen Wald verdorren lassen. „Bleib ... einfach hier." Zusammen mit zwei Rittern galoppierte Lothar davon. Khadgar widerstand dem Drang, ihn mit einem Zauber von seinem Pferd zu schleudern. Stattdessen starrte er die Stelle an, wo eben noch der Wächter von Azeroth gestanden hatte, ehe er sich mit einem Seufzen umdrehte, um die Leiche einer der Bestien näher in Augenschein zu nehmen.

Nichts war so, wie Durotan es erwartet hatte. Bei seinem letzten Streit mit Schwarzfaust hatte er nachgegeben, doch je länger dieses ... dieses *Ernten* der Kreaturen andauerte, die er „Menschen" nennen sollte, desto weniger gefiel ihm das Ganze. Doch zumindest hatte er heute nicht das Gefühl, sich Schande gemacht zu haben. Heute hatten sich die Menschen zur Wehr gesetzt, ja, sie hatten sogar Kurvorsh und einige andere mit sich in den Tod gerissen. Das kam zwar überraschend, aber wenigstens war Kurvorsh in der Schlacht gestorben, und Durotan würde ein Lok'vadnod auf ihn singen.

Zumindest würde er das tun, wenn er lange genug am Leben blieb. Nach dem sonderbaren Angriff des älteren Menschen in dem Kreis, den er nicht betreten konnte, hatten die Menschen wie entfesselt gekämpft. Bis er eingewilligt hatte, Gul'dan auf dieser Reise in die Welt Azeroth zu folgen, hatte Durotan noch niemals etwas Derartiges gesehen, und jetzt hatte er gleich zwei ähnliche Zauber erlebt. Was hatte der Menschen-Schamane getan? Oder war er ein Hexenmeister? Vielleicht konnte Drek'Thar ihm erklären, was das alles zu bedeuten hatte.

Die Frostwölfe hatten nur wenige Krieger verloren, doch die Menschen waren ihnen noch immer auf den Fersen. Durotan verspürte keinen Wunsch, den Reihen der Gefallenen noch weitere Angehörige seines Clans hinzuzufügen, bis sie wussten, womit sie es hier zu tun hatten. Er kauerte weit vorgebeugt auf dem gestohlenen Reittier, seine mächtigen Hände um den Kopf der Kreatur geschlossen, und wies der panischen Flucht des Geschöpfs die richtige Richtung.

Dann erhaschte er aus dem Augenwinkel heraus eine Bewegung – irgendetwas Grünes. Das war Garona, Gul'dans Sklavin. Sie war zwar nach wie vor eine Gefangene, doch jetzt war sie an einen Toten gefesselt. Die Kette, die an ihrem dürren Hals begann, führte zu einem bleichen Leichnam – zum Leichnam von einem der grüngetönten Orcs, die eben auf so geheimnisvolle Weise umgekommen waren. Sie versuchte verzweifelt, die Kette zu zerbrechen, und schaute hektisch in die Richtung, aus der Durotan kam.

Unbewaffnet, an einen toten Aufpasser gebunden und um so vieles schwächer als ein wahrer, vollblütiger Orc, war sie jämmerlich leichte Beute für die Menschen. Sie würden ihren winzigen Leib mit einem einzigen Hieb von einem ihrer kleinen Schwerter entzweihauen. Durotan hätte sie einfach ihrem Schicksal überlassen sollen; ein Geschöpf wie sie war es nicht wert, sein Volk für sie in Gefahr zu bringen.

Allerdings hatte die Sklavin Garona versucht, Durotan vor Gul'dan zu warnen, als der Hexenmeister den Frostwölfen seinen zweiten Besuch abgestattet hatte, und seit sich der Clan der Horde angeschlossen hatte, hatte Durotan mehr als einmal bedauert, nicht auf ihre Worte gehört zu haben. Außerdem war Draka ihr mit Mitgefühl und Freundlichkeit begegnet, wohl, weil die Halborcin sie an ihre eigene zeitweilige Verbannung von den Frostwölfen erinnerte.

Durotan traf einen Entschluss. Er drehte den Kopf des Tieres in Richtung der Sklavin, hob Spalter und ließ die gewaltige Streitaxt auf die Eisenkette niedersausen, die ohne Weiteres zersprang. Dann streckte er ihr die Hand entgegen, bereit, sie hinter sich auf den Rücken des Reittiers zu ziehen und in Sicherheit zu bringen.

Garona starrte die ihr dargebotene Hand an. Ihr Blick glitt zu seinem Gesicht, und einen Moment lang zögerte sie.

Dann lief sie unvermittelt los und rannte in den Wald – zurück in ebenjene Richtung, aus der sie beide kamen.

Sie würde lieber sterben wie ein Orc als weiter wie eine Sklavin zu leben.

Zwar kam ihre Wahl mit ziemlicher Sicherheit einem Todesurteil gleich, doch Durotan hatte Verständnis dafür. Ja, er ertappte sich sogar dabei, dass er ihr ihre Entscheidung nicht verübeln konnte.

Fel-Magie. Khargar war sich beinahe sicher, dass das, was er zwischen den Bestien und Medivh fließen gesehen hatte, Fel-Magie gewesen war, doch bei diesem Leichnam zeigte sich keine Spur mehr davon. Als Khadgar – sorgsam darauf bedacht, sich vor den scheinbar rasiermesserscharfen Zähnen in Acht zu nehmen – vorsichtig die Lippen der Kreatur geöffnet hatte, war kein verräterischer grüner Nebel aus dem Mund des Ungetüms gesickert.

Jetzt hielt er unvermittelt inne. Irgendetwas stimmte hier nicht. Er stand auf und schaute sich um. Die verbliebenen Ritter versorgten die Verwundeten, bereiteten die Leichen der Menschen für den respektvollen Transport nach Hause vor und kümmerten sich um die Kadaver der Bestien, denen eine weit weniger respektvolle Reise bevorstand.

Der junge Magier schloss für einen Moment die Augen und öffnete sich der natürlichen Welt um sich herum. Da war das Rascheln von Blättern im Wind, das Summen von Insekten. Vogelgesang.

Nein, kein Vogelgesang. Genauso, wie da kein Vogelgezwitscher gewesen war, als …

Er wirbelte herum, eine Hand ausgestreckt, die Finger gespreizt. Magie knisterte auf seiner Handfläche, als er die Hand nach vorn stieß.

Der Angreifer, der sich just in diesem Augenblick von

oben aus den Bäumen auf ihn stürzte, wurde von dem Zauber getroffen. Er hing mitten in der Luft wie festgenagelt, den Rücken gegen die raue Borke eines großen Baums gepresst, knurrte ihn an und wand sich ungeduldig.

Khadgars Augen weiteten sich, als er die Bestie, die er soeben gefangen hatte, genauer ansah.

„Hier drüben!“, rief er, ohne den Blick von seinem Gefangenen abzuwenden. Er hörte das Geräusch von Hufschlag hinter sich, und dann tauchte Lothar neben ihm auf – zusammen mit einem gewaltigen Ungetüm, das bewusstlos und gefesselt über dem Rücken eines zweiten Pferdes lag.

„Ihr habt einen Gefangenen gemacht“, sagte Khadgar.

„Genau wie du“, entgegnete Lothar. „Hast du das Monster ganz allein geschnappt?“

„Ja.“

Einen Moment lang wirkte Lothar beeindruckt, doch dann wandelte sich seine Miene, als er Khadgars Geisel musterte. „Scheinst den Kleinsten der Meute erwischt zu haben.“

Khadgar seufzte.

8

Der junge Mensch war Garona wie leichte Beute vorgekommen. Ihr war nicht klar gewesen, dass er die Magie beherrschte, und das auch noch so fachkundig. Dieser Fehler war sie teuer zu stehen gekommen. Jetzt holperte sie in einem verschlossenen Wagen dahin; ihr gegenüber kauerte ein blutender, angeschlagener Orc-Krieger in Ketten und starrte sie finster an. In der Enge ihres Gefängnisses fragte sie sich, ob es vielleicht besser gewesen wäre, wenn sie mit Durotan gegangen wäre? Womöglich wäre er bereit gewesen, sie vor Gul'dan zu verstecken. Aber nein – dafür war er zu ehrenhaft. Er hätte sich dazu verpflichtet gefühlt, Gul'dan von ihr zu erzählen. Und mehr als nach allem anderen, verlangte es Garona danach, einen möglichst großen Abstand zwischen sich und den Hexenmeister zu bringen. Was auch immer die Menschen ihr antun würden, konnte nicht schlimmer sein.

Über das Rumpeln der Räder und das Hufgeklapper

der Reittiere hinweg rief ihnen einer der Menschen – der Mann, der die laute Waffe benutzt hatte – etwas zu.

„Du da! Was bist du?"

Der Orc gegenüber von Garona sah ihn an und wandte Garona dann den Rücken zu.

Auch sie schwieg. Der Mensch, der auf dem Rücken seines Tieres neben ihnen herritt und sie durch die Gitterstäbe des Karrens ansah, fuhr fort.

„Warum überfallt ihr unsere Lande?"

Einen Moment lang saß Garona da und dachte nach. Wägte ihre Möglichkeiten ab. Dann sagte sie in der Zunge der Menschen: „Er versteht nicht, was du sagst."

Der Mensch wandte sich ihr zu, wachsam wie ein Raubtier. Seine Augen waren … blau, sein Haar und sein Bart blass, mehr wie Sand denn wie Erde. „Du sprichst unsere Sprache!"

Ein scharfes Klirren ertönte, als sich der blutige Orc mit einem Satz auf Garona stürzen wollte und von seinen Ketten zurückgerissen wurde. „Sag noch ein Wort in ihrer Sprache, Sklavin, und ich trage deine Zunge um den Hals", grollte der Orc.

„Was hat er gesagt?", wollte der Mensch wissen.

„Es gefällt ihm nicht, dass ich mit dir rede", sagte Garona.

Der Frostwolf war jetzt außer sich vor Zorn und zerrte von Neuem wütend an seinen Ketten; die Adern an seinem Hals standen vor wie Seile. „Ich warne dich nicht noch einmal", knurrte er, ehe er auch schon wieder mit einem wütenden Brüllen vorsprang und sich mühte, Garona zu fassen zu bekommen. Das Metall ächzte protestierend. Garona atmete hastig ein, und ihre Augen weiteten sich. Auch der Mensch sah, was vorging.

„Sag ihm, er soll aufhören …", begann er.

„Sag *du's* ihm doch", gab Garona scharf zurück.

Ein letzter Vorstoß, und diesmal brachen die Ketten aus dem Holz, in dem sie verankert waren. Der Frostwolf langte nach ihrer Kehle, den Mund zu einem zornigen Schrei aufgerissen. Garona wich zurück, so weit sie konnte, doch das würde nicht genügen ...

Dann röchelte der Orc mit einem Mal und erstarrte. Braunes Blut sickerte ihm aus Kehle und Mund, um über die helle Klinge zu rinnen, die jetzt zur Hälfte in ihm steckte. Das Licht in seinen Augen erlosch, und als der Mensch sein Schwert herauszog, sackte der Frostwolf so tot nach vorn, wie man nur sein konnte.

Garona starrte ihren Retter beeindruckt an. Irgendwie war er sowohl flink als auch stark genug gewesen, um von seinem Reittier zu springen und den Frostwolf durch die Gitterstäbe hindurch gerade noch rechtzeitig zu erschlagen. Jetzt sah er sie erneut mit diesen seltsamen blauen Augen an.

„Gern geschehen", sagte er.

„Hast du einen Namen?", fragte Llane die fremdartige Gefangene.

Lady Taria stand zusammen mit Lothar, Khadgar, Callan und einigen der Leibwächter ihres Gemahls im Thronsaal, wenn auch ein wenig abseits. Sie konnte nicht anders, als die Gefangene anzustarren, die Lothar und Khadgar hergeschafft hatten. Sie wirkte so *menschlich* ... zumindest, wenn man davon absah, dass sie kein Mensch war. Sie war von menschlicher Form und Größe und wäre sogar recht hübsch gewesen, wären da nicht die kleinen Stoßzähne gewesen, die aus ihrem Unterkiefer ragten.

Sie blutete hier und da aus kleineren Wunden und hatte dort, wo die Handschellen scheuerten, hässliche, eitrige Schürfmale auf ihrer grünen Haut. Das bisschen, was sie an Kleidung trug, war schmutzig und zerrissen. Ihr dickes schwarzes Haar war verfilzt, ihr abgemagerter Leib mit Dreck beschmiert. Und dennoch stand sie da, als wäre sie hier die Königin und nicht Taria. Ihr Rückgrat war durchgedrückt, ihr Verhalten ruhig. Diese Frau mochte vielleicht in Ketten liegen, doch sie war weder gezähmt noch gebrochen.

„Du verstehst unsere Sprache“, sagte Llane, wie um sie daran zu erinnern, dass sie dies inzwischen wussten. „Also noch einmal: Hast du einen Namen?“ Er stieg die Stufen von seinem Thron hinab. Die Gefangene trat kühn auf ihn zu. Einer der Wachleute setzte sich in Bewegung, die Hand auf dem Knauf seines Schwertes, doch Llane bedeutete ihm mit einer Geste, zu bleiben, wo er war. Die grüne Frau strich über die Tunika des Königs, ließ ihre Finger über die Löwenkopffibeln gleiten und ging dann weiter nach oben, zum mächtigen Thron von Sturmwind.

„Garona“, sagte Lothar. Er saß auf der obersten Stufe, und seine Blicke folgten der Frau, als sie an ihm vorbeischritt. „Sie nennt sich Garona.“

„Garona“, wiederholte Llane und wandte sich an sie direkt, als sie sich vorbeugte, um den lebensgroßen, goldenen Löwen am Fuß des Throns zu berühren. „Was für eine Art von Geschöpf bist du?“

Garona antwortete nicht; stattdessen schnüffelte sie an dem goldenen Tier. Ihre dunkelbraunen Augen studierten den Saal und alle darin. Neugierig? Ängstlich? Abschätzend? Taria vermochte es nicht zu sagen.

„Sie wirkt eher wie eine von uns und nicht wie diese … Bestien, gegen die wir gekämpft haben“, sagte einer der Soldaten.

Seine Worte ließen Garona bei ihrer Erkundung des Saals innehalten. „Orc“, sagte sie.

Llane runzelte die Stirn. „Orc? Ist es das, was du bist? Oder meinst du damit das Monster in dem Käfig?“ Als Garona nichts darauf erwiderte, musterte er sie eingehend von oben bis unten. Einige hätten dies für eine Einschüchterungstaktik gehalten oder vielleicht für eine Geste der Verachtung. Taria hingegen wusste genau, was dies war. Als Llanes Vater getötet worden war und er den Thron bestiegen hatte, hatte ihr Gemahl geschworen, alles zu lernen, was es zu lernen gab, nicht bloß über das Königreich, über das er herrschen würde, sondern ebenso über die Welt, in der es lag. Das, was jetzt vor ihm stand, war etwas vollkommen Neues. Er war davon fasziniert, und Taria wusste nur zu gut, wie sehr es ihn schmerzte, die Anwendung von Gewalt gegen Geschöpfe zu erlauben, die in seinen Augen so erstaunlich und bemerkenswert waren. Ihr fiel auf, dass der junge Magier ebenfalls von enthusiastischer Neugierde erfüllt zu sein schien, so, als hätte er alle Mühe, die Fragen, die ihm auf der Zunge lagen, nicht laut auszusprechen. Vielleicht war dies aber auch einfach dem Umstand geschuldet, dass er ein junger Mann und das Wesen vor ihnen von fremdartiger Schönheit war.

„Ich kenne jede Rasse in den Sieben Königreichen, doch von einem Orc habe ich noch nie etwas gehört.“ Llane wies in Richtung der Decke. Hoch über ihren Köpfen war eine detaillierte Karte von Azeroth aufgemalt, mitsamt all seinen Inseln und Kontinenten, mit allen Reichen und Ozeanen. Mit allem, was über ihre Welt bekannt war. Allerdings gab es Flecken, die bislang noch unerforscht waren, große Flächen offener, unergründeter Geheimnisse. „Zeig mir, wo du herstammst, Garona.“

Die Orcin legte ihren Kopf in den Nacken und studierte die Karte. Sie runzelte die Stirn und schüttelte dann den Kopf.

„Dies ist nicht Orc-Welt“, sagte sie rundheraus. Die Andeutung eines Lächelns kräuselte ihre Lippen. „Orc-Welt ist tot. Darum Orcs wollen jetzt *diese* Welt.“

„Ihr seid nicht von dieser Welt?“ Llane wirkte komplett verwirrt.

Was im Übrigen ebenso für Taria und so ziemlich alle anderen im Saal galt. Khadgar schien sich beinah körperlich anstrengen zu müssen, um seine Gedanken für sich zu behalten. Allerdings wurde ihr bewusst, dass sie sich alle auf das Falsche konzentrierten. Llane war Idealist. Und obgleich das ein Teil dessen war, was ihn zu einem so großartigen König machte, war er weise genug, sicherzustellen, dass er von Menschen umgeben war, die pragmatischer waren als er selbst. Falls das, was die Orcin sagte, stimmte, war das natürlich eine bedeutende Erkenntnis – doch im Augenblick galt es, Leben zu retten, und nicht, neue Karten zu zeichnen.

„Wie seid ihr hierher gelangt?“

Die Stimme schnitt messergleich durch die Luft im Thronsaal. Medivh stand in der Tür, sein Körper angespannt wie eine Bogensehne. *Wie lange hat er schon zugehört?*, fragte sich Taria.

Schlagartig richtete Garona ihren Blick auf Medivh. Sie marschierte mit großen Schritten auf ihn zu; offenbar hatte sie vor ihm ebenso wenig Angst wie vor jedem anderen.

„Durch das Große Tor. Tief im Boden. Uralte Magie brachte uns her.“

Medivh trat vor. „Ihr seid also durch ein Portal gekommen“, sagte er.

„Aber wo hast du unsere Sprache gelernt?“, platzte es aus Khadgar heraus, als es ihm schließlich nicht mehr länger gelang, an sich zu halten.

Die Orcin wandte dem Jungen ihren dunklen Blick zu. „Orcs nehmen Gefangene für das Portal. Ich habe von ihnen gelernt …“

Llane unterbrach sie; ihre Worte hatten seine Stimme und seinen Körper mit Anspannung erfüllt. „Gefangene wie uns? Von unserem Volk? Leben sie noch?“

„Ja“, entgegnete Garona. „Viele.“

„Aber wozu?“, fragte Khadgar.

Die Orcin sah jene, die sie mit Fragen bombardierten, der Reihe nach an und hob ihr Kinn. Als sie antwortete, blitzten ihre Augen, und in ihrer Haltung lag ebenso viel Stolz, wie in ihrem Ton: „Um das Tor zu speisen. Um die Horde herzubringen. Um eure Welt zu erobern.“

Niemand sprach. Taria konnte kaum glauben, was sie da gerade gehört hatte. Ein großes Portal, das nach menschlichen Gefangenen gierte. Eine Horde von Wesen wie Garona, die nach Azeroth hineindrängten, um es zu unterjochen. Natürlich war es ihr Gemahl, der herrschte, und nicht sie, doch er teilte nahezu alles mit seiner Königin, und in ihren gemeinsamen Jahren hatte sie viele besorgniserregende Dinge erfahren. Jedoch nichts so Furchteinflößendes wie dies.

Um eure Welt zu erobern.

„Du wirst uns zu ihnen führen.“ Das war ihr Bruder, der die brütende Stille auf seine übliche Art und Weise durchschnitt.

Garona grinste spöttisch. „Nein.“

Lothar lächelte. Taria kannte dieses Lächeln und wusste, dass es nicht gut um jene bestellt war, denen es galt. „Du wirst uns zu ihnen führen“, wiederholte er beinahe freundlich. „Andernfalls endest du wie dein Freund im Käfig."

Garona ging langsam auf ihn zu, kniete sich neben ihn auf die Stufe und brachte sein Gesicht dicht an das seine. „Haltet ihr euch für so furchterregend?", murmelte sie. „Orc-Kinder haben Haustiere, die furchterregender sind als ihr."

Taria glaubte ihr.

„Wir versuchen nicht, furchterregend zu wirken, Garona", sagte Llane; er sprach ruhig, in dem Bestreben, die Spannung im Saal zu entschärfen. „Wir versuchen nur, unser Volk zu beschützen. Unsere Familien."

Wie es schien, war das genau die falsche Taktik, da ein dunkler Schleier über Garonas attraktive Züge fiel. „Was kümmern mich Familien?", entgegnete sie in eisigem Tonfall, ohne ihren Blick von Lothar abzuwenden. Und Taria wurde klar, dass Garona Familie ungeachtet ihrer Worte sehr viel bedeutete.

„Wenn du uns hilfst", sagte Llane, „leiste ich hier und jetzt den Schwur, dass ich auch dich beschützen werde."

Ihre Brauen – dunkel und anmutig wie Rabenschwingen – zogen sich zusammen. Schließlich schaute Garona von Lothar zum König hinüber.

„Schwur? Was ist … Schwur?"

Durotan und Orgrim standen zusammen mit den übrigen Häuptlingen und ihren Stellvertretern in Gul'dans Behausung. Durotan, die Frostwölfe unter seinem Kommando, und Schwarzfaust waren bereits vor einigen Stunden zurückgekehrt, doch man ließ sie warten, bis die Sonne untergegangen war. Die Frostwölfe hatten die Zwischenzeit genutzt, um ihre Toten zu betrauern, und getan, was sie konnten, um ihr Hinscheiden ohne einen rituellen Scheiterhaufen zu ehren, wie es bei ihnen eigentlich Brauch war. Das einzige Licht in dem großen Zelt stammte von einer großen, glühenden Kohlenpfanne, die ein wenig nach links versetzt ein bisschen hinter Gul'dans üppig verziertem Stuhl stand.

Der Feuerschein war von ungesundem, blassem Grün und zeichnete scharfe Konturen der Gesichtszüge von Gul'dan und Schwarzfaust. Der Kriegshäuptling kniete vor dem Hexenmeister, einer von ihnen muskulös und stark, der andere gebeugt und scheinbar schwach. Gleichwohl, alle Anwesenden wussten, wer von den beiden der Mächtigere war.

Auch Schwarzfaust selbst.

Gul'dan stützte sich auf seinen Stab und musterte Schwarzfaust von Kopf bis Fuß. „Allseits gefürchteter Schwarzfaust, Kriegshäuptling der Horde", sagte er, und seine Stimme troff von Verachtung wie von Eiter. „Du hast zugelassen, dass die Kleinzähne deine Krieger töten! Schlimmer noch, du hast dein Volk beschämt, indem du vor dem Feind davongelaufen bist."

Schwarzfaust entgegnete nichts darauf. Durotan sah, wie er seine verbliebene Hand zur Faust ballte und wieder entspannte; die dunkle Tinte darauf absorbierte die grüne Helligkeit der Fel-Magie-Flammen fast zur Gänze. Er versuchte, seine Miene teilnahmslos zu halten, doch Durotan konnte den Schmerz in seinen Augen sehen.

Gul'dan stieß den größeren Orc mit seinem Stab an. „Bist du zu schwach, um zu sprechen, Zerstörer?"

Schwarzfaust schüttelte den Kopf, doch selbst jetzt erwiderte er nichts. Orgrim beugte sich zu Durotan hinüber und sagte leise: „Ich hege keine Zuneigung für Schwarzfaust, doch wenn ich das hier sehe, tut selbst er mir leid."

Durotan teilte seine Gefühle. Die Frostwölfe hatten zu den letzten Clans gehört, die sich der Horde angeschlossen hatten, und er war sich durchaus darüber im Klaren, dass es in den Jahren seit der Gründung der Horde eine Menge Machtkämpfe gegeben hatte. Ordnung und Rangfolge waren etabliert, Belohnungen und Bestrafungen verhängt worden. Schwarzfaust hatte in der Schlacht bereits seine Hand verloren, und Durotan war nicht sonderlich erpicht darauf, mit anzusehen, was sein Versagen ihn sonst noch kosten würde.

Gul'dan nutzte seinen Stab, um sich noch ein wenig mehr aufzurichten. Mit zorniger, schwerer Stimme sagte er: „In der Horde ist kein Platz für Schwäche. Erweise unseren Traditionen Respekt. Du kennst die Strafe, die dich erwartet."

Schwarzfaust ließ seinen Blick über das Meer stummer, wachsamer Gesichter schweifen, auch wenn er sich darüber im Klaren sein musste, dass er keine Hilfe zu erwarten hatte. Er senkte resigniert den Kopf, ehe er auf die Füße kam und auf die grüne Kohlenpfanne zuschlurfte.

„Der Tod", sagte Gul'dan.

Der Kriegshäuptling hielt seine verstümmelte Hand über die flackernde, hungrige grüne Flamme. Dann atmete er tief durch, schob den Arm vor und stieß das Gliedmaß tief in die leuchtende Glut.

Durotan verfolgte entsetzt, was geschah. Das Fel-Magie-Feuer verbrannte Schwarzfausts Fleisch nicht einfach – es labte sich daran wie ein lebendes Wesen und wand sich einer vorrückenden Armee gleich seinen Arm empor.

Schwarzfaust schrie nicht. Er hob seinen verstümmelten, grün umwölkten Arm und wartete auf seinen Tod, während die Fel-Magie höher kroch.

Durotan konnte das grausame Schauspiel nicht länger ertragen. Bevor er auch nur recht begriff, was er tat, hielt er Spalter in der Hand, und einmal mehr wurde die Axt ihrem Namen gerecht, als er sie hob und niedersausen ließ, um Schwarzfausts Unterarm sauber abzutrennen. Der abgetrennte Teil fiel zuckend und ruckend zu Boden, während Schwarzfaust zusammenbrach. Sogleich zerbröselte die grüne Gliedmaße in verkohlte Brocken.

Gul'dan richtete seine glühenden grünen Augen auf den Frostwolf-Häuptling. „Du *wagst* es, dieses Urteil zu stören?"

Durotan rührte sich nicht vom Fleck. Er wusste, dass er im Recht war. „Wir haben hart gekämpft. Ihr Zauberer hat Eure Fel-Magie gegen uns eingesetzt!"

Das war nichts als die Wahrheit. Alle, die dabei gewesen waren, hatten es gesehen. Und doch schwiegen sie, als Gul'dans Leib vor Zorn bebte.

„Nur ich allein kann die Fel-Magie beherrschen!", kreischte er. Er sprang auf die Füße, und seine Augen leuchteten noch heller, als die grünen Flammen flackernd zu neuem Leben erwachten, höher schlugen und hungrig leckten. Viele Orcs keuchten überrascht und wichen zurück. Selbst Durotan tat einen Schritt nach hinten. „Wie ich höre, haben die meisten der Frostwölfe überlebt." Gul'dan lächelte spöttisch. „Vielleicht hat Schwarzfaust euch ja absichtlich vom Schlachtfeld ferngehalten. Vielleicht wusste er, dass ihr genauso schwach seid."

Die Lächerlichkeit dieser Anschuldigung verschlug Dorotan für eine Weile schier die Sprache. Zweimal hatte Gul'dan eine schwierige Reise auf sich genommen, um die Frostwölfe zu bitten, sich der Horde anzuschließen. Letzten Endes jedoch war es nicht Gul'dans Flehen gewesen, das die Frostwölfe dazu gebracht hatte, den Treck nach Süden zu unternehmen, sondern die brutale und unausweichliche Tatsache, dass Draenor den Clan nicht mehr länger ernähren konnte. Und Gul'dan wusste das.

Orgrim sprang vor, um mit geballten Fäusten neben der Schulter seines Freundes und Häuptlings aufzuragen. Andere reagierten auf die Geste und wandten sich Orgrim zu. Doch Durotan hatte kein Verlangen danach, einen Kampf vom Zaun zu brechen. Gewalt war keine Lösung, nicht jetzt, und so legte er seinem zweiten Mann beruhigend, aber bestimmt die Hand auf die Schulter. *Ganz ruhig.*

Orgrim erstickte schier an seiner Wut, fügte sich jedoch dem stummen Befehl. Schwarzfaust wand sich am Boden, und jetzt gelang es ihm, sich auf ein Knie aufzurichten, während er den Stumpf seines Arms umklammert hielt.

„Ich war nicht stark genug, um ihren besten Streiter zu besiegen", grunzte Schwarzfaust. „Wäre mir das gelungen, wäre das Gefecht anders ausgegangen …"

Durotan wollte nichts davon wissen. Gul'dan war dickköpfig und anmaßend, und Schwarzfaust tat gut daran, dem Hexenmeister nicht zu vertrauen. „Kriegshäuptling …"

„Dein Stolz hat dich geblendet", brauste Gul'dan auf. „Nur meine Magie kann unsere Feinde bezwingen!"

„Eure Magie hat sie *umgebracht*!" Die Worte platzten aus Durotan heraus, bevor er an sich halten konnte.

Gul'dan wandte sich langsam Durotan zu und hob überrascht die Brauen. „Willst du mich etwa herausfordern, kleiner Häuptling?"

Durotan schaute sich um. Alle, die zugegen waren, schwiegen, und ihre Aufmerksamkeit ruhte auf ihm. Er dachte an die Tausende unschuldiger Draenei – darunter auch viele Kinder –, deren Leben die Fel-Magie einfach dafür gefordert hatte, das Portal zu dieser neuen Welt zu öffnen. Er betrachtete die grüne Flamme in dem Kohlenbecken und in Gul'dans Augen und wählte seine nächsten Worte mit Bedacht.

„Ich stelle Gul'dan nicht infrage", sagte er. „Doch die Fel-Magie wird aus Tod geboren. Sie hat ihren Preis."

Gul'dan entspannte sich, wenn auch fast unmerklich, und die Furchen auf seiner Stirn schwanden. Tatsächlich lächelte er sogar.

„Ja", pflichtete er Durotan bei. „Einen Preis, der mit genommenen Leben gezahlt wird."

Später, viel später, kam er in sein Zelt. Draka war da, im Feuerschein, im guten, wahren Feuerschein, und badete im orangenen Licht der Flammen. Sie wiegte ihr Kind in den Armen und schaute auf, als er eintrat. Beim Anblick seines Gesichts verblasste ihr Willkommenslächeln.

Er berichtete ihr, was sich in Gul'dans Zelt zugetragen hatte. Sie hörte ihm wortlos zu, so, wie sie es auch in jener ersten Nacht unter den Sternen von Draenor getan hatte, als sie aus dem Exil zurückgekehrt war.

Nachdem er ihr alles erzählt hatte, saß er an der Kohlenschale und starrte in die Flammen. Draka verstand seinen Wunsch nach Schweigen und flüsterte ihrem Baby sanft beruhigende Worte zu, während sie den kleinen Kopf zur Seite drehte und einen krallenbewehrten Zeigefinger ausstreckte. Sie stach sich damit in die Brust, und ein Tröpfchen Blut erschien, schwarz im Feuerschein. Sie führte das Baby an ihren Nippel, um es jetzt nicht bloß mit dem Blut seiner Mutter, sondern gleichzeitig auch mit Muttermilch zu füttern. Das war die angemessene Nahrung für einen stolzen Orc, für ein Frostwolf-Kind, für einen künftigen Krieger. Draka schaute zu Durotan auf, und über den Kopf ihres zufrieden saugenden Säuglings hinweg trafen sich ihre Blicke, und zum ersten Mal seit einer gefühlten Ewigkeit erfüllte Durotans Herz ein winziger Anflug von Frieden, hier, allein mit seiner Gefährtin und seinem Kind.

Er fragte sich, ob sie miteinander darüber reden sollten, was jetzt zu tun war, wie sie auf die neuesten Entwicklungen reagieren sollten, was dies alles bedeutete? Aber was hätte er ihr sagen sollen? Was konnte er machen?

Draka stand auf und kam zu ihm herüber. „Möchtest du deinen Sohn halten?“, war alles, was sie sagte.

Sie streckte ihm das kleine, kostbare Bündel hin, das in eine Webdecke eingewickelt war, auf der eingestickt das Zeichen der Frostwölfe prangte. Langsam streckte Durotan die Hände aus.

Das Kind war klein, so klein und so verletzlich. Es bedeckte kaum eine von Durotans mächtigen Handflächen. Es war perfekt und vollkommen ... und seine Haut hatte die Farbe des Feuers, das auf Schwarzfausts Leib gewütet hatte.

„Er wird dereinst ein großer Häuptling sein, genau wie sein Vater“, fuhr Draka fort, während sie sich neben ihn setzte und ihm zusah. Ihre Stimme war warm, sanft, zuversichtlich. „Ein geborener Anführer.“

Die Worte schmerzten ihn. „Ich war heute kein Anführer“, sagte Durotan.

Als er sprach, richteten sich die Augen des Babys, blau und hell, geradewegs auf das Antlitz seines Vaters. Kein Orc zuvor hatte jemals blaue Augen ...

Das Baby gurgelte fröhlich; seine winzigen Beinchen traten kräftig. Eine kleine Hand langte nach oben und schloss sich unsicher um einen von Durotans Stoßzähnen. Durotan beugte sich vor und runzelte verspielt die Nase. Das Baby grunzte, ein winziger Laut. Einen Moment lang verfinsterte sich seine Miene, ehe es vergnügt giggelte.

„Ha!“, sagte Draka lächelnd. „Er fordert dich bereits heraus!“

Irgendwo aus den Untiefen von Durotans gequälter Seele entkam ein leises Lachen. Das Baby stimmte in das Lachen ein, und sein gesamter Oberkörper hob und senkte sich vom Atmen, während es sanft den Stoßzahn tätschelte, wie gebannt, vollkommen auf das Gesicht seines Vaters konzentriert.

Einen Moment lang wurde Durotans Lächeln breiter, ehe der unerwünschte Gedanke an das, was er heute mit angesehen hatte, seine Freude abrupt trübte. In seinen Augen brannten unvergossene Tränen.

„Wenn Gul’dan jemanden so Unschuldigen wie unseren Sohn infizieren kann, welche Chance haben dann wir anderen?“ Draka sah ihn schweigend an; sie hatte darauf keine Antwort für ihn. „Was immer auch geschieht …“, begann er, doch er konnte den Satz nicht zu Ende bringen.

„Was immer auch geschieht“, entgegnete sie.

9

Als er in den Thronsaal marschierte, glich Lothars Verstand einem Wirbelsturm. Seine Männer, die wussten, dass er die Gefangene verhörte, um von ihr die Position des Feindes zu erfahren, nahmen ruckartig Haltung an, als er eintrat. Ohne jede Vorrede begann er sie mit Fragen zu bombardieren.

„Der Schwarze Morast. Was haltet ihr davon?"

Karos hob die Augenbrauen. „Da drin könnte man eine ganze *Armee* verstecken."

„Oder eine verlieren", hielt Varis dagegen. „Glaubt Ihr ihr, Herr?"

„Nein." Das war unverblümt und die Wahrheit. Khadgars Reaktion auf die grüne Frau war Lothar nicht entgangen, und er musste zugeben, dass sie ungeachtet all ihrer Fremdartigkeit ausgesprochen attraktiv war. Und sie war nicht im Geringsten so wie die Monster, die sich im Wald von Elwynn mit solch furchteinflößender Gewalt auf sie gestürzt hatten. Allerdings wäre er ein Narr gewesen, wenn er dieser Garona einfach blind vertraut hätte, und für Narren hatte König Llane Wrynn nicht viel übrig.

„Aber … das ist der einzige Hinweis, den wir haben“, fuhr er fort, „und wir müssen ihm nachgehen. Die besten Pferde, nur eine kleine Eskorte. Schauen wir mal, ob man dieser Orcin trauen kann. Wir brechen bei Sonnenaufgang auf.“ Sie nickten und eilten davon. Er sah einen Moment lang zu, wie sie sich entfernten, ehe er weiter nach vorn trat.

Medivh erwartete ihn bereits. „Ich werde dich nicht begleiten“, sagte der Wächter.

Lothar biss die Zähne zusammen. Was war in den vergangenen sechs Jahren nur mit Medivh geschehen? Er, der Wächter und der König waren einst Freunde – ja, sogar mehr als Freunde, fast schon Blutsbrüder gewesen. Sie hatten gemeinsam gekämpft, gemeinsam gelitten. In der Stunde seines größten Verlusts waren beide für ihn da gewesen, als …

„Nun, *ich* für meinen Teil muss wissen, womit wir es zu tun haben. Denkst du nicht, es könnte hilfreich sein, die feindlichen Streitkräfte mit eigenen Augen zu sehen?“ Es gelang ihm nicht ganz, den Zorn zu unterdrücken, der in ihm schwelte, und die Sorge, aus der er erwuchs.

Medivh wich seinem Blick aus. „Ich muss mich um gewisse Angelegenheiten kümmern.“

Lothar begriff, dass er hier mit Feinsinn nicht weiterkam. Er ging zu seinem alten Freund hinüber und sah ihn fragend an. „Was ist heute mit dir passiert?“ Seine Worte waren Frage und Anklage zugleich.

„Ich habe unseren Feind studiert – mit eigenen Augen“, entgegnete der Wächter gemessen und wohlüberlegt.

Lothar schnaubte angriffslustig. „Wäre der Junge nicht da gewesen, hättest du die Klinge einer Axt studiert."

Medivh zuckte lakonisch die Schultern. „Es lag in seiner Hand." Dann schien ihm ein Gedanke zu kommen. „Du solltest ihn mitnehmen. Er ist mächtiger, als du glaubst."

„Medivh ...", begann Lothar, doch dann war da ein wirres Gestöber von Bewegungen, und im nächsten Moment sprach er mit einem Raben. Der Vogel schlug mit dem Schwanz und breitete seine Schwingen aus, um durch das Fenster zu fliegen und zu entschwinden.

„Ich hasse es, wenn er das tut", murmelte Lothar.

Lothar schien sich seiner immer noch nicht ganz sicher zu sein, überlegte Khadgar, als er vor seinem Zimmer in einem der Gasthäuser von Sturmwind der Wache zunickte, die draußen vor seiner Tür stationiert war. Das machte ihm allerdings nichts aus; das Misstrauen des Hauptmanns würde sich früher oder später wohl legen. Khadgar war jetzt jedenfalls genau da, wo er sein wollte. Lothar hatte ihn gebeten ... gut, also, er hatte Khadgar *mitgeteilt*, dass er ihn in den Schwarzen Morast begleiten würde, um dem Hinweis nachzugehen, den Garona ihnen gegeben hatte.

Er trat ein und entzündete rasch eine Lampe. Seine Gedanken rasten. Garona. Orcs. Fel-Magie. So viele Informationen. Als er die Tür schloss und verriegelte, musste Khadgar sich wohl oder übel eingestehen, dass es ihm gefehlt hatte, Dinge zu lernen. Gewiss, sein Leben hier in Sturmwind, als ganz gewöhnlicher Bürger, war besser, als so etwas wie der ultimative Laufbursche der Kirin Tor zu sein, doch bis jetzt war sein Dasein hier ziemlich ereignislos verlaufen.

Der Schwarze Morast – groß genug, um eine Armee darin zu verstecken. Eine kluge Vermutung für jemanden, der nicht aus dieser Welt stammte. Das hieß, falls Garona in dieser Hinsicht die Wahrheit sagte. Seine Gedanken verweilten noch einen Moment länger bei ihr; sie sah so fremdartig aus, und dennoch fühlte er sich von ihr angezogen. Obwohl sie eine Gefangene war, wirkte sie so stark, so selbstsicher.

Gleichwohl, jetzt verlangte etwas anderes nach seiner Aufmerksamkeit. Er griff unter sein Hemd und holte das Buch hervor, das er vor einer Ewigkeit, wie es ihm schien, unter seinen Kleidern verborgen hatte. Khadgar hatte Angst gehabt, dass es irgendwann herausfallen würde, doch das war nicht passiert. Bemerkenswert.

Er legte das Buch auf den grob gezimmerten Tisch, atmete tief durch und schlug es auf. Es war dünn, mit einem unscheinbaren Einband, doch schon die ersten paar Seiten genügten, um ihm den Atem zu verschlagen. Runen füllten das Papier, und nachdem er vorsichtig weitergeblättert hatte, weiteten sich seine Augen, als er auf eine aufwendige Illustration stieß.

Das Bild zeigte eine Schar von Kreaturen, die große Ähnlichkeit mit den Bestien aufwiesen, gegen die er heute gekämpft hatte. Sie drängten sich eng zusammen, eine dichte, vereinigte Meute, die Waffen aller Art in Händen hielt. Und diese Meute von Kriegern ergoss sich aus einem gewaltigen Steingebilde wie Wasser aus einem umgestülpten Krug.

„Ein ‚großes Tor'", flüsterte Khadgar; Gänsehaut ließ seine Arme kribbeln.

Seine Augen wanderten vom Anblick der brüllenden, zornigen Orcs zu dem Runentext über der Zeichnung. Zwei Glyphen waren eingekreist worden, und jemand hatte etwas an den Seitenrand gekritzelt: *Licht gebiert Dunkelheit, und Dunkelheit gebiert Licht. Fragt Alodi.*

Khadgar wiederholte die Worte bei sich, packte seine Schreibutensilien aus und tauchte seinen Federkiel in die Tinte. Er nahm einen tiefen Atemzug, ehe er ein dünnes Pergament über das Buch legte und anfing, das verstörende Bild abzuzeichnen.

Sie hatten Garona gesagt, dass es das Privatgefängnis des Königs sei. Es war kein Ort der Folter. Es gab sogar Fenster nach draußen. Der Mond schien herein und tauchte den Raum in silbriges Licht, und der Anblick des Gestirns ließ Garona das Herz schwer werden. Trotz allem war das hier ein Käfig, und trotz allem war sie nicht frei.

Der Käfig war klein und an drei Seiten von Gitterstäben umgeben. Darin befand sich etwas, das sie als „Pritsche“ bezeichneten und zum Schlafen gedacht war. Darauf lagen Tücher, die ihr fremd waren, und sie sah überhaupt keine Schlaffelle. In der Ecke stand ein kleiner Topf – wozu, vermochte sie nicht zu sagen. Es gab einen Tisch und einen Krug mit Wasser sowie ein nutzloses kleines Gefäß. Sie hatten Essen für sie dagelassen, das ihr nicht minder fremd war, doch sie hatte trotzdem jeden Bissen davon verschlungen, um bei Kräften zu bleiben. Jetzt hob sie den Krug und trank das kühle Wasser.

Als sie den Krug wieder abstellte und sich den Mund abwischte, sagte sie zu dem Schatten im Raum: „Ich sehe dich.“

Dann stand derjenige vor ihr, den sie den Wächter nannten; er hatte die Arme vor der Brust verschränkt, und seine Augen, hell und neugierig wie die eines Vogels, ruhten auf ihr. Jetzt trat er vor in das Licht, das einige wenige Fackeln spendeten, und ging um ihren Käfig herum.

„Dieses Portal“, sagte er. „Von wem weiß Gul’dan davon? Wer hat ihn nach Azeroth geführt?“

Er kam gleich zur Sache. Das gefiel ihr. Garona wog ihre Antwort ab und sagte dann: „Gul’dan bezeichnete ihn als Dämon.“

Der Wächter – „Medivh“ hatte einer der Menschen gesagt – zeigte keine Reaktion. „Bist du ihm begegnet?“

Das war eine Erinnerung, die Garona am liebsten aus ihrem Gedächtnis verdrängt hätte. Zwar war sie imstande, rasch neue Sprachen zu lernen, doch die Orc-Zunge war recht blumig, wenn es um gewisse Dinge ging, und sie hatte Mühe, das Erlebte in menschliche Worte zu kleiden. „Ich habe ihn nicht gesehen. Nur die Stimme gehört. Wie …“ Ihr Blick fiel auf das flackernde Licht der Fackel. „Wie Feuer und Asche.“ Das war keine Beschreibung ihres Klangs; das beschrieb, wie es sich anfühlte, diese Stimme zu vernehmen. Sehr Orc-typisch.

Er hörte auf, hin und her zu laufen, wandte sich ihr zu und musterte sie mit Augen, die geradewegs in ihr Herz zu sehen schienen. „Wie alt bist du …?“

Das Knarren der metallenen Gittertür zu der Kammer unterbrach ihn. Garona wandte flüchtig den Kopf, um hinzusehen, doch ein raschelndes Geräusch, wie von den Schwingen eines Vogels, lenkte ihre Aufmerksamkeit wieder auf Medivh – der jedoch fort war. Ein Kribbeln, als würden Blicke auf ihr ruhen, brachte sie dazu, nach oben zu schauen. Ein Rabe kauerte zwischen den Gitterstäben des Fensters; seine Umrisse zeichneten sich vor dem Mond ab, ehe er davonflog.

Schamane, dachte sie.

Garona nahm einen tiefen Atemzug und drehte sich um, um zu sehen, wer ihr da sonst noch einen Besuch abstattete. Es war derjenige, den sie „Lothar“ nannten, der,

der den Frostwolf getötet hatte, um sie zu beschützen, bloß um ihr später zu drohen. Bei ihm war die Frau, die auch bei ihrer vorherigen Befragung zugegen gewesen war. Sie wirkte so dürr und zerbrechlich, als bestünde sie aus dünnen Zweigen. Ihre Augen waren groß und braun und sanft, wie die eines Talbuks. Ihr folgte eine Dienerin nach, die sogar noch kleiner war. Die Frau trug ein Stück schmales Holz in den Händen, auf dem eins dieser kleinen Gefäße stand und noch ein anderes, das Garona nicht erkannte. Dampf stieg davon auf. Das Mädchen hatte einen dicken Stapel Felle auf dem Arm.

Lothar legte der Frau eine Hand auf die schmale Schulter. „Ich bin ganz in der Nähe, falls du mich brauchst", sagte er ihr und warf Garona dann einen warnenden Blick zu. Die Frau nickte und trat zurück, als der Wachmann hereinkam und mit strammen Schritten zu Garonas Zelle ging.

„Zurücktreten!", befahl er der Orcin. Einen Moment lang rührte sie sich nicht, doch dann tat sie, was er verlangte, und hob ihr Kinn, als die Frau eintrat. Der Wachmann schloss die Gittertür, ehe er sich in die Schatten zurückzog, um aufzupassen, dass Garona keine Dummheiten machte.

„Dein Gefährte", sagte Garona. „Ich könnte dich töten, bevor er auch nur die Chance hätte, dir zu helfen."

Die Frau schaute verwirrt drein. Dann folgte sie Garonas Blick und lachte. „Lothar? Er ist mein Bruder! Der König ist mein … Gefährte."

Der König. Der Anführer. Llane. „Dann bist du das Weib des Häuptlings?"

Bei dieser Wortwahl glitten die dunklen, feinen Brauen in die Höhe. „Ich schätze, schon, ja."

Garona trat näher; sie überragte die Menschenfrau bei

Weitem. „Dann würde es mir noch größere Ehre einbringen, dich zu töten." Garona studierte die Reaktion der Frau. Sie wirkte so zart, dass Garona sich fragte, ob die Worte ihr Angst machen würden.

Doch die Frau schüttelte bloß den Kopf. „Nicht unter meinesgleichen." Sie nickte dem Mädchen zu, das an Garona vorbeiging und die Felle auf das Bett legte. „Die Nacht ist kalt. Ich dachte, die könntest du brauchen."

Das Mädchen roch nach Furcht, die Gemahlin des Häuptlings hingegen nicht. Sie trat in ihrem langen, raschelnden Gewand vor und stellte die Dinge, die sie trug, auf dem Tisch ab, um den Becher mit einer heißen Flüssigkeit zu füllen. Sie hielt das Gefäß Garona hin, die es argwöhnisch musterte.

„Das wird dich wärmen", sagte die Frau. Das Gebräu roch angenehm nach Kräutern, und Garona ertappte sich dabei, dass sie die Wärme willkommen hieß, als sich ihre Hand um den Keramikbecher schloss. „Das ist mein Lieblingstee", sagte die Frau. „Friedensblume." Garona nahm vorsichtig einen kleinen Schluck, stellte fest, dass das Gesöff köstlich schmeckte, und trank es, obwohl es so heiß war.

„Heute Nacht brennen noch mehr von unseren Dörfern", sagte die Frau, während Garona den Becher leerte. „In einem davon wurde ich geboren." Sie kaute auf ihrer Unterlippe herum, ehe sie fortfuhr: „Ich habe deine Wunden bemerkt – die alten. Die Narben. Ich kann mir zwar nicht einmal ansatzweise vorstellen, was du Grauenvolles durchgemacht haben musst, Garona, aber dies alles muss nicht passieren. In diesen Landen herrschte lange Jahre Frieden. Frieden zwischen den Rassen dieser ganzen Welt."

Friedensblume, dachte Garona. Sie fragte sich, ob die

Frau das Getränk wohl absichtlich ausgewählt hatte oder das einfach bloß Zufall war? Sie wandte sich ab und hob einen Umhang auf, der oben auf den Fellen lag. Bei der Bewegung rasselten ihre Ketten, und die Eisenschelle scheuerte über ihren Hals.

Die Frau streckte eine makellose Hand aus, wie um Garonas Kehle zu berühren, und sagte: „Ich kann dir das abnehmen lassen …"

Die Orcin wich ruckartig zurück, schlagartig alarmiert, und verschüttete dabei ihren Tee. Die Gefährtin des Menschenhäuptlings zog ihre Hand zurück, und ihr Gesicht war unsagbar gütig. „Tut mir leid, ich wollte dir keine Angst machen." Sie nahm einen tiefen Atemzug. „Hier bei uns wartet ein Leben auf dich, Garona. Falls du das wünschst."

Bislang hatte nur ein einziges Mal jemand versucht, sie aus reiner Freundlichkeit zu berühren: Draka, Durotans Weib. Drakas Miene war der von Taria ganz ähnlich gewesen – voller Mitgefühl und Zorn auf das, was Garona hatte erdulden müssen.

Sie war sogar vor Durotan geflohen, um ihrem Dasein bei der Horde zu entkommen. Garona wusste sehr genau, wovor sie weggerannt war. Doch war dies der Ort, an dem sie bleiben wollte?

Der Kiesel prallte harmlos von Durotans Schädel ab. Er wandte sich dem Orc neben sich zu und hob eine Augenbraue, um festzustellen, dass sein zweiter Mann – wenig überzeugend – den Unschuldigen spielte. Durotan versuchte, finster dreinzublicken, doch er konnte seinen Schwindel nicht aufrechterhalten und fing an zu lachen. Orgrim stimmte mit ein. Eine Weile kicherten sie wie Kinder.

„Es tut gut, wieder Bäume zu sehen“, sagte Orgrim schließlich. Er saß zusammen mit seinem Häuptling auf einer Anhöhe. Unter ihnen gingen die Routinearbeiten nahe dem Portal weiter, und der grässliche Anblick der Käfige voller menschlicher Sklaven war kaum zu ertragen. Aber darüber, in der Ferne, breitete sich ein Panorama aus, das Durotan fast … *fast* … an zu Hause erinnerte. Gewiss, es waren andere Bäume, aber sie wuchsen dennoch gerade und hoch. Außerdem trugen sie Früchte und rochen frisch und rein.

„Und den Schnee“, sagte Durotan; Wehmut schlich sich in seine Stimme. „Selbst aus dieser Entfernung.“

Orgrim kratzte müßig an seinen verheilenden Wunden. „Wenn die Menschen geschlagen sind, sollten wir zu den Bergen reisen. Um die Kälte auf unserer Haut zu spüren.“ Seine Worte waren von Ungeduld geprägt, und Durotan verstand sein Verlangen. Seit sie den Norden von Draeonor hinter sich gelassen hatten, vermisste er schmerzlich den Schnee.

Allerdings hatte Durotan seinen Stellvertreter nicht darum gebeten, sich zu ihm zu gesellen, damit sie gemeinsam die schneebedeckten Berge betrachten konnten, so wunderschön sie auch sein mochten. Nein, er hatte Orgrim hierher geführt, um ihn daran zu erinnern, wie das wahre Leben aussah. Bei all dem Grauen unter ihnen konnte Durotan das nicht erkennen, umgeben von den Schreien der kranken, verhungernden Menschen und ihrer Kinder und der zermürbenden Plackerei, Steine zu schlagen und zu schleppen. Er rieb sich den Nacken; die Aufgabe, die vor ihm lag, gefiel ihm nicht, doch es gab Dinge, die gesagt werden mussten.

„Erinnerst du dich daran, wie wir Grollhufe durch die Frostwinddünen getrieben haben? Da waren ganze Herden davon, überall. Und wenn gerade keine Grollhufe zu sehen waren, gab es Talbuks. Es gab immer genügend Fleisch. Immer Leben. Im Mittsommer tanzten wir auf den Wiesen, und selbst im Winter haben wir nie gehungert."

„Aber unsere Welt lag im Sterben", sagte Orgrim. „Wir *mussten* fortgehen. Du bist so lange geblieben, wie du konntest, Durotan, doch du wusstest, was wir tun müssen, um zu überleben."

Düstere Gedanken umwölkten Durotans Geist. Das, was er sagen musste, war gefährlich ... aber notwendig. Im Geiste kehrte er zu dem Moment zurück, in dem er die qualvolle Entscheidung getroffen hatte, sich Gul'dan anzuschließen, und zu den Worten, die er damals an seinen Clan gerichtet hatte. *Es gibt nur ein Gesetz, nur eine Tradition, gegen die niemals verstoßen werden darf. Und dieses Gesetz besagt, dass ein Häuptling tun muss, was immer für seinen Clan wahrhaft am besten ist.*

„Orgrim ... findest du es nicht auch irgendwie seltsam, dass wir unser Zuhause ausgerechnet in dem Moment verloren haben, als Gul'dan an die Macht kam?"

Orgrim schnaubte verächtlich und wollte schon loslachen. Dann jedoch schwand sein Lächeln, als ihm klar wurde, dass Durotan es todernst meinte. „Ein Orc allein kann keine ganze *Welt* vernichten, Durotan."

„Bist du dir da so sicher? Schau dich doch einmal um. Erinnert dich das nicht an etwas?" Er bedeutete Orgrim, seinen Blick nicht auf den lockenden Wald und den fernen Schnee zu richten, sondern auf das, was hinter ihnen lag. Auf das Große Portal und das Land darum herum. Einen Moment lang legte Orgrim verwirrt die Stirn in Falten, doch dann sah Durotan, wie sich Begreifen auf dem Antlitz seines Freundes ausbreitete.

Als sie in diese Welt kamen, war das Land in der Nähe des Portals ein Sumpf gewesen. Draka hatte Durotans Sohn – auf Händen und Knien kauernd – in Brackwasser geboren. Jetzt war da bloß noch Erde, ausgetrocknet und durstig. Die Pflanzen, die es hier einst gab, waren längst tot, verdorrt und unter orcischen Füßen zu Staub zermahlen, als Durotans Volk riesige Steine bewegte, um ein Tor zu errichten.

Der Anblick erinnerte ihn tatsächlich an etwas.

Hier sah es genauso aus wie auf der anderen Seite des Portals, wie in dem Land, aus dem sie geflohen waren. Unterschiedlichste Gefühle kämpften auf Orgrims Gesicht um die Vorherrschaft.

Durotan wusste, dass er viel von Orgrim verlangte. Doch er wusste auch, dass er das Richtige tat. „Wo immer Gul'dan seine Magie wirkt ... stirbt das Land. Wenn unser Volk hier wirklich ein neues Zuhause finden soll, mein Freund", sagte Durotan mit vor Emotion rauer Stimme, „dann muss Gul'dan aufgehalten werden."

Orgrim ließ sich eine ganze Weile Zeit, ehe er antwortete, doch als er es schließlich tat, widersprach er Durotan nicht. Alles, was er sagte, war: „Wir sind nicht stark genug, um Gul'dan zu besiegen."

„Nein", pflichtete Durotan ihm bei. Er kratzte sich mit einem scharfen Daumennagel nachdenklich am Kinn. „Doch mit Hilfe der Menschen könnten wir es sein."

10

Er spielte ein gefährliches Spiel, und seit Lothar und Taria den Thronsaal verlassen hatten, erfüllte Sorge Llane. Dennoch hatte er das Gefühl gehabt, die richtige Entscheidung zu treffen, und dasselbe redete er sich unbeirrt weiter ein, während die Minuten verstrichen. Er stand gerade auf dem Balkon, um seinen Blick über die dunkle Stadt schweifen zu lassen und gleichermaßen düsteren Gedanken nachzuhängen, als Taria zurückkehrte.

Sie hakte sich mit einem Arm bei ihm unter. „Du hattest recht“, sagte sie. „Hier war die Hand einer Frau gefragt. Sie wird Lothar zum Lager der Orcs führen, dieses bedauernswerte Geschöpf.“

„Danke“, sagte er, ergriff ihre Hand und küsste sie.

„Woher wusstest du, dass ich sie zur Vernunft bringen konnte?“

Die Antwort darauf war schwer in Worte zu fassen. Garona war eine erwachsene Frau und nach allem, was über sie berichtet wurde, eine furchtlose Kämpferin. Es war nicht leicht, sich vorzustellen, dass jemand wie sie „verletzlich“ sein konnte, doch er spürte, dass ihre Vorsicht weder von Hass befeuert war noch von Grausamkeit. Sie hatte etwas an sich, das ihn an die Kinder erinnerte, die er im Waisenhaus gesehen hatte – wild, ungezähmt, jedoch verzweifelt auf der Suche nach jemandem, der hinter diese Fassade blickte und sie so sah, wie sie wirklich waren.

„Sie braucht die Fürsorge einer Mutter“, sagte er schließlich. Er drückte die Hand seiner Gemahlin und zog sie dann in seine Arme. „Und ich wüsste keine Bessere als dich.“

„Schmeichler“, neckte sie und küsste ihn.

Der berittene Aufklärungstrupp bestand aus fünf Leuten: Lothar, Garona, Khadgar, Karos und Varis. Zwar hatten auch die drei Soldaten einen Gutteil ihrer Dienstzeit jenseits von Sturmwind zugebracht, doch für Garona war dies alles natürlich vollkommen neu. Sie war gleichermaßen wach wie aufmerksam; ihre dunklen Augen nahmen alles in sich auf und schätzten alles ab. *Wozu?*, fragte sich Lothar. *Nach Verstecken? Nach Waffen? Nach Flucht- oder Angriffswegen?*

Sie trug eine Allianz-Rüstung, und ihr fiel auf, dass ihre Hand hin und wieder zu ihrem Brustpanzer wanderte, als würde sie der goldene Löwenkopf, der dort prangte, immer wieder aufs Neue überraschen. Er schenkte ihr vielleicht mehr Aufmerksamkeit, als er sollte. Heute Morgen hatte er ihr dabei geholfen, die Rüstung anzulegen. Sie hatte ihn um eine Waffe gebeten, und während er ihren Gambeson zuschnürte, hatte er ihr entgegnet: „Du hast mich, um dich zu beschützen.“

„Ich brauche niemanden, der mich beschützt“, hatte Garona daraufhin beteuert. In diesem Moment hatte er innegehalten, sein Antlitz nur Zentimeter von ihrem entfernt, und als sich ihre Blicke trafen, erstarb die geistreiche Erwiderung ungesagt auf seinen Lippen. Zwar hatte er praktisch vom ersten Moment an erkannt, dass Garona ungeachtet ihrer Stoßzähne und der grünen Haut wunderschön war. Doch als sie jetzt so dicht vor ihm stand, wurde Lothar klar, dass sie nicht bloß körperlich ansprechend war. Denn sie hatte recht. Sie *brauchte* niemanden, der sie beschützte. Vermutlich war sie genauso stark wie er – wenn nicht gar stärker. Gleichwohl, als sein Blick über die Narben glitt, die kreuz und quer über ihren Körper verliefen, wollte er, der Soldat, nichts mehr, als dafür zu sorgen, dass sie in Sicherheit war. Das mochte lächerlich sein und wahrscheinlich auch beleidigend ihr gegenüber ... doch es war die Wahrheit.

„Warum siehst du mich so an?“, wollte sie wissen.

Da war er sich selbst nicht sicher.

Lothars Gedanken kehrten in die Gegenwart zurück. Er lächelte bei sich, als er bemerkte, dass Khadgars Blick unbeirrt auf das Buch gerichtet war, in dem er schon die ganze Zeit las. Er hatte den einzig angenehmen Teil ihrer Reise verpasst, den durch die sicheren Gefilde des Waldes von Elwynn, und nur aufgeschaut, wenn sie anhielten, weil das Blattwerk nacktem Stein wich. Unter ihnen breitete sich Elwynn aus wie ein üppig grüner Wandteppich. Dahinter ragten Sturmwinds weiße Türme in den Himmel empor, so klein wie ein Modell auf König Llanes Schlachtkarte, und selbst Khadgar bewunderte die Aussicht.

Vor ihnen lag der Totenwindpass – ein treffender Name für eine einsame, unwirtliche Gebirgsschlucht voller steiler Wände und schneidender, pfeifender Winde. Eine Abzweigung vom Pfad endete auf einem Vorsprung, wo Lothar beschloss, ihr Nachtlager aufzuschlagen. Es war klug, an einer Stelle zu nächtigen, wo man lediglich eine einzige Richtung im Auge behalten musste. Natürlich hätten sie noch weiterziehen können, doch der Totenwindpass war schon bei Tageslicht ausgesprochen schwer zu bewältigen, und Lothar konnte nicht riskieren, dass einem ihrer Pferde im Halbdunkel ein Fehltritt unterlief.

„He, Bücherwurm", sagte er zu Khadgar, als der Magier abstieg und bei seinen Worten zusammenzuckte. „Du übernimmst die erste Wache."

Garona, die geschmeidig zu Boden glitt, schaute ob dieses Wortes gleichermaßen verwirrt wie amüsiert drein. Sie musterte Khadgar, um seine Reaktion abzuschätzen.

Der Junge schob das Buch in den Bund seiner Hose, während er nach seiner Schlafrolle griff, doch der Blick, den er Lothar zuwarf, zeigte keinerlei Heiterkeit. Und auch Garonas Aufmerksamkeit war ihm nicht entgangen. „Bei allem gebotenen Respekt, Hauptmann, mein Name ist Khadgar", sagte er.

Lothar hielt sich in gespieltem Entsetzen eine Hand an die Brust. „Ich bitte um Verzeihung, *Khadgar.* Ich dachte, wir stünden uns näher, seit ich davon abgesehen habe, dich in eine Kerkerzelle zu sperren, weil du in die königliche Kaserne eingebrochen bist." Die beiden sahen einander finster an. „Also, noch einmal: *Du übernimmst die erste Wache.*"

Khadgar kniff die Lippen zu schmalen Schlitzen zusammen, doch er nickte. „Ja, Hauptmann."

Das Abendmahl war schlicht – Brot, Käse, Äpfel und heißer Tee. In jener Nacht wurde kein Wein herumgereicht – die Gruppe war zu klein und die Gefahr zu groß, um auch nur den geringsten Rausch zu riskieren. Zum Glück verstummte das Schluchzen des Windes irgendwann, auch wenn die Stille womöglich noch nervenaufreibender war. Sie aßen, räumten die Reste weg und breiteten ihre Schlafrollen aus, während sich Khadgar mürrisch in seinen Mantel wickelte und sich auf einen Felsen kauerte, um den Pfad im Auge zu behalten, auf dem sie hergekommen waren.

Lothars Gedanken waren zu sehr in Aufruhr, als dass es ihm möglich gewesen wäre, sogleich in den Schlaf zu finden, darum knabberte er an den Überbleibseln eines Stücks Hühnchen herum und beobachtete seinerseits den Wachposten. Man musste dem Jungen zugutehalten, dass er seine Pflicht ernst zu nehmen schien. Irgendwie hatte Lothar halb erwartet, dass Khadgar sein Buch hervorholen würde, damit er im Mondschein oder beim Feuerglanz lesen könnte oder vielleicht beim Schein einer winzigen blauen Flamme, die am Ende seiner Finger tanzte. Wer wusste schon, zu welchen Dingen diese Magier imstande waren?

Stattdessen hatte der Junge seinen Kopf, wenn auch fast schüchtern, in Garonas Richtung gewandt. Sie lag mit dem Gesicht abgewandt da, und ihre markanten Kurven waren so weich und wogend und grün wie die Hügel von Elwynn. Einerseits war Lothar amüsiert – andererseits stellte er fest, dass ihm Khadgars übermäßiges Interesse an der Orcin nicht gefiel.

„Nun“, sagte er und durchbrach damit die Stille, „wenigstens liest du nicht.“

Khadgar wandte seinen Kopf ruckartig wieder dem Weg zu. Lothar lächelte.

„Er würde gern mit mir das Lager teilen.“ Garonas

Stimme war sachlich, und Khadgar schreckte zusammen, ja, wand sich fast vor Verlegenheit. Sie stützte sich auf einen Arm und sah die beiden an.

„Wie bitte?“ Khadgar versuchte, ob dieses Vorwurfs perplex zu klingen, doch seine Stimme kletterte ein bisschen zu hoch, um überzeugend zu sein.

„Du würdest dir bloß wehtun“, erklärte sie.

„Ich will *nicht* mit dir das Lager teilen!“

Alles, was Lothar tun konnte, war, nicht lauthals loszulachen. Garona zuckte einfach mit den Schultern. „Gut. Du wärst ohnehin kein geeigneter Gefährte.“

Diesmal konnte Lothar nicht länger an sich halten und ließ ein schnaubendes Lachen hören. „Warum lachst du?“, fragte Garona, und jetzt war es an Lothar, sich unbehaglich zu fühlen. „Ich verstehe nicht, wie ihr Menschen derlei überleben wollt. Wie ihr überhaupt irgendetwas überlebt. Ohne Muskeln, die euch schützen. Und mit so spröden Knochen, die allzu leicht brechen.“

„Du siehst nicht viel anders aus als wir. Wie hast *du* überlebt?“

Sie schwieg. Als sie schließlich antwortete, lag keine Heiterkeit mehr in ihrer Stimme; stattdessen sprach sie vorsichtig und kühl. „Gebrochene Knochen werden stärker, wenn sie heilen. Meine sind sehr stark.“

Lothar verging schlagartig jede Fröhlichkeit. Er dachte an ihre grüne Haut, so weich wie die einer Menschenfrau, aufgeschürft von den Ketten um ihre Handgelenke und ihre Kehle. Er dachte an die massigen Männer ihrer Spezies, mit ihren riesigen Händen und Oberkörpern und Stoßzähnen. Er dachte an ihre Waffen, die wahrscheinlich so viel wogen wie er selbst. Bei ihren Worten reiste sein Verstand an dunkle Orte, an Orte, die sowohl Zorn als auch Trauer in ihm weckten.

Dennoch war „Es tut mir leid“ alles, was ihm zu sagen einfiel.

„Das muss es nicht.“ Das Schweigen dauerte an. Das Feuer knisterte.

„Mein Name. ‚Garona‘“, sagte sie schließlich. „Das bedeutet auf Orcisch so viel wie ‚verflucht‘. Meine Mutter wurde bei lebendigem Leib verbrannt, weil sie mich geboren hatte.“

Lothars Hände schmerzten. Er blickte auf sie herab und stellte überrascht fest, dass er sie zu Fäusten geballt hatte. *Monster.*

„Trotzdem ließen sie dich am Leben“, sagte er. *Aber warum?* Das wollte er unbedingt wissen. *Wie sehr haben sie dich verletzt? Was kann ich tun, um dir zu helfen?*

„Das war Gul’dan.“ Sie rollte sich auf den Rücken. Im flackernden Schein des Feuers sah er, dass sie etwas in den Händen hielt: eine Kordel, an der ein winziger Stoßzahn baumelte, nur ungefähr so groß wie ihr kleiner Finger. „Er gab mir dies. Damit ich mich an sie erinnere.“

Lothar betrachtete den langsam hin und her schwingenden Gegenstand wie gebannt. Das Andenken stieß ihn einerseits ab, doch zugleich faszinierte es ihn auch, und Garona hielt es offensichtlich in allen Ehren. Er fragte sich, ob dieser Stoßzahn wirklich so viel anders war als eine Haarlocke, die man als Erinnerung an einen geliebten Verstorbenen verwahrte. Er hatte versucht, Llane dazu zu bringen, Taria zu untersagen, dass sie mit der Orcin redete. Als er ihr jetzt lauschte, wie sie so offen sprach, wurde ihm allerdings klar, dass sein Freund Einsichten besaß, an denen es ihm selbst mangelte. Sie war offenkundig wunderschön und ebenso stark. Zugleich jedoch war sie jemand, der auf Freundlichkeit ansprach, und das hatte Llane gespürt. Garona war auf mehr Arten als nur körperlich verletzt worden.

„Als ich sechs Jahre alt war, gaben mich meine Eltern in die Obhut der Kirin Tor." Khadgars Stimme war leise, seine Worte ein Geständnis, das – genau wie Garonas – besser im Schutze der Dunkelheit abgelegt wurde. „Damals habe ich sie oder meine Brüder und Schwestern das letzte Mal gesehen. Es bringt einer Familie Ehre, den Kirin Tor ein Kind zu überlassen, damit ihr Sohn in die schwebende Stadt Dalaran aufsteigt und dort von den mächtigsten Magiern im Land ausgebildet wird." Er lächelte ein wenig selbstmitleidig. „Weniger ehrenvoll ist es, wenn besagter Sohn dann wegläuft."

Die Orc-Frau hielt seinem Blick stand, dann nickte sie.

„Also", sagte Lothar. „Das hat die Stimmung ja wirklich gehoben."

Er ließ sich rittlings auf seine Schlafrolle sinken und hörte, wie die anderen beiden ihre Lage veränderten. Lothar schloss die Augen und sah hinter seinen geschlossenen Lidern Feuerschein auf einen Orc-Stoßzahn fallen, der von einer starken, wunderschönen grünen Hand gehalten wurde.

Die Nacht war erhellt von Feuer, gefärbt von Blut und erfüllt von Liedern des Gemetzels.

Gul'dan sah dies alles mit stummer Freude. Neben ihm stand sein Mentor, sein Ratgeber, der all seine Versprechen gehalten hatte. Derjenige, ohne den diese Nacht niemals möglich gewesen wäre.

„Norden, Süden, Osten, Westen", intonierte er, während er eine Hand durch die Luft schweifen ließ, um die gesamte Szene einzuschließen. „Das alles wird dein sein."

Bewegungen erregten seine Aufmerksamkeit, und er runzelte gelinde die Stirn. Einige der Menschen versuchten zu entkommen. Da war eine Spur, wie von geschäftigen Ameisen, die aus der Feuersbrunst flohen. Sie trugen Dinge auf ihren Schultern und folgten einem langen, gewundenen Pfad. „Verrate mir, Lehrmeister", sagte er, „wohin laufen sie?"

„Nach Sturmwind", erklärte die Gestalt neben ihm grimmig. Die Worte waren kratzig, aber kraftvoll. Sie brannten, so, wie das Herz ihres Sprechers brannte. „Zu ihrer größten Stadt." So viel Verachtung. Eine solche Überzeugung, dass die Flucht dieser „Menschen" vergebens war. Und natürlich war sie das. Nichts konnte der Horde die Stirn bieten ... oder der Fel-Magie.

„Ah", sagte Gul'dan. „Dorthin ist auch Garona geflohen." Jetzt war der Moment gekommen. Er wandte sich an seinen Mentor. „Ich habe sie mit hierher gebracht. Für Euch."

Gewiss würde sein Lehrmeister darüber erfreut sein und seinen treuen Schüler mit Lob überhäufen, der seine Lektionen so gut gelernt hatte. Gleichwohl, sein Mentor zeigte nicht die geringste Reaktion: keine Freude, keine Verärgerung ... Aus den tiefen Schatten der Kapuze drang nur Schweigen. Gul'dan verspürte Enttäuschung – und eine erste Regung von Unbehagen.

Er versuchte, etwaige Fehler, die er womöglich gemacht haben könnte, zu beheben. „Sobald sich das Portal öffnet, werden wir als Erstes diese Stadt einnehmen." Er sah die Gestalt unverwandt an. „Und dann benennen wir sie ... nach *Euch*."

11

Lothar hatte geglaubt, auf alles gefasst zu sein, das ihn erwarten mochte. Doch er hatte sich getäuscht. Als er jetzt neben Garona und den anderen stand, die auf das entsetzliche Panorama hinabblickten, das sich unter ihnen ausbreitete, war Lothar ebenso fassungslos wie angewidert. Krieg war niemals eine saubere Angelegenheit. Krieg war niemals so, wie man ihn sich vorstellte, wenn man eine von Llanes Karten studierte, selbst wenn die Strategie klug und der Sieg gewiss waren. Aber das hier …

Zelte übersäten die Landschaft, Hunderte, nur unterbrochen von Wachtürmen und größeren Bauwerken. Außerdem waren da Käfige. Nicht so viele zwar, wie er anfangs befürchtet hatte, doch immer noch genug, dass Lothar die Hände vor Zorn zu Fäusten ballte. Die Käfige waren voller Menschen: Männer, Frauen, sogar Kinder. Hierher hatte man sie also verschleppt – man hatte sie eingefangen und fortgeschafft wie Vieh, während ihre Häuser niederbrannten.

Und weiter hinten gewaltige, gemeißelte Gesteinsbrocken, die von den körperlich starken Orcs herumgeschleppt wurden und in einem bestimmten Muster angeordnet worden waren, mit einer flachen, ebenen Basis, wie das Fundament eines Gebäudes – oder etwas noch viel Schlimmeres.

„Das Große Tor“, sagte Garona und wies auf die Steine.

„Wozu brauchen sie so viele Gefangene?“, fragte Lothar. Die Brise fing sich in Garonas schwarzem Haar und spielte damit. Während sie sprach, wich ihr Blick nicht von dem grässlichen Bild, und ihre Worte sorgten dafür, dass Lothar das Herz schwer wurde.

„Sie sind wie Holz fürs Feuer“, erklärte sie. „Die grüne Magie nimmt Leben, um das Tor zu öffnen.“

Unwillkürlich schweifte Lothars Blick zu der Szene unter ihnen zurück. „Wie viele Orcs wollen sie denn noch herholen?“

Ihre Antwort war einfach und eindeutig. „Alle, die es gibt.“ Sie wies mit einer Geste auf das Lager. „Das hier ... Das ist bloß der Kriegstrupp. Sobald das Portal erst einmal offen ist, bringt Gul’dan die Horde her.“

Und mit einem Mal begriff Lothar, dass das, was er unterbewusst die ganze Zeit über gefürchtet hatte, aber nicht hatte wahrhaben wollen, schreckliche Gewissheit war. Diese Hunderte von Zelten waren im Grunde bloß der Anfang ...

Eine ganze *Horde* sollte noch folgen.

„Schaff die beiden zurück nach Sturmwind“, schnappte er, an Karos gewandt, bereits auf dem Weg zu seinem Pferd. „Varis und ich reiten voraus.“

Garona blickte Lothar und Varis nach, die im Galopp davonritten. Gedanken umwölkten ihren Verstand. Tat sie wirklich das Richtige? Warum empfand sie den Orcs gegenüber überhaupt irgendeinen Rest an Loyalität? Sie hatten ihre Mutter ermordet, und Gul'dans Wille allein hatte sie selbst vor dem Feuer bewahrt. Er hatte sie Lesen und Schreiben gelehrt und ihr befohlen, Studien zu betreiben und andere Sprachen zu lernen. Trotzdem war sie immer eine Sklavin gewesen. Stets in Fesseln, stets verspottet oder angespuckt.

Auch wenn einige wenige nicht so zu ihr gewesen waren. Jedes Mal, wenn sie voller Hass auf ihr sogenanntes „Volk“ war, das sie schlecht behandelte, dachte sie an Durotan, der den Seinen eine Stimme der Vernunft war, und an sein Weib Draka, die ihr mit Güte und Fürsorge begegnet war. Andere Orcs mochten kränkliche Kinder unmittelbar nach der Geburt ertränken, doch die Frostwölfe gaben ihren schwächeren Mitgliedern zumindest eine Chance, sich in den Augen des Clans als würdig zu erweisen. Draka selbst war dafür das beste Beispiel, und am Ende hatte sie es zur Gefährtin des Häuptlings gebracht.

Als Durotan sie befreit und ihr die Hand entgegengestreckt hatte, hatte Garona gezögert. Denn sie wusste, dass Gul'dan sie einfach wieder für sich beansprucht hätte, wenn sie mit ihm zurückgekehrt wäre. Und in jenem Moment hatte Garona zum ersten Mal wahre Freiheit gekostet und für sich entschieden, dass sie lieber sterben würde, als sie wieder aufzugeben.

Sie dachte an Königin Taria, die sie sogar noch freundlicher behandelt hatte als Draka. Natürlich: Taria wollte etwas von ihr. Das war Garona vollkommen klar. Sie wollte ihr Volk retten. Genau wie die Orcs – die dies jedoch taten, indem sie alle umbrachten, die keine Orcs waren. Zuerst die Draenei, jetzt die Menschen. Sie dachte an Khadgar; noch ein Welpe und so begierig, doch mit einer Macht gesegnet, die sie respektierte, ohne sie wirklich zu verstehen.

Und ... sie dachte an Lothar. Er hatte sie vor dem tobenden Frostwolf gerettet. Zwar war er ihr gegenüber nicht so überfreundlich gewesen wie Taria, doch Garona hatte Verständnis für sein Misstrauen. Sie wusste genug über die Dunkelheit, um zu erkennen, wenn sie jemanden berührt hatte, und Anduin Lothar wandelte fraglos mit den Schatten. Sie hatte den Schmerz in seinen Augen gesehen, als er in der vergangenen Schlacht einige seiner Männer verloren hatte, und sein Entsetzen beim Gedanken an die unschuldigen Bauern, die von den Orcs gefangen gehalten wurden, ihre Leben nichts weiter als Nährstoff für noch mehr Orc-Zerstörung. Er war ... gut, entschied sie.

Und er hatte Sinn für Humor. Sie erinnerte sich an den Begriff, den Lothar für Khadgar verwendet hatte: „Bücherwurm". Lächelnd drehte Garona sich um, um den jungen Magier anzusehen ...

Ein Orc stand im Schatten der Baumäste. Er hatte sich Khadgar unter einen Arm geklemmt, und seine massige Hand lag über dem Mund des Jungen. Der junge Magier starrte Garona mit großen, verängstigten Augen an. Ein paar Schritte entfernt lag Karos, bewusstlos, aber am Leben.

„Durotan!", keuchte Garona.

Der Orc grunzte bestätigend. „Im Norden ist ein schwarzer Felsen, der den Himmel berührt. Dort treffe ich mich mit ihrem Anführer."

Ein Splitter der Furcht durchfuhr sie. „Um ihn zum Kampf zu fordern?" Sie war überrascht darüber, wie sehr sie nicht wollte, dass Llane starb – oder Durotan, was das betraf.

Der Orc schüttelte den Kopf. „Ich habe gesehen, dass du die Kleinzähne zu unserem Lager geführt hast“, sagte er und trat näher, ohne Khadgar loszulassen, doch zumindest hielt er ihn mit Bedacht in seinem Griff. „Jetzt haben sie gesehen, was wir bauen, doch allein du weißt, was Gul'dan für mein Volk geplant hat.“ Seine Augen bohrten sich in ihre, und als er weitersprach, klang es, als würden die Worte ihn innerlich zerreißen. „Du hast uns gewarnt, Garona. Du hast uns gesagt, dass er dunkel und gefährlich ist. Letzten Endes kam ich allein aus dem einen, einzigen Grund hierher in diese Welt, weil es tatsächlich *keine andere Wahl* gab.“

Garona wusste, das er recht hatte. Wäre es nur um ihn selbst gegangen, hätte sich Durotan womöglich für den Tod entschieden, doch diesen Luxus hatte er nicht. Er war ein Häuptling, und das bedeutete, dass er so gut für seinen Clan sorgen musste, wie er eben konnte.

„Diese Magie ist der Tod“, sagte er. „Für *alle* Dinge. Sie muss aufgehalten werden.“

Dann hatte er es also gesehen. Er wusste Bescheid. Einen Moment lang trafen sich ihre Blicke, ehe Durotan nickte. „Sag es ihm. Der schwarze Felsen. Wenn die Sonne am höchsten steht.“

„Das tue ich“, versprach Garona.

Durotan nickte von Neuem, ohne dass ihm bewusst zu sein schien, dass er soeben alles auf den Kopf gestellt hatte, was Garona von ihrem Leben erwarten zu können glaubte. Wenn Gul'dan fiel ...

Sie preschte vor. „Häuptling! Wenn ich zurückkomme, würdest du mich dann in deinen Clan aufnehmen?“

Durotans Blick schweifte zu ihrer Kehle, zu ihren Händen. Zu einer Kehle und Händen, die frei von Ketten waren. „Hier bist du sicherer. Bei ihnen.“

Und sie wusste, dass er recht hatte. Die Hoffnung erstarb, und sie nickte bloß. Der Häuptling schaute nachdenklich auf den Jungen herab, den er noch immer fest in seinem Griff hielt. Der Magier hing totenstarr in seinem Arm und spähte zu ihm auf, ohne auch nur zu blinzeln. Dann gab Durotan ihn frei. Khadgar machte keine Anstalten, wegzulaufen oder einen Zauber zu wirken. Durotan knuffte ihn, sehr behutsam, gegen die Brust – eine fast kameradschaftliche Gebärde. Dann legte er in einer Geste des Respekts und der Dankbarkeit gegenüber Garona, der Halbblut-Sklavin, eine Hand auf seine eigene Brust, wich in die von Licht gesprenkelten Schatten zurück und verschwand zwischen den Bäumen.

Der Rabe kreiste am Himmel, und sein überragendes Sehvermögen zeigte ihm die Szene unter sich in einer Detailliertheit, die an seinem Herzen zehrte. Gleichwohl, selbst jene mit schlechterer Sehkraft wären imstande gewesen, die Zerstörung zu erkennen, denn sie war offenkundig, exzessiv und scheinbar überall. Inmitten des gesunden Grüns des Blattwerks traten die öden Stellen, grau und schwarz und brennend, überdeutlich hervor. Da eine, da wieder eine und da noch eine weitere …

Medivh brach am Becken zusammen, kaum imstande, eine Hand in dessen stärkende Tiefen zu tauchen. Neue Energie durchströmte ihn, wenn auch langsamer und weniger wirkungsvoll als in der Vergangenheit. Er war vollkommen ausgedörrt, und jedes Mal, wenn er sich so verausgabte wie gerade eben, erholte er sich schlechter. Doch ihm blieb keine andere Wahl. Dies war seine Bürde.

Moroes kniete neben ihm – ruhig, beständig, ewig während. Der Kastellan lebte schon seit sehr, sehr langer Zeit in Karazhan. Länger als Medivh. Länger als der vorige Wächter oder der davor. Auf seine ureigene Weise war er ebenso sehr ein Teil von Karazhan wie seine Ställe oder die Küche oder sogar sein magisches Becken.

Leise und bedauernd fragte der ältere Mann: „Ist es so, wie Ihr befürchtet habt?"

Medivh presste die Lippen zusammen und nickte. Während er mit schwacher, brüchiger Stimme antwortete, behielt er seinen Arm im Becken: „Die Fel-Magie – sie ist überall."

„Dann solltet Ihr nicht wieder fortgehen", erklärte Moroes.

„Sie brauchen die Hilfe eines Wächters jetzt mehr als jemals zuvor", entgegnete Medivh. Selbst in seinen eigenen Ohren klang seine Stimme entsetzlich hohl und matt.

„Vielleicht könnte der Junge helfen?", schlug sein alter Freund vor.

Könnte er? Khadgar hatte Initiative und Mut gezeigt. Ja, vielleicht konnte er tatsächlich helfen. Müde drehte Medivh den Kopf, um Moroes anzusehen – und erstarrte. Er sah über die Schulter des Kastellans hinweg; sein Blick war auf jemanden oder etwas gerichtet, das sich dort befand – oder auch nicht; auf eine geisterhafte schwarze Gestalt, die geradewegs auf ihn zeigte.

„Hinfort!", zischte Medivh. Moroes wandte sich um, doch da war nichts.

Llane saß auf dem großen Thron von Sturmwind und verzweifelte.

Ein Überfall bestialischer Kreaturen, entschlossen, die ganze Welt an sich zu reißen, war nötig gewesen, damit die Diplomaten, die gegenwärtig mit finsteren Mienen vor ihm standen, auch nur eingewilligt hatten, sich mit ihm zu treffen. Und jetzt, wo sie sich hier versammelt hatten, schien keiner von ihnen gewillt zu sein, ihm zuzuhören.

In der Vergangenheit hatte sich Taria des Öfteren über den „kühlen Kopf“ ihres Gemahls amüsiert, der in den vergangenen Jahren nicht annähernd so kühl gewesen war wie jetzt. Nun jedoch schien es, als würde allein Llane zumindest einen Anflug von Gelassenheit bewahren, während die Versammelten zeterten, protestierten und einander mit verbalen Attacken unter der Gürtellinie angriffen.

Der Abgesandte von Kul Tiras ließ seinem Unmut freien Lauf. Sein Volk hatte erst kürzlich den Zorn der Orcs zu spüren bekommen, und er hegte nicht die Absicht, dies Llane vergessen zu lassen – wenngleich er für seinen Teil durchaus darauf erpicht war, zu ignorieren, dass der Wald von Elwynn zu den ersten Zielen der Bestien gehört hatte.

„Das große, mächtige Sturmwind, das sich selbst stets für etwas Besseres hält als den Rest von uns ... Ihr wusstet, was uns widerfahren würde, doch wir kämpften und fielen allein. Wo war Eure Armee, als unsere Schiffe brannten?“

„Meine Armee verliert täglich ein ganzes Regiment“, hielt Llane dagegen. Seine Stimme klang angespannt, auch wenn er darum kämpfte, ruhig zu bleiben. „Sturmwind, Kul Tiras, Lordaeron, Quel’thalas. Zwerge, Menschen und Elfen. Wir alle sind in Gefahr – und wir alle vergeuden kostbare Zeit damit, uns zu streiten. Dabei ist es gerade jetzt unerlässlich, dass wir zusammenarbeiten!“

Der Abgesandte von Lordaeron blickte finster drein. „Was *unerlässlich* ist“, blaffte er, „sind mehr Waffen! Die Zwergenschmieden müssen rund um die Uhr angeheizt werden.“ Er drehte sich um und sah König Magni mit fordernder Miene an, als erwartete er, dass der Zwerg unverzüglich damit beginnen würde, Schwerter und Streitäxte auszuspucken.

Magni indes raste vor Wut. Als er sich schließlich wieder so weit im Zaum hatte, dass er es schaffte, verständliche Worte hervorzubringen, kamen sie in abgehakten, stakkatohaften Schüben über seine Lippen. „Ihr behandelt uns nicht besser als *Hunde!* Ihr weigert Euch, uns mit ebenjenen Waffen zu beschützen, die wir für Euch *schmieden*! Von uns bekommt Ihr *nichts mehr!*“

Llane sprang auf die Füße. „Genug!“, rief er. Die erhobene Stimme des sonst so gütigen Königs ließ das Gezänk verstummen – jedenfalls fürs Erste. Schlagartig richteten sich alle Blicke auf ihn. „Ihr alle habt Euch in den vergangenen Jahren auf Sturmwinds Hilfe berufen. Entweder, weil Ihr nach Truppen oder nach Schlichtung in Euren Streitigkeiten verlangtet. Doch wenn wir uns jetzt nicht vereinen, um diesen Feind zu bekämpfen, werden wir untergehen. Sturmwind braucht Soldaten, Waffen, Pferde ...“

„Ha! Wir müssen uns um unsere eigenen Reiche kümmern!“, rief Magni.

„Unsere eigenen Kriege führen!“, ergänzte der Abgesandte von Lordaeron.

Die Türflügel schwangen auf. Lothar kam hereinmarschiert; Varis folgte einen Schritt hinter ihm. Alle drehten sich zu ihnen um. Beide Männer waren schmutzig und verschwitzt, und in Lothars blauen Augen lag ein wilder, aber entschlossener Ausdruck, den Llane nur zu gut kannte. Was auch immer es für Neuigkeiten gab, es waren keine angenehmen.

„Die Orcs bauen ein Portal“, erklärte Lothar rundheraus, „durch das sie eine Armee herbringen wollen. Wenn wir sie jetzt nicht aufhalten, haben wir vermutlich nie wieder die Möglichkeit dazu."

Die beiden alten Freunde sahen einander an. Doch während die Frage, die sie alle beschäftigte, unausgesprochen zwischen ihnen hing, hatte der Elfen-Abgesandte keine Schwierigkeiten damit, sie zu formulieren.

„Wo ist *er*?", wollte der Elf wissen; seine melodische Stimme war schrill vor Zorn – und wahrscheinlich auch vor Angst. Seine Robe wirbelte um ihn herum, als er sich wieder Llane zuwandte. „Wo ist der Beschützer von Azeroth?"

„Aye!", mischte sich der Abgesandte von Kul Tiras ein. „Wo ist der Wächter?"

Taria beugte sich vor und flüsterte ihrem Gemahl zu: „Wo *ist* Medivh?"

Llanes Kiefer verkrampfte sich, nahm einen tiefen Atemzug und zwang sich zur Ruhe, während er der Versammlung die Stirn bot.

„Ich schlage vor, wir vertagen uns ..."

„Lasst Euch so viel Zeit, wie Ihr wollt", unterbrach ihn der Lordaeron-Abgesandte; er und seine Begleiter erhoben sich. „Wir sind hier fertig."

In diesem Moment drängte sich ein Bote durch die im Aufbruch befindliche Diplomatengruppe aus Lordaeron und reichte Varis ein Sendschreiben, das Varis rasch las, ehe er zu Lothar trat.

„Hauptmann", sagte er leise. „Das, was von der Vierten übrig ist, hat die Steinwacht aufgegeben."

„Das, was *übrig* ist?", echote Lothar. Unter der Schicht aus Schweiß und Dreck war sein Gesicht blass geworden.

Varis zögerte, dann sagte er: „Callan ist unter den Verwundeten."

Llane hatte ihren Wortwechsel mitgehört, und ungeachtet der Katastrophe, die über ihren Köpfen schwebte, zögerte er nicht: „Nimm den Greif! Geh!“

Lothar riss den Segeltuchvorhang des Zelts, das als provisorisches Feldhospital diente, beiseite und eilte geradewegs zu der einsamen Gestalt auf der Pritsche. Die Augen seines Sohnes waren geschlossen, doch als würde er die Gegenwart seines Vaters spüren, drehte Callan sich unvermittelt zu ihm um und schaffte es sogar, sich teilweise aufzusetzen.

Sein Sohn. Sein Sohn und der von Cally.

Tatsächlich sah der Junge seiner Mutter so ähnlich, dass es Lothar jedes Mal schmerzte, wenn er seiner ansichtig wurde. Dasselbe blond-braune Haar, dieselben sanften, haselnussbraunen Augen. Ihn hier liegen zu sehen, erinnerte Lothar an das letzte Mal, dass er seine Frau erblickt hatte. Ihr geliebtes Antlitz war blass wie Milch gewesen, und Schatten des Schmerzes hatten ihre Augen umringt wie Blutergüsse. Sie war immer so zerbrechlich gewesen, seine kleine Cally. Zu zerbrechlich.

Keine Verbände waren um den schlanken Leib seines Sohnes gewickelt, kein von Rot durchtränktes Weiß, das an einen Tag erinnerte, an dem es Rot gegeben hatte, zu viel Rot. Callan hatte bloß eine klaffende Wunde an der Stirn, die nicht allzu schlimm zu sein schien, doch Lothar nahm den Kopf seines Jungen dennoch in die Hand und drehte ihn prüfend hin und her. Callan schaute ihn mit den haselnussbraunen Augen seiner Mutter beinah verlegen an.

„Vater“, sagte er. „Mir geht es gut. Alles in Ordnung.“

Lothar zwang sich zu einem Lächeln. Diese Augen hatten nichts von ihm, sie waren ganz *ihre*.

„Ich habe mir Sorgen gemacht“, gestand Lothar. Dem folgte ein unbeholfenes Schweigen, ehe er sich um ein bisschen Ungezwungenheit bemühte und hinzufügte: „Du hättest Bäcker werden sollen, so, wie ich es wollte.“

„Zu gefährlich“, gab Callan todernst zurück. „Da verbrennt man sich ständig am Ofen.“

Lothar gluckste amüsiert. Schon als Callan noch sehr jung gewesen war, hatte er bereits erklärt, dass er Soldat werden wolle. Daraufhin hatte Lothar entgegnet: „Möchtest du stattdessen nicht lieber Bäcker werden? Denk nur an all die Kuchen, die du dann essen könntest!“ Callan hatte für einen Moment darüber nachgedacht und den Kopf dabei auf die Seite gelegt, in einer Geste, die Lothar so sehr an Cally erinnerte, dass sein Herz schwer wie Blei geworden war. Und dann hatte der Junge erklärt: „Na ja, ich wette, viele Leute würden sich freuen, Kuchen für Soldaten zu backen, weil Soldaten so tapfer sind.“ Als Lothar sich mit gespieltem Ernst darüber beschwert hatte, dass für ihn noch nie jemand einen Kuchen gemacht hatte, schlug Callan kurzerhand vor, Lothar solle doch selbst Bäcker werden. Jetzt war er überrascht und bewegt, dass Callan sich an diesen Augenblick erinnerte. Er zerzauste seinem Sohn das Haar und schaute sich um. Er war so auf seinen Sohn konzentriert gewesen, dass ihm gar nicht aufgefallen war, dass Callan der einzige Patient des Spitals war. Ein Frösteln überlief ihn.

„Wo ist der Rest von deinem Trupp?“

Callan schüttelte den Kopf.

„Die können doch nicht alle tot sein?“, fragte Lothar ungläubig.

„Die meisten von uns haben sie lebend verschleppt“, gab Callan zurück. „Sie … die Leute sagen, dass sie uns *auffressen* –“

„Panikmache“, sagte Lothar, auch wenn das Schicksal, mit dem sich die Gefangenen konfrontiert sahen, wahrscheinlich noch schlimmer war. Die Schroffheit in der Stimme seines Vaters ließ Callan unmerklich zusammenzucken, woraufhin Lothar in sanfterem Tonfall weitersprach. „In jedem Krieg gegen jeden Feind hört man dieselben Geschichten. Keine Angst, Sohn. Wir werden sie retten.“ Callan setzte sich abrupt zur Gänze auf, als wäre er drauf und dran, unverzüglich aufzubrechen, doch Lothar legte ihm eine Hand auf die Brust. „Nicht so hastig.“ Er strich über Callans zerknitterte Uniform und glättete sie, so, wie er es stets getan hatte, als der Junge noch klein gewesen war. „Du bist alles, was ich habe“, sagte er sanft.

Einen Moment lang rührte sich Callan nicht. Dann drückte er den Arm seines Vaters – gleichermaßen eine Geste der Anerkennung wie der Zurückweisung. Lothar nahm seine Hand weg.

Callans Antlitz wirkte auf sonderbare Weise gealtert; seine Miene war die eines Mannes, der zu viel gesehen hatte. „Ich schaffe das, Vater. Ich bin Soldat.“

Lothar dachte an die Brutalität, mit der die Orcs bei ihren Angriffen vorgingen. Unwillkürlich stellte er sich vor, wie sein von Natur aus sanftmütiger, ja, fast schon schüchterner Sohn gegen diese übergroßen Monster, die nicht bloß schockierend stark, sondern für ihre Größe auch unheimlich flink waren, um sein Leben kämpfte, und ihm wurde angst und bange.

Sag's ihm, dachte er. *Sag ihm, dass er mutig ist – vielleicht mutiger, als du es in seinem Alter warst. Sag ihm, dass du ihn liebst und stolz auf ihn bist.*

Sag's ihm ... Sag ihm, dass es nicht seine Schuld war.

Doch Lothar nickte bloß und wandte sich zum Gehen.

12

„Garona, zieh dir die Kapuze übers Gesicht und reite zwischen uns“, sagte Karos mit gedämpfter Stimme. Sein Kopf war verbunden und sein Gesicht lädiert, doch angesichts des Umstands, dass er von einem Orc-Häuptling bewusstlos geschlagen worden war, befand er sich in vergleichsweise guter Verfassung.

Hinter ihnen vernahm Garona das Geräusch von Pferden und Karren. Jetzt, da sie sich in den Außenbereichen von Elwynn befanden, waren sie auf der Straße nicht mehr allein unterwegs. Sie hatte gewiss keine Angst vor einer Handvoll Bauern, doch ein Handgemenge würde niemandem dienen. Sie gehorchte und hielt die Augen offen. Mehr und immer noch mehr Menschen schlossen sich ihnen auf dem Pfad an, kamen von allen Seiten wie kleine Rinnsale, die einen Bach zu einem Fluss anschwellen ließen, bis aus dem Fluss am Ende, vor den Stadttoren, ein wahrer Ozean geworden war.

Tausende Flüchtige drängten sich hier, mit den großen,

furchtsamen Augen, an die Garona sich aus unzähligen Käfigen erinnerte. Sie erblickte eins dieser kleinen Wesen mit gewaltiger Brust, die „Zwerge“ genannt wurden. Der Zwerg versuchte, ein verängstigtes, winziges Pony zu führen, das einen kleinen Wagen hinter sich herzog. Darin klammerten sich eine Zwergin und zwei kleine Kinder aneinander, die dem zornigen Menschenstrom, der um sie herum wogte, besorgte Blicke zuwarfen.

Einer der gehetzt wirkenden Wachposten hielt eine gepanzerte Hand in die Höhe, um den Zwergen die Durchfahrt zu verwehren. „Die anderen zuerst!“, rief er.

Der Zwerg zog die Augenbrauen zusammen. „Ich arbeite in der Königlichen Rüstkammer, Mann!“, bellte er.

„Such dir eine Höhle, in der du dich verkriechen kannst, Zwerg!“, brüllte ein Mensch aus der Anonymität der Menge heraus zornig. Andere fingen an, den Karren zu schütteln, und eins der Kinder rief nach seinem Vater. Jedwede Geduld, die der Zwerg einst besessen haben mochte, hatte sich offenkundig schon vor langer Zeit in Wohlgefallen aufgelöst, und er griff hinten in den Wagen und schnappte sich einen Hammer, der so gewaltig war, dass Garona verblüfft war, dass er es schaffte, ihn zu schwingen.

„Ich ‚höhle‘ dir gleich deinen *Schädel* aus, du stinkender …“

„Das ist untragbar“, murmelte Karos. Lauter rief er: „Feldwebel! Sorg dafür, dass sich die Leute in einer Reihe aufstellen. Entweder herrscht hier Ordnung, oder wir schließen die Tore so lange, bis hier Ordnung herrscht!“ Er wandte sich an die Leute, die den Karren angerempelt hatten. „Kaz schmiedet Waffen für unser aller Sicherheit. Noch ein Wort gegen ihn, und ihr werdet sehen, was ihr davon habt!“

Der Zwerg nickte ihm zum Dank mit gerötetem Gesicht zu und durfte passieren. Karos und Garona schickten sich an, dem Karren zu folgen, doch Khadgar ergriff Garonas Arm. „Ich muss einige Nachforschungen anstellen. Sagt dem König, was passiert ist. Ich stoße wieder zu euch, sobald ich kann."

Khadgars Verstand war in hellem Aufruhr. Derselbe Orc, der ihn mit ruhiger Intelligenz angesehen hatte, als er während des ersten Kampfs gegen die Monster eine schützende Kuppel um sich und Medivh errichtet hatte, wollte ihn verschleppen, hatte ihm mit einer Hand von der Größe eines Holztellers den Mund zugehalten, um ihn am Schreien zu hindern, und ihn dann unbeschadet wieder freigelassen. Nein, nicht bloß unbeschadet – mit der Bitte, sich mit den Menschen zusammenzutun, um Gul'dan und der Fel-Magie Einhalt zu gebieten.

Er schob den Schlüssel ins Schloss seiner Zimmertür. Noch nie zuvor in seinem Leben hatte er solche Angst gehabt, und noch nie zuvor empfand er mehr Stolz, als … na ja … als in dem Moment, in dem dieser mächtige Orc-Häuptling, Durotan, ihm diesen offenkundig freundschaftlichen Knuff verpasst hatte …

„Was ist das?"

Khadgar sprang einen halben Meter in die Luft und hob reflexartig die Hände, um einen Angriffszauber zu wirken, doch er erkannte den Eindringling gerade noch rechtzeitig, um die Beschwörung abzubrechen.

„Wächter!" Er fühlte die panische Energie, die aus ihm herausströmte, um ihm die Knie vor Erleichterung weich werden zu lassen. Er mühte sich, seine Gedanken wieder unter Kontrolle zu bringen und die Frage des offenbar fuchsteufelswilden Medivh zu beantworten. Der Wächter deutete auf die Notizen, aufgeschlagenen Bücher und Zeichnungen, mit denen die Kammer vollgestopft war. Als Khadgar irgendwann die freien Flächen ausgingen, war er dazu übergegangen, seine Aufzeichnungen an Schnüren zu befestigen, als wäre er ein Waschweib, das Wäsche aufhängte. Khargars Notizen waren im wahrsten Sinne des Wortes überall um sie herum. „Das Portal ...“, stieß er hervor. „Wir haben es gesehen! Im Morast! Ich habe alle Hinweise darauf zusammengesetzt, die ich finden konnte.“

„Das da“, sagte Medivh mit einem grimmigen Blick auf die Skizze, die er in der Hand hielt. „Diese Zeichnung. Wo hast du sie abgemalt?“

Khadgar fühlte sich wie ein Vogel im hypnotischen Bann einer Schlange. Er starrte den Zauberer an, in dem Wissen, dass er vollkommen töricht wirkte, doch noch schlimmer war, dass er sich genauso fühlte, als er seine Gedanken zu sammeln versuchte. Er verstand Medivhs Zorn nicht. „W-Wächter?“

Medivh schnappte sich ein Stück Pergament, das an einer Schlaufe der Schnur baumelte. „Und das? Und *das*?“

Noch eins und noch eins. Er kam auf Khadgar zu und hielt dem Jungen eins der Blätter direkt vors Gesicht.

Als Khadgar antwortete, zitterte seine Stimme genauso sehr wie seine Hände, und auf seiner Stirn stand der Schweiß echter Furcht. Was hatte er bloß falsch gemacht? Er schluckte; sein Mund war so trocken wie die Pergamente, die Medivhs Hände zerknüllten. „Seit ich die Gegenwart der Fel-Magie das erste Mal gespürt habe, stelle ich Nachforschungen an.“

„*Ich* bin der Wächter! *Ich!*“ Medivh kam näher, um Khadgar zugleich einen Schritt nach hinten zu drängen und noch einen und noch einen. „Nicht du. Noch nicht.“

Khadgar unternahm einen letzten Versuch. „Ich dachte einfach, dass Ihr etwas Hilfe zu schätzen wüsstet ...“

Khadgar blickte in die blutunterlaufenen blaugrünen Augen des Mannes, der eigentlich der Beschützer ihrer Welt sein sollte. Doch der ihn, da war er sich ziemlich sicher, gleich umbringen würde.

Einen Herzschlag später ging jede einzelne Notiz, jede Skizze, jede Zeichnung und jede Karte, an der er so hart gearbeitet hatte, in magischen Flammen auf. Alles verbrannte schnell, heiß und vollkommen, um nicht einmal Asche zurückzulassen. Es war, als hätten all diese Dokumente niemals existiert.

„Erdreiste dich nicht, zu glauben, du könntest mir von Nutzen sein. Du hast keine Ahnung von den Kräften, gegen die ich mich behaupten muss.“ Er nahm einen tiefen Atemzug und sammelte sich. „Wenn du helfen willst, dann beschütze den König. Überlass die Fel-Magie mir.“

Er wandte sich zum Gehen. Khadgar sackte erleichtert gegen die Wand – für genau eine Sekunde. Dann sah er, was auf einem Stuhl neben der Tür lag.

Das Runenbuch, das er sich aus Karazhan „geborgt“ hatte.

Er darf es nicht sehen, dachte Khadgar inständig. Medivh hatte den Raum mittlerweile zur Hälfte durchquert. *Er darf es nicht sehen, er darf es nicht sehen ...*

Der Wächter erstarrte mitten in der Bewegung. Während Khadgar innerlich in sich zusammenschrumpfte, drehte Medivh langsam den Kopf und starrte das Buch unverwandt an.

Schweigen.

Dann hob der Wächter es mit bedächtigen Bewegungen auf und sah es an. Er wandte sich nicht zu Khadgar um. Tatsächlich war der junge Magier ein bisschen überrascht darüber, dass er nicht an Ort und Stelle in Flammen aufging.

„Interessante Wahl." Die Worte des Wächters klangen eisig.

„Wächter …" *Ich kann das erklären*, dachte Khadgar hektisch. Plötzlich schoss eine Stichflamme aus seiner Hand hervor, als die Zeichnung, von der er ganz vergessen hatte, dass er sie hielt, unvermittelt in Brand geriet und verschwand. Als Khadgar anschließend wieder aufschaute, war Medivh längst fort.

„Wenn er glaubte, er könne Gul'dan auf eigene Faust besiegen, hätte er nicht um dieses Treffen gebeten", erklärte Llane. Er kauerte auf seinem Thron, flankiert von Lothar und mehreren anderen Ratgebern, die Garona nicht kannte. Seine Königin saß auf ihrem eigenen Thron neben ihrem Gemahl und blickte freundlich lächelnd auf die Orc-Frau herab. „Die Fel-Magie muss ihn wahrhaft ängstigen."

Garona sah sich genötigt, den Frostwolf zu verteidigen. „Durotan fürchtet gar nichts."

Llane warf Lothar einen Seitenblick zu und hob eine Augenbraue, um seinen Freund stumm dazu zu ermutigen, das Wort zu ergreifen.

„Der Ort, die Plötzlichkeit des Treffens … das klingt nach einer Falle, Eure Majestät."

Garona bedachte ihn mit einem verärgerten Blick. „Das ist es nicht."

„*Könnte* es aber sein."

Sie starrte ihn finster an, und der angedeutete Vorwurf gegen sie und Durotan ließ ihre Nasenflügel beben. Lothar hielt ihrem Blick stand, ohne mit der Wimper zu zucken; seine blauen Augen bohrten sich in ihre. „Ist es *nicht*!“, beharrte sie.

„Was denkt *Ihr*?“, fragte Lothar an seinen Freund und König gewandt.

„Die Gelegenheit ist zu günstig, um sie einfach verstreichen zu lassen“ erklärte Llane. „Ich denke, uns bleibt gar keine andere Wahl. Wir müssen die Orcs daran hindern, das Portal zu öffnen. Das ist unbestreitbar. Doch dafür werden wir Hilfe brauchen.“

„Und wenn er lügt?“, wollte Lothar wissen.

Garona warf ihm einen Blick zu. „Orcs lügen nicht.“

„Was, wenn er es doch tut?“

„Darin läge keine Ehre!“, sagte Garona, als würde das alles erklären.

„Und welche Ehre liegt darin, sein eigenes Volk zu verraten?“, forschte Lothar nach.

Sie wandte sich ihm zu, um sich der Musterung dieser seltsamen Augen zu stellen. Zwar hatte sie die Menschensprache gut genug erlernt, um sich zu verständigen, doch sie war alles andere als eine Meisterin ihrer Feinheiten. Wie sollte sie ihnen nur vermitteln, wer oder wie Durotan war? Sie schwieg einen Moment lang und wählte ihre nächsten Worte mit Bedacht, ehe sie schließlich sprach.

„Durotan beschützt seinen Clan. Sein Feind ist die Fel-Magie. Gul’dan ist der Verräter.“

Lothar betrachtete sie noch immer; er schaute ihr so tief in die Augen, als würde er darin nach ihrer Seele suchen. Einen solch intensiven Blick war sie nicht gewohnt. Die meisten Orcs hatten sie behandelt, als wäre sie überhaupt nicht da. Und falls sie sie doch zur Kenntnis nahmen, dann nur, um sie zu verhöhnen oder anzuspucken – oder Schlimmeres. Sie hatte die Wahrheit gesagt, als sie

Khadgar und Lothar erklärt hatte, dass ihre Knochen sehr stark seien. Sie hob das Kinn und schaute nicht weg.

Taria richtete das Wort an sie. Die Königin schien etwas auf dem Herzen zu haben. „Dieser Orc, Durotan … Wie gut kennst du ihn?"

„Er hat mich befreit … Und sein Clan liebt ihn. Er stellt die Bedürfnisse seiner Leute über seine eigenen. Immer. Er ist ein starker Häuptling."

„Starke Anführer müssen sich das Vertrauen ihrer Clans erst verdienen." Taria betrachtete sie ruhig und gelassen, so, wie Lothar es getan hatte, jedoch mit einem Mitgefühl, das Garona dazu brachte, unbehaglich von einem Bein aufs andere zu treten. Dann schien die Königin zu einer Entscheidung zu gelangen. Ihre Hand glitt zu ihrer schmalen Hüfte und löste geschickt einen kleinen Dolch von ihrem Gürtel. „Wenn wir wollen, dass du dich uns anschließt, müssen wir uns das deine verdienen." Sie reichte Garona den Dolch. „Um dich zu verteidigen."

„Damit?"

„Ja."

Garona starrte den Dolch an. Er passte zu Taria, nicht zu ihr; er war hübsch und zierlich. Nicht im Geringsten wie ein solides orcisches Messer. Der Griff war mit Edelsteinen verziert, und auf Tarias Nicken hin zog Garona den Dolch aus seiner fein gearbeiteten Lederschneide, um die Klinge in Augenschein zu nehmen. Ihr erster Eindruck hatte sie getäuscht: Für eine so schmale Waffe war der Dolch geradezu ein Meisterwerk.

Sie hätte damit Taria, Lothar und vielleicht sogar den König selbst töten können, bevor es ihnen gelingen würde, sie aufzuhalten. Tarias sanftes Lächeln wurde breiter. *Sie weiß, was ich gerade denke,* wurde Garona klar. *Und sie weiß, dass ihr von mir keine Gefahr droht.*

Güte. Und noch wichtiger: Vertrauen. Mit einem Mal brannten Garonas Augen. Sie war außerstande, etwas zu sagen; stattdessen befestigte sie die außergewöhnliche Waffe an ihrer Taille.

Llane nickte entschlossen. „Such den Wächter", trug er Lothar auf. „Wir werden ihn benötigen."

Khadgar hatte den Ritt genutzt, um innerlich zur Ruhe zu kommen. Allmählich glaubte er, der Wächter sei nun vollkommen verrückt geworden. Jedenfalls hatte ihn Medivhs Versuch, ihn von seinen Nachforschungen abzubringen, nur noch mehr in seiner Entschlossenheit bestärkt, ihnen weiterhin nachzugehen. Und das sollte bei ihm gewiss etwas heißen.

Er wartete draußen vor Burg Sturmwind auf das Ende einer Zusammenkunft. Einer Zusammenkunft, bei der er eigentlich hätte anwesend sein sollen, doch wie üblich hatte man ihn nicht dazu eingeladen. Auf den ersten Blick war hier alles genauso chaotisch wie an den Stadttoren, doch nach einigen Sekunden stellte Khadgar fest, dass dem vermeintlichen Durcheinander tatsächlich eine gewisse Ordnung innewohnte. Die Leute bewegten sich zielgerichtet und mit Bestimmtheit durch die Gassen, und hier und da schnappte er Bruchstücke militärischer Ausdrucksweise auf. Er eilte, innerlich brodelnd, hin und her, bis er sah, wie Garona die Burg verließ, dicht gefolgt von einem Wachmann mit ernstem Gesicht. Sie hatte ihre Kapuze tief über den Kopf gezogen, um ihr hübsches Gesicht in den Schatten zu verbergen. Khadgar schaute sich nach Lothar um, doch der Hauptmann war noch drinnen. Dennoch konnte Garona ihm hilfreich sein.

„Da bist du ja!" Er eilte zu ihr hinüber. „Sag mir: Was weißt du über die Magie des Hexenmeisters?"

Sie schaute sich angespannt um und ließ ihren Blick über die emsige Menschenschar schweifen, selbst jetzt bereit zu kämpfen, falls sie dazu gezwungen war. „Was tun diese Leute?"

„Sich auf den Krieg vorbereiten", entgegnete Khadgar vage, während er auf eine Antwort von ihr wartete. „Garona, ich brauche deine Hilfe. Ich habe etwas gefunden ..."

Sie hatte zu lächeln begonnen, und jetzt brach sie vollends in Gelächter aus. Er lief bis zu den Spitzen seiner Ohren knallrot an. „Was? Was ist so komisch?"

Garona versuchte, sich wieder zu beruhigen, doch in ihren Augen tanzte noch immer Heiterkeit. „Wie kann man denn *nicht* allzeit für den Krieg bereit sein?"

„Einige von uns sind bereit", hielt Khadgar verteidigend dagegen.

„Oh ja", stimmte die Orcin noch immer lächelnd zu. „Du ... und Lothar. Ein Mann und ein Junge. Die Horde *erzittert*."

Er sträubte sich dagegen, als „Junge" bezeichnet zu werden, und konnte nicht umhin, zu blaffen: „Zwei *Männer* – und noch viele andere." Er langte in die Falten seines Gewandes und holte den einzigen Gegenstand hervor, der Medivhs unerklärlichen Zorn überstanden hatte – eine Zeichnung. „Hier. Sieh dir das an", sagte er und reichte ihr die Skizze. „Hast du schon einmal etwas von jemandem namens Alodi gehört?"

„Hast du das gezeichnet?" Kritisch beäugte sie die Skizze, und er unterdrückte ein Lächeln.

„Ja, aber ... Du hältst das Pergament falsch herum." Seine Stimme war warm, voller Belustigung über ihre Unbefangenheit. „Lass mich ..."

Die Worte erstarben ihm in der Kehle. Er hatte das

Bild horizontal angelegt, doch sie hielt es senkrecht. Jetzt schienen die Orcs, die er gezeichnet hatte, wie sie aus dem Großen Portal kamen, nicht mehr länger auf ebener Erde zu laufen. Stattdessen wirkte es, als würden sie aus einem gewaltigen Loch im Boden emporsteigen.

Und auf sie wartete eine Gestalt in einem Kapuzenumhang, die ihnen winkte.

„Du hast unsere Ankunft im Schwarzen Morast gemalt. Woher weißt du, wie es da aussah?"

Er antwortete nicht. Die Hitze seiner jüngsten Verärgerung war verpufft. Ihm war kalt, schrecklich kalt. Alles, was er wusste, war, dass er Lothar die Skizze bringen musste. Sofort.

Ohne ein weiteres Wort nahm er das Pergament zurück und sprang die Stufen hoch, immer zwei auf einmal, und rief dabei nach Anduin Lothar.

Als Lothar die Kiste mit dem eingravierten Symbol von Eisenbart und dem Bronzebart-Wappen entdeckte, marschierte er geradewegs darauf zu. Aloman, die versuchte, in dem Durcheinander zumindest einen Anflug von Ordnung aufrechtzuerhalten, fragte: „Hauptmann? Was ist mit denen?"

„Die sind von König Magni", erklärte Kaz, der um die Ecke der Kiste herumlugte. „Er meint, das könnte nützlicher sein als Pflugscharen."

Ungeachtet der Trostlosigkeit der Situation und auch des Umstands, dass er sich mit zu viel Adrenalin und zu wenig Essen und Schlaf herumschlagen musste, ertappte Lothar sich dabei, dass er lächelte, als er die Kiste öffnete und mehrere der „mechanischen Wunder" sah, die der tätowierten Hand des Orcs solchen Schaden zugefügt hatten. „Donnerstöcke", sagte er erfreut.

„Lothar!“ Khadgars Stimme scholl von draußen herein, und dann stürmte der junge Mann auch schon in den Raum und rannte ihn beinahe um. Keuchend sagte er: „Ich brauche Eure Hilfe!“

„Was ist passiert?“

Um Atem ringend, sagte Khadgar: „Ich habe … ein Buch gefunden.“

Lothar versuchte, nicht die Augen zu verdrehen, und scheiterte kläglich. „Natürlich hast du das.“ Er nickte Aloman zu, und sie half ihm, die Kiste hochzuheben und zur Seite zu wuchten.

„Nein, wartet, Ihr versteht nicht“, beharrte der Junge. Er holte ein zusammengerolltes Pergament hervor. Die Worte sprudelten nur so aus ihm hervor, als hätte er Angst, zum Schweigen gebracht zu werden, bevor er alle über die Lippen gebracht hatte. „Lasst mich erklären. Es gab da in einem Buch eine Zeichnung, die ein Portal darstellte, genau wie das, was wir gesehen haben. Ich wollte sie dem Wächter zeigen, aber aus irgendeinem Grund wurde er wütend und verbrannte all meine Nachforschungen. Dies hier hätte er ebenfalls verbrannt, wenn ich es nicht unter meinem Gewand versteckt gehabt hätte.“

Verärgert, aber jetzt zumindest gelinde interessiert ließ sich Lothar auf eine Kiste sinken und nahm das Pergament entgegen, mit dem Khadgar vor ihm herumwedelte. Der Magier setzte sich neben ihn.

Wie Khadgar schon gesagt hatte, handelte es sich um eine Zeichnung des Großen Tores. Dieses Tor war intakt, und eine Armee bewaffneter Orcs stürmte hindurch. Das Portal selbst besaß bloß die Länge von Lothars Hand, und die Orcs waren winzige Punkte, die in diese Welt drängten. Zu beiden Seiten des Portals thronte eine Gestalt, das mit einer Kapuze bedeckte Haupt nach vorn geneigt. Umringt war die Szene von den Hügeln und den Wassertümpeln des Schwarzen Morasts. Er warf einen Blick auf Lothar und hob verwirrt eine Augenbraue.

Khadgar streckte die Hand aus. „Nein – Ihr müsst es so halten." Jetzt war das Blatt höher als breit. „Seht", sagte er und fuhr mit dem Finger eine Kurve entlang, die präzise den wogenden Verlauf eines Hügels wiedergab. Unter seiner Berührung leuchtete Helligkeit auf, um die Einzelheiten des Bildes noch weiter zu betonen. „Seht Ihr?"

Die feinen Härchen in Lothars Nacken richteten sich auf. Hielt man die Zeichnung so, wie er es jetzt tat, wurde aus dem, was zuvor wie eine Landschaft gewirkt hatte, unverkennbar eine Gestalt: mit Kapuze, das Gesicht verborgen, genau wie bei den steinernen Figuren, die die Öffnung des Portals flankierten. Die Gestalt beugte sich über ein Tor, das sich jetzt unter ihren Füßen befand, und ragte über der Horde von Orcs auf, die aus dem klaffenden Loch in der Erde nach oben drängten. Die Kapuzengestalt hatte einen Arm erhoben, als würde sie die Monster zu sich winken.

Lothar bemühte sich, seine Stimme ruhig zu halten. „Was denkst du, hat dieses Bild zu bedeuten?"

„Dass die Orcs herbeigerufen wurden ... von *dieser* Seite des Portals." In seinen Augen brannten Gewissheit – und Furcht. „Sie wurden *eingeladen!*"

Lothar blickte sich um, um zu sehen, ob irgendjemand die beunruhigende Unterhaltung mitgehört hatte; doch da war niemand. „Und der Wächter hat die Ergebnisse deiner Nachforschungen verbrannt", sagte er langsam mit matter Stimme. Aber warum? Was hatte den Wächter von Azeroth so erzürnt, dass er die Notizen des Jungen vernichtet hatte? War er derart neidisch auf den Novizen? Auch wenn es Lothar schmerzte, das zuzugeben, hatte Khadgar gute Arbeit geleistet. Trotzdem ergab dies alles nicht den geringsten Sinn. Je mehr sie über die Orcs und das Portal erfuhren, desto verworrener wurden die Dinge. *Medivh, alter Freund, was geht hier vor?*

Lothar wusste nicht recht, was er erwidern sollte. „Vermutlich hat der Wächter nur versucht, dich zu beschützen“, sagte er schließlich.

Khadgar sah ihn fragend an; seine sorgenvoll zusammengezogenen Brauen, dunkel und geschwungen wie Rabenschwingen, entspannten sich bei Lothars beschwichtigenden Worten nicht gänzlich.

„Jetzt“, sagte Lothar liebenswürdig, „mach dich vom Acker.“

Khadgar nickte und gehorchte; mittlerweile hatte er sich an Lothars derbe Neckereien gewöhnt. Gleichwohl, das Lächeln schwand von Lothars Gesicht, als er zusah, wie sich der Magier entfernte.

13

Sie hatten den Vormittag mit Vorbereitungen verbracht. Durotan war mehr, als er zu sagen vermochte, erfreut darüber, dass Orgrim seinem Plan seine volle Unterstützung zugesichert hatte. Sein zweiter Mann hatte darauf bestanden, mit ein paar Spähern zum vereinbarten Treffpunkt vorauszureiten. Dort konnten sie dann alles vorbereiten, hatte Orgrim seinem Häuptling erklärt, bis Durotan und die anderen zu ihnen stießen. Unterdessen hatte der Frostwolf-Häuptling seinen Clan in aller Verschwiegenheit über seine Absichten informiert; er hatte mit seinen Leuten gesprochen und ihre Bedenken ausgeräumt. Jetzt standen mehrere Krieger zu Füßen des schwarzen Felsens. Sie verbrannten immergrünes Geäst, um ein duftendes Rauchsignal gen Himmel zu schicken, von dem Durotan hoffte, dass es die Menschen zu dieser speziellen Stelle führen würde.

Das Gelände war felsig und kahl. Der schwarze Berg und seine Ausläufer ragten über dem einsamen, schmalen Serpentinenpfad auf, der der einzige Weg zum Treffpunkt war. Orgrim war neben ihm. Durotan hatte seine Augen auf den Pfad gerichtet und hielt nach irgendwelchen Anzeichen von Bewegung Ausschau. Er hatte Garona aufgetragen, hier zu sein, wenn die Sonne am höchsten stand, und dieser Moment war bereits vorüber. Die Menschen waren spät dran. Würden sie überhaupt kommen?, fragte er sich verdrossen. Hatte Garona …

Auf dem Weg schimmerte etwas. Durotan kniff die Augen zu Schlitzen zusammen, um mehr zu erkennen. Wieder blitzte etwas in der Sonne auf, und da wurde ihm klar, dass er eine lange Reihe von Menschen in Rüstungen vor sich sah, die auf ihren behuften Reittieren dahintrabten.

„Waffen!“, rief Durotan. Schlagartig hörten seine Krieger auf, neue Äste ins Feuer zu werfen, und bewaffneten sich. Sie waren nervös, genau wie Orgrim. Durotan hatte seinen Freund noch nie zuvor so beunruhigt erlebt, doch er konnte ihn gut verstehen. Auch ihm war vor einer Verhandlung oder einem Gefecht noch niemals so unbehaglich zumute gewesen. Gleichwohl, dies waren sonderbare Zeiten, und er war von der Richtigkeit seiner Entscheidung überzeugt.

„Eine gute Stelle für einen Hinterhalt“, kommentierte Orgrim mit einem Blick auf die Berggipfel, die rings um sie herum aufragten.

„Wir haben unsere Posten klug platziert.“

Orgrim grunzte. „Ich überprüfe das lieber noch mal“, sagte er und ging davon. Durotan nickte gedankenverloren; seine ganze Aufmerksamkeit galt der Schlange von Soldaten, die sich ihren Weg in seine Richtung bahnten. Alles in allem vierzig, vielleicht fünfzig Mann. Neben ihm stieß die Kriegerin Zarka ein Schnauben aus. „Sie bringen viele Kämpfer mit“, sagte sie. „Sie müssen voller Furcht sein.“

„Sie hätten noch viel mehr mitbringen können, Zarka“, sagte Durotan.

„Vielleicht haben sie das.“

„Falls ja, wird Orgrim es herausfinden.“

„Häuptling ...“ Zarka sah Durotan an. „Ich folge dir, ganz gleich, was geschieht, aber das hier gefällt mir nicht.“

„Es gefiel uns auch nicht, dass wir gezwungen waren, unser Zuhause zu verlassen, doch wir hatten keine andere Wahl. Und ich glaube nicht, dass wir jetzt eine haben.“

Zarka schaute ihren Häuptling prüfend an, ehe sie sich zum Salut über ihrem Herzen mit der Faust auf die Brust schlug. Durotan blickte auf und hielt nach Orgrim Ausschau. Sein zweiter Mann stand auf einem Kamm über ihm. Er wandte sich Durotan zu und gab ihm mit winkenden Armen ein Zeichen: *Alles in Ordnung.*

Sie waren jetzt näher; auf dem Boden des Tals erstreckte sich ein Strom aus Menschen und Bestien. Schließlich, als er noch etwa zwanzig Meter entfernt war, hob der Mensch an der Spitze des Zuges die Hand, und die Soldaten kamen zum Stillstand. Der Mann trug eine Rüstung, die Durotan grazil und wie Zierrat erschien. Sein Kopf war kahl, ebenso wie der des Mannes, der neben ihm herritt, der Blick seiner blauen Augen scharf wie ein Schwert. Die beiden Männer glitten von ihren Pferden, und Garona tat es ihnen gleich.

Töte sie!, schrie etwas in ihm. *Sie sind keine Orcs. Töte sie!*

Nein. Die Leben meines Volkes sind wichtiger als Blutgier.

Er krampfte seine Hände zusammen, nicht, um sie zu Fäusten zu ballen, sondern um zu verhindern, dass sie weiter von dem Verlangen zitterten, sich um die schlanken Hälse der Menschen zu schließen, die mehrere Schritte auf ihn zukamen, ehe sie stehen blieben und darauf warteten, dass auch er die Entfernung überbrückte.

Das tat Durotan; mit großen Schritten marschierte er ihnen entgegen, um nur wenige Meter vor ihnen zu verharren. *Wie klein sie sind*, dachte er. *Wie zerbrechlich. Mehr wie Garona als wie wir. Aber ungemein mutig.*

„Du hast darum gebeten, mit dem Menschenkönig sprechen zu können", sagte Garona zu ihm. Sie wies auf den dunkelhaarigen Menschenmann mit den dunklen Augen. „Hier steht er."

Durotan brachte kein einziges Wort heraus. Zu sehr war er damit beschäftigt, seine Instinkte unter Kontrolle zu behalten. Die Menschen tauschten einen Blick aus, und dann brach der König in seiner sonderbaren, abgehackten Sprache das angespannte Schweigen.

„Dies ist König Llane", sagte Garona. „Er sagt, man habe ihm mitgeteilt, dass du mit ihm sprechen willst."

Durotan nahm einen tiefen Atemzug, zwang sich zur Ruhe und nickte. Der andere Mann neben Llane sagte mit raschen Worten etwas und sah Durotan mit mehr als nur einem Anflug von Skepsis an.

„Anduin Lothar wünscht zu wissen, ob ihr beabsichtigt, durch das Portal, das ihr baut, in eure Heimat zurückzukehren", übersetzte Garona.

„Unsere Welt stirbt", sagte Durotan. „Es gibt nichts, zu dem wir zurückkehren könnten."

„Wir sind nicht für die Zerstörung eurer Welt verantwortlich", sagte Llane durch Garona. „Mit uns Krieg zu führen, wird eure Probleme nicht lösen."

Durotan seufzte schwer und dachte an Orgrims vorherige Worte. „Bei Orcs", sagte er, „löst Krieg immer alle Probleme."

„Warum triffst du dich dann jetzt mit uns?" Die Frage kam von Llane, der Durotan mit festem Blick musterte, und zum ersten Mal seit Beginn der Unterredung stellte sich Durotan diesem Blick mit ruhiger Gelassenheit. Er sah keine Furcht in diesen Augen, bloß Wachsamkeit, Zuverlässigkeit und ... Neugierde. Dieser Llane hatte keine Ahnung, wie ehrenvoll Orcs waren oder wie sehr Durotan mit seiner Entscheidung zu kämpfen hatte. Er wusste nichts weiter als das, was Garona ihm über seine Rasse erzählt hatte. Und doch war er hergekommen.

Er war aus demselben Grund hergekommen wie Durotan.

„Um unser Volk zu retten", sagte Durotan zu ihm.

Als Garona seine Worte übersetzte, wirkte der König überrascht. Er tauschte einen Blick mit dem Mann namens Lothar, und Garona sah Durotan erwartungsvoll an.

„Die Fel-Magie raubt nicht nur ihren Opfern das Leben", erklärte Durotan. „Sie tötet die Erde und verdirbt alle, die darauf wandeln. Wir haben dies alles schon einmal gesehen, in meiner Welt – in Draenor. Das Land starb, die Geschöpfe wurden krank und verdreht ... sogar die Geister erlitten Schaden. Gul'dan würde hier alles mit seiner Todesmagie vergiften, genau, wie er es dort getan hat. Wenn mein Volk überleben soll, muss Gul'dan vernichtet werden. In zwei Sonnen werden die Menschen, die wir gefangen haben, dazu benutzt, um das Portal zu öffnen. Falls ihr unser Lager angreifen und seine Krieger fortlocken könntet, wird der Frostwolfclan Gul'dan töten."

Llane hörte aufmerksam zu, während Garona seine Worte übersetzte, um hin und wieder zu nicken. Er und Lothar sprachen miteinander. Dann wandte sich der König von Neuem an Durotan. „Zwei Tage ... Wenn wir uns darauf einlassen, wirst du meine Leute bis dahin beschützen."

Durotan dachte an die Käfige und an die Qualen, die jene darin zu erdulden hatten. Die meisten der Orcs ignorierten die Menschen einfach, einige allerdings nicht. Gleichwohl, dieser König wollte, dass er für ihre Sicherheit bürgte – genau dasselbe, was Durotan verlangen würde, wenn ihre Rollen umgekehrt gewesen wären.

„Ich werde versuchen ...", begann er, nur widerwillig bereit, sein Wort für etwas zu geben, das er im Grunde überhaupt nicht garantieren konnte.

Der Rest des Satzes ging in einem Brüllen unter, das hinter ihm erklang. Überall um sie herum sprangen grünhäutige Orcs aus den Verstecken heraus, in denen sie sich verborgen gehalten hatten: Sie stürmten hinter Felsen und Sträuchern hervor, sprangen aus Spalten in den Steinwänden und stürzten sich mit Äxten, Hämmern und Streitkolben auf die Frostwölfe. Durotan sah das Begreifen in Llanes braunen Augen genau im selben Moment, in dem auch ihm klar wurde, was geschehen war.

Sie waren verraten worden.

Und Durotan brach das Herz, als er begriff, von wem.

„Rückzug!"

Lothar, zeit seines Lebens Soldat, hatte sich als Erster von dem Schock erholt. Er zog sein Schwert und schwang sich auf Reliants Rücken. Llane war direkt hinter ihm und saß bereits auf seinem eigenen Ross. Garona, der der Kopf von dem schwirrte, was sie gerade miterlebt hatte, wurde von einem donnernden Krachen aus ihrer entsetzten Benommenheit gerissen. Sie wirbelte herum und packte die Zügel ihres Pferdes, ehe sie sah, wie ein massiver Felsbrocken den Steilhang herunter auf sie zuschoss und dann noch einer und noch einer. Ihr Reittier wieherte vor Furcht, bäumte sich auf und zerrte an den Zügeln in ihren Händen. Die anderen reiterlosen Pferde reagierten genauso. Lothar hatte Garona erzählt, dass die Tiere für den Kampf ausgebildet waren, doch offensichtlich nicht für einen solchen.

Garona heulte vor Wut darüber, dass sie abgesehen von dem kleinen, juwelenbesetzten Dolch, den die Königin ihr geschenkt hatte, unbewaffnet war. Die winzige Klinge würde gegen Streitkolben, Äxte und Morgensterne vollkommen nutzlos sein. Frustriert und gehetzt schaute sie sich um. Sie entdeckte kleine grünhäutige Gestalten, die oben auf den Kämmen der Schlucht standen; zweifellos waren das die Orcs, die die Felsen heruntergerollt hatten. Hinter den Soldaten des Königs stürmten noch weitere Orcs heran und versperrten den einzigen Fluchtweg. Andere sprangen aus scheinbar harmlosen Steinhaufen entlang des Pfads hervor.

Die Schlacht war längst in vollem Gange. Llane und Lothar ritten mit ihren Rössern durch das Chaos und versuchten, jene zu verteidigen, die ein bisschen zu langsam gewesen waren und jetzt auf sich gestellt kämpften. Rechts von ihr ertönte ein durchdringendes Bellen voll vergnügter Blutgier, das Garona dazu brachte, sich umzudrehen.

Die Haut dieses Orcs war nicht bloß grün getönt, sondern durch und durch damit gesättigt. Er war gewaltig, dieser Orc, fast so groß wie Schwarzfaust, und er hielt einen riesigen Schild vor sich, den der Schädel einer

Bestie mit zwei Hörnern zierte. Der Orc setzte diesen Schild ausgesprochen wirkungsvoll als Zweitwaffe ein. Er pflügte durch das Gedränge gepanzerter Soldaten wie ein vorpreschendes Tier, ohne im Mindesten langsamer zu werden. Er schleuderte sie auseinander, als wären sie nichts weiter als die winzigen Spielzeugsoldaten, an die Garona sich aus dem Kriegsraum erinnerte, wie beiläufig von einer Hand beiseitegefegt. Die beiden großen, spitzen Hörner des Schildes fanden ein Ziel – Lothars Pferd.

Angst senkte sich über Garona, wie sie sie noch nie gekannt hatte. Anduin Lothar würde mit Gewissheit sterben, hier, direkt vor ihren Augen, und sie konnte nichts tun, um ihm zu helfen. Sie war schon zuvor Zeugin von Kampf und Tod geworden, doch da hatte sie denen, die gefallen waren, nie etwas anderes entgegengebracht als Feindseligkeit und Zorn.

Beides empfand sie nicht für Lothar.

Noch während die ungewohnte Furcht Garonas Kehle umklammerte und ihre Eingeweide in Eis verwandelte, hechtete Lothar so leichtfüßig von dem sterbenden Tier, als würde er überhaupt keine Rüstung tragen. Noch im Sprung zog er sein Schwert und ließ es herniedersausen, sodass es sich hinter dem großen Schild in die Kehle des Orcs bohrte. Der Orc stürzte zu Boden, Sekunden später gefolgt von Lothars totem Pferd.

Lothar wirbelte herum, ehe er sich bückte, um eine Pike aufzuheben, die einer von Llanes Soldaten fallen gelassen hatte. Er hob den Kopf und sah Garona in die Augen. Einen Herzschlag lang trafen sich ihre Blicke. Dann fällte Lothar eine Entscheidung und warf der Halborcin die Pike zu. Sie fing die Waffe geschickt auf; ihre Finger schlossen sich um den Griff. Verhaltene Freude stieg in ihr auf. Jetzt konnte sie sich nicht bloß ehrenvoll zur Wehr setzen – Anduin Lothar hatte auch gerade bewiesen, dass er ihr vertraute.

Als ein weiterer Orc vorwärtsstürmte, schwang Lothar herum; sein Schwert funkelte im Sonnenlicht und schlug klirrend gegen das Metall einer Axtschneide, ohne dabei zu brechen. Stahl kreischte über Stahl, und Funken sprühten, als Lothars Schwert abrutschte, am Axtschaft hinab nach unten glitt und sich tief in den Arm des Orcs grub. Mit einem Mal baumelte die riesige Axt führungslos in der Hand des Angreifers, die sie immer noch umklammert hielt, obwohl sie bloß noch durch ein paar Sehnen mit dem Arm des Orcs verbunden war. Lothar nutzte die vorübergehende Benommenheit des Orcs, um seinem Gegner die Klinge in die Brust zu stoßen.

Ein dritter Feind stürzte sich auf ihn. Lothar lief ihm entgegen, ohne langsamer zu werden, als sich ein Berittener zwischen sie schob. Stattdessen ließ er sich in vollem Lauf zu Boden fallen und schlitterte unter dem Leib des Pferdes hindurch, um mit dem Schwert im Anschlag auf der anderen Seite wieder hochzukommen; er rammte die Klinge nach oben und schlitzte den verblüfften Orc auf.

„Llane!“, rief er dann über den Lärm des Kampfgetümmels hinweg. „Tot nützt Ihr uns nichts! Verschwindet von hier! Ich kümmere mich um die anderen!“

Auch der König stand seinen Mann, während er zurückrief: „Wir *alle* verschwinden von hier! Medivh wird unseren Rückzug decken!“

Lothar hatte in seinen Angriffen nicht nachgelassen. Die Männer kamen jetzt auf ihn zu, als wäre er ein fleischgewordenes Banner, als zögen sie Stärke aus seinem scheinbar grenzenlosen Vorrat an Kraft.

Medivh.

Der Name des Wächters rüttelte Garona aus ihrer andächtigen Faszination für Lothars erstaunlichen Kampfgeist auf. Als sie sich dem Treffpunkt näherten, hatte Medivh ihnen erklärt, dass er sie besser beschützen könne, wenn er sie alle im Blick habe. Also war er mit seinem Pferd den Berg hinaufgeritten, um sie von oben zu beobachten. Jetzt riss Garona ihren Blick von Lothar los, um ihn emporschweifen zu lassen, in dem Versuch, Medivh irgendwo auszumachen. Wo steckte der Zauberer? Warum unternahm er nichts?

Garona entdeckte ihn nirgends. Doch dafür sah sie jemand anders.

Schwarzfaust, auf einem Wolf sitzend, blickte auf den Hinterhalt herab.

Und neben Gul'dans Kriegshäuptling stand Orgrim Schicksalshammer.

14

Weißglühender, gleißender Zorn durchströmte Garona. Gegen jede Vernunft marschierte sie auf den Felshang zu. Da sie ihren Blick unbeirrt auf Orgrim gerichtet hielt, bemerkte sie den Orc, der von der Seite her auf sie zustürmte, erst, als er zu schreien begann. Sie wirbelte knurrend herum, bloß um zu sehen, wie sich der Orc vor Schmerzen wand, als er von winzigen Tropfen flüssigen orangenen Feuers getroffen wurde. Garona zischte, als sie sein kochendes Fleisch roch. Er starb schnell, wenn auch unter offenkundigen Qualen.

Khadgar ragte über seinem gefällten Leib auf. „Geht es dir gut?“, fragte er.

Sie war von einem Jungen gerettet worden. Von einem Jungen, der imstande war, Magie zu wirken wie ein Schamane oder ein Hexenmeister, der Lava heraufbeschwören und dirigieren konnte – aber nichtsdestoweniger von einem Jungen. Sie nickte ihm dankbar zu, ehe sie sich umdrehte, bereit, mit der Sturmwind-Pike ihren eigenen

Kampf zu kämpfen. Ein grünhäutiger Orc stürmte auf sie zu, der den bedauernswerten Fehler machte, sie zu unterschätzen. Kreischend rammte sie ihm die Waffe in den Hals. Als Garona die Klinge wieder herausriss, sah sie, dass vor ihr der König verzweifelt kämpfte. Und er ahnte nichts von dem Orc, der sich ihm von hinten näherte, die riesige geschwungene Klinge seiner Streitaxt erhoben, um ihm einen tödlichen Hieb zu versetzen.

Garona würde nicht zulassen, dass dieser Mensch, der ihr vertraut hatte, dessen Gefährtin ihr sogar ihren eigenen Dolch überlassen hatte, einem verräterischen Orc zum Opfer fiel. Garona öffnete den Mund zu einem Schlachtruf und stürzte sich mit aller Kraft und Geschwindigkeit auf den Angreifer. Als sie scheinbar direkt auf ihn zusprang, riss Llane die Augen weit auf und tauchte beiseite. Garona indes spießte den großen grünen Orc auf, als wäre er eine Schweinekeule.

Das hätte ihn töten sollen, schien ihn aber bloß wütend zu machen. Der Orc, dessen Körper fast so hellgrün war wie der ihres einstigen Meisters, spie ihr eine Beleidigung entgegen. Sie wollte nicht warten, bis er an seiner Verletzung starb, darum zog sie Tarias Messer und schlitzte ihm die Kehle auf. Grünes Blut schoss in hohem Bogen aus der durchtrennten Arterie, um sowohl sie als auch den erschrockenen Llane zu besudeln. Sie riss die Pike wieder heraus, und der Orc stürzte schwer in den Staub.

Über den Leichnam hinweg sahen Garona und der König einander in die Augen. Keuchend nickte Llane ihr zu; er wusste, dass sie ihm gerade das Leben gerettet hatte.

„Wo bleibt der verfluchte Wächter?“, murmelte Lothar. Er watete knietief in Gegnern, um in einem fort auszuweichen und sich zu ducken und sein Schwert zu schwingen. Seine Klinge fand eine Öffnung für den Angriff, als ein Orc seine Axt hob, und sofort nutzte Lothar die Chance und sprang vor. Vage ging ihm durch den Kopf, dass der Körperbau der Orcs dem des Menschen für seine Zwecke ähnlich genug war, als er die Kreatur fast augenblicklich zu Fall brachte.

Er riskierte einen raschen Blick, um zu sehen, ob er Medivh irgendwo erspähen konnte, und entdeckte stattdessen seinen Sohn im Kampfgetümmel. Callan stand seinen Mann; er riss einem der Orcs just einen Speer aus seinen riesigen Pranken, während er sich gerade noch rechtzeitig duckte, um dem Hieb eines anderen Monsters zu entgehen, das eine gewaltige Kriegsklaue schwang.

Hinter dem Jungen drängte sich eine Gruppe von Soldaten, die kläglich winzig wirkten, als sie gegen die riesigen Monster kämpften. Lothar warf einen gequälten Blick zu Llane hinüber. Sollte er den König beschützen – oder doch lieber seine Soldaten, die zahlenmäßig unterlegen waren und gnadenlos niedergemacht wurden?

„Ich helfe ihnen!“

Die Stimme war jugendlich, aber entschlossen. Sie gehörte Callan. Zuerst war Lothar überrascht und dann unheimlich stolz. Sein Sohn hatte die Zwickmühle, in der sein Vater steckte, sofort erkannt. Der Junge hatte den Orc erledigt, gegen den er gekämpft hatte, und setzte sich jetzt zielstrebig in Bewegung, um seinen Gefährten zur Seite zu stehen.

Vater … Ich bin Soldat.

Lothar zögerte einen Moment, als sein Sohn auf seine Waffenbrüder zulief und dabei brüllte: „Schildformation!“ Die Soldaten rückten sogleich noch näher zusammen und hoben ihre Schilde vor und über sich. Lothar runzelte die Stirn. Warum hatte Callan …?

Und dann erkannte Lothar den Grund dafür. Ein wahres Ungetüm von einem Orc, das auf einem dieser übergroßen Wölfe saß, preschte auf sie zu, um dann – unfassbar – über die Schichten der Sturmwind-Schilde *nach oben zu klettern.* Zwischen den Schilden ragten Schwerter, Speere und Piken hervor, und der Wolf heulte kläglich, als sein rotes Blut die Schilde besudelte. Einen Moment später war er zwar tot, doch die Soldaten brachen dennoch unter dem Gewicht von Wolf und Reiter zusammen.

Das alles geschah innerhalb weniger Sekunden, aber dieser flüchtige Blick genügte Lothar, um den Orc wiederzuerkennen. Als Lothar die Bestie das letzte Mal gesehen hatte, hatte der Orc gerade den Rückzug befohlen; da brannte seine rechte, blutige Hand, und dank Magnis Donnerstock hatte er ein paar Finger weniger. Gleichwohl, jetzt hatte er eine neue, grauenvollere Gliedmaße: eine Klaue, riesig, monströs und schimmernd, mit fünf Klingen, die seine fünf Finger ersetzten.

Lothar schaute angespannt zu dem Plateau empor. „*Medivh!*“, brüllte er. Er wandte sich wieder den Soldaten zu, die dem Zusammenbruch der Schildbarriere entkommen waren und verzweifelt um ihr Leben kämpften.

Und dann blickte er in die gnadenlosen Augen des Orcs mit der Klauenhand.

Jetzt verstand er, was an diesen Kreaturen so furchteinflößend war. Sie waren riesig, und manche von ihnen hatten grüne Haut. Einige trugen Ketten mit Totenschädeln als Schmuck um den Hals, und ihre Waffen waren fast so groß wie die Menschen, die sie damit erschlugen. Sie waren hässlich, mit Stoßzähnen und mächtigen Hauern in ihren Mündern. Doch was sie wirklich grauenerregend machte, hatte nichts mit alldem zu tun, sondern vielmehr mit der Tatsache, dass sie nicht bloß „Kreaturen" waren. Die Orcs waren keine wilden Tiere. Denn in diesen winzigen, dunklen Augen entdeckte Anduin Lothar nicht bloß Blutgier und Hass – sondern ebenso eine grimmige Intelligenz.

Und in diesem Moment sah Lothar Wiedererkennen in diesen Augen.

Der Orc begann entschlossen auf ihn zuzustapfen und hackte mit seiner Krallenklaue auf jeden ein, der es wagte, ihm in die Quere zu kommen auf dem Weg zu dem Menschen, der ihn seiner Hand beraubt hatte.

Also gut, du Mistkerl, dachte Lothar. *Komm her, und ich nehme dir auch noch die andere …*

Licht explodierte vor ihm, fast unmittelbar gefolgt von einem ohrenbetäubenden Donner. Er hörte Llane rufen: „Das ist das Werk des Wächters! Rasch! Rückzug zum Plateau!"

Ein weiterer blendender Blitz gleißte, noch mehr Donner grollte und dann noch mal und noch mal. Jetzt ging es Schlag auf Schlag: Hunderte zischender, gleißender Blitze teilten die Luft, schlugen in die Erde und fügten sich Seite an Seite aneinander, um eine Mauer zu bilden, die sich ausbreitete, um die Menschen von ihren Angreifern zu trennen – ein Zaun aus tödlicher Energie, der quer durch die Schlucht verlief.

Und der monströse Orc mit der künstlichen Hand befand sich auf der falschen Seite. Lothar konnte nicht umhin, ein – größtenteils erleichtertes – Lachen auszustoßen, als der Orc seinen Kopf in den Nacken zurückwarf und voller Zorn brüllte.

„Verschwinden wir!", rief Llane, gab seinem Pferd die Sporen und ritt zwischen seinen Männern dahin, um sie zu dem Plateau und in offenes Gelände zu führen. Lothar nutzte den Moment, um wieder zu Atem zu kommen, und lächelte erleichtert, als sein Blick gen Himmel glitt. „Medivh", flüsterte er. Bis zu dieser Sekunde war ihm gar nicht richtig klar gewesen, wie besorgt er darüber gewesen war, dass sein alter Freund möglicherweise nicht …

Wo war Callan?

Nein …

Er drehte sich um. Eine kleine Handvoll Soldaten kämpfte noch immer um den Rückzug. Und genau wie der tätowierte Orc befanden sie sich auf der anderen Seite von Medivhs Mauer.

„Weg!" Das Wort war halb Forderung und halb Schluchzen. Lothar blickte zu dem Plateau hinauf und versuchte, irgendwo seinen alten Freund zu entdecken. „Weg mit der Barriere, Medivh! *Medivh, bitte!*"

Seine Welt verengte sich zu einem einzigen Punkt, und er lief auf den Jungen zu, bloß um von den Funken sprühenden, gefangenen Blitzen abrupt gestoppt zu werden. Wütend versuchte er, durch die Lücken zwischen diesen Stäben reinster Energie zu greifen, um zu sehen, ob es da irgendeine Stelle gab, an der er die magische Mauer überwinden konnte. Seine Rüstung knisterte, als er sie berührte; Lothar bekam eine Art Schlag und wurde zurückgeschleudert, doch das hinderte ihn nicht daran, erneut nach vorn zu springen und nach einer Spalte in der Blitzmauer zu suchen, nach einer Öffnung, durch die ein schlanker Grünschnabel von einem jungen Mann, ein Junge mit den Augen seiner Mutter, hindurchschlüpfen konnte …

Vergebens. Da waren bloß die unberechenbare, gleißende Mauer und dahinter die Rücken von Callan und den wenigen anderen Soldaten, die zusammen mit ihm in der Falle saßen, allein mit den verrückt gewordenen grünhäutigen Monstern, die sich just in diesem Moment auf sie stürzten.

„Medivh!"

Lothar knirschte verzweifelt mit den Zähnen und stieß seinen Arm durch die Barriere. Die Blitzmauer hatte nicht viel für eine solche Missachtung ihrer Macht übrig und bestrafte ihn für seine Ignoranz, indem sie seine Rüstung rot glühen ließ, wo immer sie das Hindernis berührte. Doch Lothar gab nicht auf und streckte seinen Arm so weit aus, bis sich seine Hand schließlich um die Schulter seines Kindes schloss. Callan drehte sich um. Ihre Gesichter waren bloß ein paar Zentimeter auseinander, doch es hätten ebenso gut Tausende Wegstunden sein können.

„Callan!", rief er. „Halte durch, Sohn!"

„Vater ...!"

Die Blitzmauer knisterte und zwang Lothar, zurückzutaumeln. Callan sah seinen Vater mit demselben sonderbaren, alten, wissenden Gesichtsausdruck an wie schon im Krankenlager. Er lächelte traurig, ja, fast herzlich. Er wusste, was kommen würde, genau, wie Cally es gewusst hatte, als sich der Schatten des Todes über sie breitete. Selbst als sich ihre Lungen zum letzten Mal mit Luft füllten, hatte sie ihren kostbaren Atem genutzt, um Worte des Trostes an ihren am Boden zerstörten Gemahl zu richten. Mit aller Kraft presste sich Lothar gegen die Barriere, stemmte sich gegen die Erde und stieß seinen Arm von Neuem durch die Blitzmauer. *Er ist direkt hier – er ist so nah, ich kann ihn erreichen, ich ...*

Lothar begegnete seinem Blick und hielt ihn, während ihm aus dem Antlitz des Jungen – aus dem Antlitz dieses jungen Mannes – die Augen seiner Frau entgegenlächelten.

„Für Azeroth!“ Und damit drehte Callan sich um und stürmte dem näher kommenden Meer aus brauner und grüner Haut entgegen.

Lothar geriet außer sich vor Verzweiflung.

Er warf sich gegen die Blitzbarriere, in dem Versuch durchzubrechen, vielleicht durch bloße Willenskraft. Diesmal biss er die Zähne zusammen, um den Energiestößen zu trotzen, und kämpfte weiter. Seine Rüstung zischte und glomm überall dort orange, wo die weißen Blitzstäbe sie berührten; er hörte, wie das Metall nachgab.

Er erduldete die Qualen so lange, wie er es irgendwie vermochte, doch schließlich torkelte er benommen zurück, die Nerven brennend vor Schmerz, und verfolgte hilflos, wie die riesigen Monster mit ihren zusammengestückelten Rüstungen und ihren obszön großen Waffen die Handvoll Soldaten umzingelten, um sie vor seinen Blicken zu verbergen.

Lothar schluckte und stieß einen schroffen, gequälten Schrei aus, der ihm an Herz und Kehle riss. Sein Kopf schwang wild herum, auf der Suche nach Medivh, auf der Suche nach irgendetwas oder irgendjemandem, der ihm helfen konnte, außerstande, seinem Jungen beizustehen, außerstande, ihn aufzugeben.

Sein Blick fiel auf den Kadaver seines Pferdes – und auf das Schild mit dem gehörnten Schädel, der Reliants Leben ein Ende gesetzt hatte. Lothar lief hinüber und wuchtete es in die Höhe; seine Arme zitterten unter dem Gewicht. Schiere Willenskraft hielt ihn auf den Beinen, als er von Neuem auf die knisternde Mauer zustürmte, um das Schild als Rammbock zu benutzen in der Hoffnung, damit durchzubrechen. Durch eine der leeren Augenhöhlen des Schädels, die so groß war wie sein ganzer Kopf, konnte er sehen, wie Callan mit einem Geschick und einer Kraft kämpfte, von denen Lothar nicht klar gewesen war, dass sein Sohn sie überhaupt besaß. Er hielt sich wacker.

Dann wich der Pulk grüner und brauner Leiber zurück. Einige starrten in die Mitte ihres Kreises; andere hatten ihren Blick woandershin gewandt. Die Blitzmauer zischte und sprühte Funken. Ein weiterer Energiestoß schleuderte Lothar rückwärts. Er schlug hart auf dem Boden auf, sein Körper von Krämpfen geschüttelt. Zwei seiner Soldaten halfen ihm wieder auf die Beine.

Callan lieferte sich ein Gefecht mit einem der grünen Orcs, einem riesigen Ungetüm mit einem Haarknoten und komplett schwarz tätowiertem Kinn. Der Junge sprang mit erhobenem Schwert vor, doch der Orc fing die Klinge mit seiner eigenen ab – mit einem primitiven, gezackten Ding, das aussah wie der Kieferknochen eines Tieres. Er riss Callan die Waffe aus den Händen.

Callan grunzte, hielt sich jedoch auf den Füßen. Die Lippen des Orcs verzogen sich zu einem Grinsen. Er hob Callans Klinge, in der Absicht, seinen Gegner noch zusätzlich dadurch zu beschämen, dass er ihn mit dem Knauf seiner eigenen Waffe niederstreckte, doch dann brüllte der Anführer der Horde ihm etwas zu. Der Orc ließ das Schwert sinken und trat zurück, um seine Beute dem anderen zu überlassen. Eine schwarze Hand schoss nach vorn, wirbelte Callan herum und packte den Jungen dann an der Kehle.

„Callan!“, rief Lothar. „Sieh mich an, Junge!“

Der Orc drehte sich um und starrte Lothar an, ohne dass sich sein Griff um Callans Hals lockerte. Langsam und bedächtig bewegte Callan seinen Kopf, um seinen Vater anzuschauen. Da lag Furcht in diesen Augen, so, wie sie in diesem Moment in den Augen jeder zurechnungsfähigen Kreatur erschienen wäre. Lothar konnte es nicht ertragen, sie zu sehen, nicht in Callys Augen. Auch er hatte Angst, grässliche Angst; er fürchtete das, was sich mit unheilvoller Unvermeidlichkeit vor ihm abspielte, mehr als seinen eigenen Tod.

Und so warf sich Anduin Lothar nicht noch einmal gegen die Blitzbarriere, nicht, weil er es nicht wollte, sondern für Callan. Er schrie nicht vor Wut, und auch Callan schrie nicht. Stattdessen stand er ruhig, ja, fast friedlich da und sah seinen Vater mit haselnussbraunen Augen an. Lothar wandte seinen Blick selbst dann nicht von dem seines Sohnes ab, als der Orc, der schließlich begriff, welch kostbare Beute er da in den Klauen hielt, von tiefer Zufriedenheit erfüllt grinste, was sein grässliches, missgestaltetes Gesicht rings um die hervorstehenden Stoßzähne nur noch hässlicher werden ließ.

Er wandte sich wieder an Callan, hob seinen Arm mitsamt der blutbesudelten Kralle, die daran befestigt war – und ließ sie herabsausen.

Es fühlte sich an, als hätte sich die Waffe in seinen eigenen Körper gebohrt, um ihm das Herz herauszuschneiden, als die Klingen durch Callans Rüstung und Fleisch drangen. Der Orc hob den Leib von Callan Lothar in die Höhe, als wäre er ein Stück aufgespießtes Fleisch. Dann schleuderte er Lothar seinen Jungen entgegen, der zischend gegen die blauweißen Blitzlanzen krachte, ehe er schlaff und reglos auf den gleichgültigen Fels stürzte.

Langsam hob Lothar den Blick. Hass, kalt und reinigend, ersetzte seinen Kummer, jedenfalls für den Moment. Und während er den selbstgefälligen, grinsenden Orc anstarrte, der ihm auch noch das Letzte geraubt hatte, das Lothar auf dieser Welt geliebt hatte, leistete er einen Schwur.

Ich werde dich töten. Ganz gleich, wie lange es dauert, ganz gleich, wie hoch der Preis dafür sein mag ... Für das, was du heute hier getan hast, werde ich dich töten.

„Hier ist er!"

Auf Garonas Ruf hin schloss Khadgar einen Moment lang erleichtert die Augen. Dann hastete er zu der Stelle hinüber, an der sie neben etwas kniete, das auf den ersten Blick wie ein Haufen weggeworfener Kleider aussah. Als er den Wächter sah, pfiff er durch die Zähne.

Das Einzige, das verriet, dass Medivh noch lebte, war das schwache Heben und Senken seiner Brust. Abgesehen davon rührte er sich nicht. Die Wangenknochen seines eingefallenen, blassen, schweißbedeckten Gesichts standen weit vor.

„Was stimmt nicht mit ihm?", fragte Garona. Khadgar hatte darauf keine konkrete Antwort, bloß Vermutungen, die er nicht zu teilen gewillt war. Noch nicht. „Wir müssen ihn nach Karazhan bringen", sagte er.

Garona nickte. „Ich hole uns Pferde."

„Über Land werdet ihr es nicht rechtzeitig schaffen." Llanes Stimme war klar und kräftig. „Nehmt stattdessen einen meiner Vögel."

Der König hob die Hand, um einem seiner Männer ein Zeichen zu geben, der nickte und einen langen Lederschlauch entrollte. Er hob den Schlauch in die Höhe und begann ihn über seinem Kopf kreisen zu lassen. Das Leder fing die Luft ein und erzeugte ein scharfes, heulendes Geräusch. Die Reaktion darauf folgte unmittelbar: Am Himmel erschien ein dunkler Punkt, der rasend schnell auf sie zukam. Es war einer der königlichen Greifen, und seine weißen Federn und der braune Löwenkörper waren wahrlich ein willkommener Anblick. Die mächtigen Schwingen des Tieres erzeugten so viel Wind, dass es Khadgar das Haar aus dem Gesicht wehte, als der Greif landete, sich schüttelte und den Greifenmeister erwartungsvoll ansah.

Bis vor wenigen Tagen hatte Khadgar eine solche Kreatur nicht einmal zu Gesicht bekommen. Inzwischen war er mehr als einmal auf einer geflogen, und diesmal war er sogar der Erfahrenere von ihnen beiden, als er jetzt in den Sattel des Greifs kletterte. Andere Ereignisse, die sich zugetragen hatten, waren natürlich wichtiger und drängender, doch trotz allem wusste er dieses kleine Vergnügen inmitten all dieses Grauens durchaus zu schätzen.

Als sie auf dem Rücken des Geschöpfes saßen, streckten Khadgar und Garona die Arme aus, um Medivhs furchteinflößend schlaffen Leib entgegenzunehmen. Ohne auch nur darüber nachzudenken, was er tat, überließ Khadgar es Garona, den Wächter zu halten, in dem Wissen, dass ihre Gliedmaßen kräftiger waren als seine. Als sie ihre grünen Arme um den Wächter schlang, wurde ihm mit einem Mal bewusst, was für ein großer Vertrauensbeweis dies war. Sie wusste dies ebenfalls und nickte; rings um ihre Stoßzähne zeigte sich der fast unmerkliche Anflug eines Lächelns.

Llane streichelte derweil den Kopf des mächtigen Wesens, blickte ihm in die Augen und befahl ihm: „Nach Karazhan! Flieg!“

Als sie die Stufen von der Dachterrasse zur Hauptkammer hinuntereilten, Medivh schlaff in Garonas muskulösen Armen, wartete Moroes bereits auf sie. Khadgar stellte fest, dass der Diener nicht im Mindesten überrascht wirkte, sie hier zu sehen, auch wenn sein ohnehin schon faltiges Gesicht vor Sorge noch zerfurchter war als sonst.

„Legt ihn in das Becken", wies Moroes sie an.

„Moroes", fragte Khadgar. „Was ist mit dem Wächter?"

Moroes antwortete nicht, genau wie Khadgar selbst Garona auf dieselbe Frage nicht geantwortet hatte. Stattdessen schüttelte er sein weißes Haupt. „Ich habe ihn gebeten, Karazhan nicht zu verlassen", sagte er, mehr zu sich als zu den anderen.

Gemeinsam hievten Moroes und Garona Medivh in das magische Becken und betteten ihn sorgsam, sodass bloß sein Kopf und seine Brust über den weißen Schlieren aus lebendiger Magie trieb. Khadgar hatte seinen Mantel um Medivh geschlungen, um den Wächter während des Fluges vor der kalten Luft zu schützen. Als sie ihn in das Becken gelegt hatten, ballte sich der Stoff unter dem Haupt des Wächters zusammen. Jetzt hob Khadgar behutsam Medivhs Kopf, um den Mantel fortzunehmen.

Nun endlich zeigte Medivh einige Lebenszeichen, wenn auch bloß vage und verwirrt. Seine Augenlider flatterten und öffneten sich dann. Das Herz des jungen Magiers machte vor Entsetzen einen Satz, als er in Medivhs Augen einen schwachen grünen Schimmer aufblitzen sah.

Seine Eingeweide verkrampften sich, und er musste schlucken, so trocken war sein Mund plötzlich. „Ich muss gehen", stieß er hervor. „Wir brauchen die Hilfe der Kirin Tor ... Sofort!"

„Geh", drängte Garona ihn.

Als er die Stufen hochlief, hörte Khadgar, wie Moroes zu Garona sagte: „Ich muss Arzneien zubereiten. Bleib du bei ihm."

Eigentlich wollte Khadgar den Wächter nicht allein lassen, doch ihm blieb keine andere Wahl. Seine Lippen waren zu einem grimmigen Strich zusammengekniffen, als er aufs Dach hinaufeilte, um sich auf den Greif zu schwingen und, so das Licht wollte, Hilfe für diese Welt zu holen, bevor es zu spät war.

15

Draka war eine Kriegerin. Bislang war ihr Platz stets kämpfend an der Seite des Orcs gewesen, der ihr Gemahl, Häuptling und bester Freund war. Die Geburt ihres noch immer namenlosen Babys hier, in dieser neuen, fruchtbaren, aber feindseligen Welt hatte das alles verändert. Der Säugling war nicht bloß ihr Kind oder der Sohn des Häuptlings – er war das Kind des *Clans*, das einzige Kind, das den Frostwölfen in viel zu langer Zeit geboren worden war, und trotz seiner beunruhigenden Hautfarbe wurde er von allen geliebt. Zudem gab es nur wenige Orcs hier in Azeroth, die nicht gebraucht wurden, um – nahezu täglich – zu kämpfen.

Sie teilte die Bedenken ihres Gemahls in Bezug auf Gul'dan, auf seine böse Magie und darauf, dass dieser Krieg gegen die Menschen falsch war. Gleichwohl, jeder Moment, in dem sie voneinander getrennt waren, erwies sich als Prüfung. Es war eine Sache, gemeinsam in die Schlacht zu ziehen in dem Wissen, dass der Tod stets eine

Möglichkeit war. Etwas vollkommen anderes war es, zurückzubleiben und zum Warten verdammt zu sein, ohne das Geringste darüber zu wissen, was vorging.

Als würde das Baby ihren Kummer spüren, begann der Junge in seinem Korb zu jammern; er schlug die wunderschönen, eigentümlichen blauen Augen auf und streckte ihr seine winzigen Fäuste entgegen. Sanft ergriff Draka eine der kleinen Hände und küsste sie. „Diese Hand wird eines Tages Donnerschlag schleudern, den Speer deines Vaters“, sagte sie zu ihm. „Oder ziehst du Spalter vor, die Großaxt, hmm?“

Das Baby giggelte, scheinbar zufrieden mit jeder Waffe, die es irgendwann in Zukunft führen würde, und die Beklommenheit in ihrem Herzen ließ ein wenig nach. „Mein edler kleiner Krieger“, murmelte sie. „Du bist ein wahrer Orc, ganz gleich, welche Hautfarbe du hast. Das werden wir dich lehren.“

Der Junge schreckte aus dem Schlaf auf, als die Tierhaut, die als Tür der Behausung diente, beiseitegeschoben wurde und Durotan hereinkam. Er schwitzte und keuchte, und noch bevor er das Wort ergreifen konnte, verriet ihr jede Faser seines Körpers, dass alles verloren war.

Er drückte sie einen Moment lang fest an sich, ehe er ihr hastig berichtete, was geschehen war. Sie sagte nichts, schüttelte aber die ganze Zeit über ungläubig den Kopf. Nein. Nein, das konnte nicht sein. Unmöglich, dass Orgrim sie … verraten hatte. Doch genau das hatte er getan.

„Du und das Baby, ihr müsst fort“, sagte Durotan, als er zum Ende gekommen war. Er griff nach dem Säugling und hob ihn selbst in diesem Moment der Krise langsam und bedächtig aus dem Korb. „Sofort!“

Plötzlich füllte eine Gestalt die Türöffnung. Schwarzfaust. Er war blutbesudelt, hielt jedoch keine Waffe in Händen. Allerdings brauchte er auch keine – nicht mehr. Die Klaue, die an der Stelle saß, wo einstmals seine Hand gewesen war, würde vollauf genügen. Er packte Durotan an seinem Haarschopf und riss ihn rückwärts. Das in den Handflächen seines Vaters liegende Baby fing an zu schreien.

„Du bist ein Verräter, Durotan!", bellte Schwarzfaust.

Alles in Draka verlangte danach anzugreifen; stattdessen jedoch sah sie Durotan an. Er kämpfte nicht – jedenfalls nicht mit Waffen, und sie würde seinem Beispiel folgen.

„Nein", sagte Durotan gelassen und voller Überzeugung. „Sondern einer, der wertschätzt, was wir einst waren. Genau wie du früher."

„Diese Zeit ist vergangen", sagte Schwarzfaust zornig, um dann mit ruhigerer Stimme hinzuzufügen: „Jetzt sind wir bloß noch Nahrung für die Fel-Magie." In der Miene des Kriegshäuptlings lag weder Wut noch Hass, bloß abgeklärte Schwermut.

Draka schickte sich an zu sprechen, was sie selbst wohl am meisten überraschte. „Wir sind mehr als das. *Du* bist mehr als das. Es besteht immer noch Hoffnung, Schwarzfaust. Wir müssen diesem Pfad nicht einen einzigen Schritt weiter folgen, wenn wir nicht wollen."

Schwarzfaust schaute sie mit zu Schlitzen zusammengekniffenen Augen an, ehe er auf Durotan hinabblickte. Einen langen, angespannten Moment standen die drei da, während das Kind schrie. Dann gab Schwarzfaust ihren Gefährten knurrend frei und stieß ihn von sich. Sofort ging Durotan zu Draka und gab ihr das Kind. Sie drückte den Säugling fest an sich. Als Schwarzfaust jetzt sprach, lag noch immer kein Zorn in seiner Stimme, doch Drakas Herz schmerzte dennoch vor Verzweiflung. „Lass mich nicht noch mehr unschuldige Leben nehmen, junger Häuptling."

Sie hielt ihr Baby noch fester umklammert; ihre Augen schossen von Schwarzfaust zu Durotan. Durotan richtete sich zu voller Größe auf und wappnete sich. „Wenn ich mich beuge ..."

Drakas Hand schoss vor und umklammerte den Arm ihres Gefährten; ihre Nägel gruben sich in sein Fleisch. Er hielt seinen Blick auf den Häuptling gerichtet, während Durotan fortfuhr: „... wirst du mein Volk dann in Ruhe lassen?"

Schwarzfaust antwortete nicht. Draka wusste, dass er das nicht konnte. Er mochte vielleicht der Kriegshäuptling sein, doch er war Gul'dan Rechenschaft schuldig. Schwarzfaust war dies ebenfalls klar. Darum öffnete er bloß die Zeltklappe und wartete.

Ein Häuptling muss immer tun, was für sein Volk am besten ist, entsann sich Draka. Sie weigerte sich, ein Schluchzen auszustoßen, wie um ihrem brechenden Herzen eine Stimme zu verleihen. Nein, sie würde versuchen, ihrem Gemahl Kraft zu spenden. *Und abgesehen davon,* dachte sie voller Entschlossenheit, *werde ich nicht zulassen, dass dies hier das Ende ist.*

Als sich ihr Liebster zu ihr umdrehte, sorgte sie dafür, dass er bloß Bestimmtheit und Liebe in ihren Augen sah, als er sie eindringlich anschaute. Sie waren Frostwölfe. Sie wussten, dass sie einander liebten. Sie würden vor Schwarzfaust keine Szene machen.

Was immer auch geschieht.

Ich habe über einen Namen nachgedacht, hatte sie zu ihm gesagt.

Ich werde den Namen auswählen, wenn ich ihm begegne … oder ihr.

Und wie will der große Durotan seinem Sohn einen Namen geben, wenn ich nicht mit ihm reise?

„Wie soll ich unseren Sohn nennen?“, fragte sie ihn, verärgert darüber, dass ihre Stimme brach, doch ohne sich dessen zu schämen. Durotan senkte seinen Blick, um seinen Sohn anzusehen, und einen Moment lang geriet seine Gemütsruhe ins Wanken, als er mit unglaublicher Sanftheit den winzigen Kopf streichelte. „Go'el“, sagte er, und in diesem Augenblick wurde ihr klar, dass er nicht glaubte, dass er zurückkehren würde. Er strich mit einem Finger über ihr Kinn. Dann drehte er sich zu Schwarzfaust um, um mit großen Schritten aus dem Zelt und aus ihrem Leben zu marschieren, wenn auch niemals aus ihrem Herzen.

Schwarzfaust musterte sie einen Moment lang mit unergründlicher Miene, ehe er Durotan folgte. Der mächtige Speer Donnerschlag, der Durotan gehört hatte und davor Garad und vor diesen beiden Durkosh, kippte um und fiel dort, wo der Frostwolf-Häuptling ihn abgestellt hatte, auf die festgestampfte Erde.

Langsam und blinzelnd öffnete Medivh die Augen. Er erinnerte sich an das Gefecht. Eins, das er mit Lothar und Llane bestritten hatte, um Seite an Seite mit ihnen zu kämpfen, so, wie er es zuvor schon getan hatte, in früheren Zeiten. Er entsann sich der Orcs und der Mauer aus Blitzen.

Gleichwohl, er hatte sich noch einem anderen Kampf stellen müssen, einem, bei dem ihm seine Freunde nicht beistehen konnten. Bevor er den anderen wirklich helfen konnte, war Medivh gezwungen gewesen, der Gestalt mit der Kapuze die Stirn zu bieten, die aus Gewitterwolken geformt zu sein schien; einer Gestalt, deren Augen grün glühten.

Er verdrängte das Bild in seinem Kopf. Er hatte nicht klein beigegeben. Er war bei seinen Freunden geblieben. Er stellte fest, dass er sich wieder in Karazhan befand, doch er hatte keine Ahnung, wie er hierher gelangt war. Er drehte den Kopf und sah *sie*.

„Du."

Wärme erfüllte ihn, und er schenkte Garona ein Lächeln. Als sie ihn wach sah, stieß sie ein kleines, erleichtertes Seufzen aus. Er musterte sie eingehend. So stark. So schön und so stolz, ungeachtet all dessen, was sie gesehen, was man ihr angetan hatte. „Wo ist der alte Mann?"

„Er bat mich, auf dich achtzugeben", entgegnete sie.

„Ach, hat er das?" *Besten Dank, Moroes.* Die Freude ebbte ein wenig ab. „Und der König?", fragte er, auch wenn er beinah Angst davor hatte, die Antwort darauf zu erfahren.

„Er ist am Leben", versicherte sie ihm.

Dem Lichte sei Dank. Gleichwohl, ihre nächsten Worte trübten seine Erleichterung.

„Lothars Sohn ist tot."

Oh nein, nicht Callan. Medivh schloss die Augen und seufzte gequält. Er hatte den Jungen nicht sonderlich gut gekannt. Lothar hatte Callan stets auf Abstand gehalten – nicht bloß auf Abstand zu sich selbst, sondern auch zu anderen. Tarias Güte war es zu verdanken, dass Callan bei der Königsgarde seinen Platz gefunden hatte, nicht Lothar.

„Ich glaube nicht, dass Durotan von dem Hinterhalt wusste", sagte Garona nachdrücklich.

Medivh fragte sich, wo das hinführen sollte? „Dem stimme ich zu."

„Ich habe das Treffen vereinbart", fuhr Garona fort. Ihre dunklen Augen waren Quellen des Bedauerns. „Lothar wird mich dafür hassen."

Wie Medivh selbst nur zu gut wusste, konnten sechs Jahre einen Mann sehr verändern. Er vermochte nicht zu sagen, ob Lothar die Orc-Frau, die neben ihm saß, tatsächlich für das hassen würde, was geschehen war, darum konnte er ihr nicht das Gegenteil versichern.

„Und das bereitet dir Sorge", sagte er stattdessen.

„Er ist ein großer Krieger", erklärte sie. Ihre Wangen färbten sich fast unmerklich eine Spur dunkler. „Er verteidigt sein Volk nach besten Kräften."

Ah, dachte Medivh. Anduin. Ja, das machte Sinn. Er erforschte einen Moment lang seine Gefühle und fällte dann eine Entscheidung. „Ein guter Gefährte für eine Orcin", sagte er bedächtig.

Garona runzelte die Stirn und schüttelte den Kopf. „Ich bin keine Orcin. Und ein Mensch bin ich auch nicht. Ich bin verflucht. Ich bin Garona."

Der Selbsthass und die Hoffnungslosigkeit in ihrer Stimme schmerzten ihn. Er musterte sie einen langen Moment und traf dann eine Entscheidung.

„Als ich noch jünger war", begann Medivh, ohne sich seine Worte genau zurechtzulegen; stattdessen sprach er aus, was ihm gerade in den Sinn kam, „fühlte ich mich meinesgleichen nicht zugehörig." Ein Teil der Kirin Tor und zugleich auch nicht – eher wie ihr Projekt, wie ihr Haustier. Isoliert von seiner Blutsfamilie, hatte er sich darum in der Gesellschaft zweier sorgloser Gefährten eine eigene „Familie" gesucht. Und die Nachwirkungen ihrer Abenteuer …

„Auf der Suche nach Weisheit bin ich weit gereist. Ich wollte eine Verbindung zu all den Seelen spüren, die zu beschützen mir auferlegt worden war.“ Garona lauschte gespannt, mit ihrem ganzen Körper und großen Augen; ihre Nasenflügel bebten, wenn sie atmete. *Orc-Konzentration,* dachte er, und ein bittersüßer Schmerz, wie er ihn seit Jahren nicht gefühlt hatte, packte sein Herz.

„Auf meinen Reisen begegnete ich starken und edlen Menschen, darunter auch einer Frau, die mich so annahm, wie ich war. Die mich *liebte.*“

Ein Teil von ihm wollte nicht in seinem Bericht fortfahren. Dies war seine Bürde, seine größte Freude und sein größtes Geheimnis – seins und nur seins. Und andererseits auch wieder nicht. Weil es das nicht sein konnte … nicht sein *sollte.* Er hielt kurz inne, bevor er schließlich weitersprach und ihrem Blick ruhig mit dem seinen begegnete.

„Das war kein Leben, das das Schicksal für mich vorgesehen hatte, doch es hat mich etwas gelehrt: Wenn das, was man am meisten braucht, Liebe ist“, sagte er sanft und mit vor Eindringlichkeit zittriger Stimme, „muss man bereit sein, bis ans Ende der Welt zu reisen, um sie zu finden. Und sogar *darüber hinaus.*“

Garona schaute für einen Moment nach unten. In ihrem sonst so verschlossenen Antlitz fochten die unterschiedlichsten Gefühle miteinander. „Du hast deine Gefährtin verlassen?“

„Geh zu Lothar“, sagte er scharf. Er wandte den Blick ab. Selbst jetzt konnte er dies nicht teilen, nicht einmal mit ihr. Es gab so vieles, das er ihr erzählen wollte, doch jetzt war nicht die rechte Zeit dafür. Vielleicht nachher. Falls es ein Nachher gab.

„Ich muss hierbleiben und auf dich aufpassen." Ehre. Loyalität. Dinge, die er so sehr geliebt hatte an …

Medivh drückte ihr die Schulter. „Das ist Moroes' Aufgabe", sagte er.

Medivh war noch immer geschwächt, aber zumindest stark genug, um das zu tun, was er jetzt tun musste. Er erhob sich von der Liegestatt, um seine Hände geschickt und mühelos durch die Luft schwirren zu lassen und einen Kreis für sie heraufzubeschwören. Für ihn war es kein großes Rätsel, wo Lothar sich in diesem Moment aufhalten mochte. Natürlich stammte ein Teil von Medivhs Energie von den Heilkräften des magischen Beckens. Teilweise war es jedoch auch sein eigenes Werk. Das Werk seiner Entscheidungen. So, wie er jetzt entschied, nach so vielen Fehlern und Katastrophen und zerstörten Leben, die er auf dem Gewissen hatte, endlich wieder etwas Gutes zu tun. Etwas, das richtig war. Etwas, das wahrhaftig und jener würdig war, die er vor so langer Zeit geliebt hatte; die er geliebt und verloren, aber niemals vergessen hatte, nicht für einen Tag, nicht für eine Stunde, nicht für einen einzigen Moment.

Für das, was er hier tat, würde er teuer bezahlen. Doch das war schon in Ordnung. Einige Dinge waren jeden Preis wert.

Das ist für dich, meine Liebste.

Garona verfolgte gebannt, wie der Kreis schimmernd zum Leben erwachte, wie er pulsierte und blaues Licht abstrahlte. Medivh streckte den Arm aus und sammelte ein kleines bisschen magischer Energie in seiner Hand, um eine kleine, vollkommene Blume zu erschaffen. Die Blume war exquisit und wunderschön, Licht, das zu etwas Greifbarem geworden war; die Farbtöne wandelten sich wie ein Bernstein in einem blauen Feuer. Garona hatte ihn schon zuvor seine Magie wirken sehen – gefährliche Magie, dazu bestimmt, Schaden anzurichten. Dies hier jedoch galt der Heilung. Der Hoffnung. Sie verstand das, genau wie er gewusst hatte, dass sie es tun würde, und ihre Augen waren groß und sanft vor Staunen.

„Tritt in den Kreis“, wies er sie an. Garona schaute erst ihn und dann den Kreis an, und dann kam sie seiner Aufforderung langsam und fasziniert nach, mit vorsichtigeren Bewegungen, als er sie jemals zuvor bei einem Orc gesehen hatte.

„Dies“, sagte Medivh mit vor Emotionen rauer Stimme, während er ihr die leuchtende Blume hinhielt, „ist mein Geschenk für dich.“ Er gestattete sich, diesen Moment zu genießen, ohne ihr den geringsten Hinweis darauf zu geben, wie teuer ihn dies zu stehen kommen würde. Sie nahm die Blume entgegen; ihre grünen Finger schlossen sich unendlich sanft um die magische Blume, um zuerst sie und dann ihn anzusehen.

Frieden erfüllte ihn, und er trat zurück. Das weiße Leuchten des Kreises breitete sich nach oben hin aus, wurde zu einer Sphäre, umschloss Garona sicher wie ein Kokon. Das weiße Glühen nahm zu, so weit, dass seine Helligkeit beinahe blendend grell wurde, ehe das Licht verschwand – zusammen mit Garona.

Medivh brach zusammen.

Der Löwe von Azeroth hatte getrunken.

Er lag ausgestreckt auf dem Schanktisch der „Höhle des Löwen“, umgeben von leeren Flaschen. Ein gleichermaßen leerer Krug baumelte von seinen Fingern. Seine Augen waren geschlossen, und Garona fragte sich, ob er überhaupt bei Bewusstsein war?

Sie trat einen Schritt vor, bemüht, sich leise zu bewegen, doch Lothar hörte sie dennoch und schlug die Augen auf. Er sah sie nicht an, sondern hielt seinen Blick zur Decke gerichtet. Garona war sich nicht sicher, ob es richtig gewesen war herzukommen. Vielleicht hatte Medivh sich geirrt. Vielleicht war es reine Torheit, zu denken, dass sich ein Mensch für eine Orcin interessieren könnte, insbesondere für eine, die er nur allzu leicht für die brutale Ermordung seines einzigen Kindes verantwortlich machen könnte.

Dann dachte sie an die Worte des Wächters. Sie war hier. Sie würde sagen, was ihr auf dem Herzen lag. Dann wusste sie wenigstens, dass sie es versucht hatte.

„Es tut mir leid."

Er antwortete nicht, und Garona war schon beinahe so weit, sich umzudrehen und zu gehen, als er schließlich doch noch das Wort ergriff.

„Callans Mutter starb bei seiner Geburt. Ich habe ihm die Schuld dafür gegeben. Jahrelang. Dir werde ich nichts dergleichen vorwerfen."

Seine Stimme klang weniger lallend, als Garona erwartet hatte, und er mühte sich offenkundig um einen plauderhaften, entspannten Ton. Ihr jedoch, die sie so viel Schmerz geschmeckt hatte, entgingen die scharfen, verbitterten Noten darin keineswegs.

Bei seinen Worten weiteten sich ihre Augen. So lange hatte Lothar eine solche Bürde mit sich herumgetragen ... Sie trat vor. Er setzte sich auf, rutschte von der Theke und wich im selben Maße zurück, wie sie näher kam. Sie blieb stehen. Er sah fast genauso mitgenommen aus wie Medivh: blass, abgesehen von den Stellen, wo der Alkohol seine Wangen rötete. Seine Augen waren geschwollen und blutunterlaufen, und er zitterte. Mit einem Mal wirbelte er herum und schleuderte den Krug gegen die Wand, wo er mit einem melodischen Klirren zersprang.

Er befand sich in einem Zustand, den Garona nur zu gut kannte. In einem Zustand, in dem sich Zorn und Trauer und Schuld zu einer unheilvollen Dreifaltigkeit der Pein vereinten. Er mochte ein Soldat sein, doch als er jetzt vor ihr stand, trug er keine Rüstung; er war nackt und verletzlich und außerstande, irgendetwas von dem zu verbergen, das ihn quälte. Sie trat vor und streckte die Hand aus, um sein Gesicht zu berühren; sie wollte tun, was immer sie konnte, um einen Schmerz zu lindern, der ihn offensichtlich in Stücke zu reißen drohte.

„Er war noch so jung", flüsterte Lothar. Seine Augen waren gerötet vom Weinen. Sie fuhr mit ihren Lippen über seine bärtige Wange, sich der Schärfe ihrer Stoßzähne sorgsam bewusst, ehe sie ein Stück zurückwich und ihn ansah.

„Mein ganzes Leben lang", rasselte er, „habe ich noch nie solchen Schmerz verspürt wie in diesem Moment ..."

Beim letzten Wort brachen Lothars Stimme und Garonas Herz gleichermaßen. Dann flüsterte er: „Ich will mehr ..."

Garona verstand augenblicklich, was er meinte. Ihr gesamtes Leben über hatte sie, die Verfluchte, Qualen gelitten. Gleichwohl, es war nie die körperliche Qual gebrochener Knochen oder aufgerissener Haut gewesen, die sie am meisten schmerzte. Am schlimmsten war der Schmerz, den weder Wundnähte noch Wickel und Heiltränke lindern konnten: der Schmerz der Seele und des Herzens. Mehr als einmal hatte sie Heilung – oder zumindest eine Atempause – von dieser Qual in körperlicher Pein gefunden, die eine Art Ablenkung darstellte und es dem Geist irgendwie erlaubte, seinen eigenen Weg zu finden. Manchmal funktionierte das zwar nicht, manchmal aber doch.

Er hob die Augen, um sie anzusehen, und falls es irgendeinen Zweifel daran gegeben hatte, dass sie ihn liebte und dass sie hierher gehörte, verschwand er in diesem Moment wie Nebel in der Sonne.

Sie streckte die Hand nach ihm aus und berührte sanft sein Gesicht. Er schloss die Augen, und Tränen, warm und feucht, quollen unter seinen fest zusammengepressten Lidern hervor. Dann, ganz langsam, bereit, jederzeit aufzuhören, wenn er dies doch nicht wollte, begann Garona ihre Nägel in sein Fleisch zu graben.

Er riss die Augen weit auf, und in ihren blauen Tiefen sah Garona Verlangen. Lothar streckte die Arme aus, zog sie an sich und versiegelte ihren Mund mit dem seinen.

Und dann verging aller Schmerz, zumindest für den Moment.

16

Ob Tag oder Nacht – das war einerlei. Die Arbeit am Großen Tor ging unbeirrt weiter, ganz gleich, ob bei Sonnenlicht oder Fackelschein, so, wie es jetzt der Fall war. Orgrim warf einen flüchtigen Blick auf die Orcs, die im flackernden Feuerschein schufteten, und auf das Bauwerk, dessen obere Hälfte in der Dunkelheit verschwand. Sie kamen gut voran. Alles würde rechtzeitig fertig sein.

Allerdings beschäftigten ihn noch andere Dinge als das Portal. Vor den Entscheidungen, die dieser Tag mit sich gebracht hatte, war sein Leben einfach gewesen. Seine Wahl hatte stets festgestanden. Es war Durotan, der sich stets den Kopf über die Grauschattierungen zerbrochen hatte; für Orgrim hingegen hatte es nur Schwarz und Weiß gegeben. Gleichwohl, jetzt, da er seine Entscheidung getroffen hatte, verstand er plötzlich, was seinem Freund so zu schaffen gemacht hatte. Jetzt stand Orgrim neben Gul'dan, der auf einem kunstvoll geschnitzten Stuhl auf einer Plattform über dem Tor thronte und die

Arbeiten überwachte, so wie gewöhnliche Orcs Ameisen beobachten mussten.

Auf Gul'dans anderer Seite kauerte ein menschlicher Sklave. Offenbar wollte der Hexenmeister, nachdem sich sein Haustier Garona als Verräterin erwiesen hatte, unbedingt den leeren Platz zu seinen Füßen füllen. Allerdings hatte Garona niemals so ausgesehen: bleich, ausgemergelt, ins Nichts starrend. Orgrim konnte die Rippen des Menschen zählen, und das war kein angenehmer Anblick, darum wandte Orgrim den Blick ab und schaute zum Großen Tor hinüber. Er wies auf die zwei Statuen, die das flankierten, was in Kürze die Öffnung des Portals sein würde. Beides waren Verkörperungen derselben Gestalt – eines groß gewachsenen, allzu schlanken Wesens, dessen Gesicht im Schatten einer Kapuze verborgen lag. „Wer ist das?"

„Unser ... Wohltäter", sagte Gul'dan; bei dem Wort verwandelte sich seine Stimme in ein raues Schnurren.

„Eine neue Welt im Tausch für eine Statue?", spöttelte Orgrim. „Götter sind seltsame Geschöpfe."

Gul'dan gluckste. Seit seinem ersten Besuch auf dem Frostfeuerkamm, als er die Frostwölfe gebeten hatte, sich der Horde anzuschließen, hatte Gul'dan Orgrim mit Unbehagen erfüllt, und das umso mehr, wenn er lachte.

„Frostwölfe", sagte der Hexenmeister. „Ihr seid ein pragmatisches Volk. Wir aus dem Süden haben euch dafür stets bewundert ..." Er drehte sich um, um auf seinen Sklaven hinabzublicken und in offenkundiger Zuneigung zu lächeln. Er streckte seine Hand aus, und sowohl seine Augen als auch seine Fingerspitzen loderten hellgrün. Er winkte träge mit der Hand. Ein schmaler, nebelgleicher Tentakel schlängelte sich von Gul'dans grünen Fingerspitzen zu dem Menschen. Die Augen des Menschen weiteten sich vor entsetzter Pein, doch er gab keinen Laut von sich. Stattdessen begann er schwächlich zu zittern und zu würgen und unter Orgrims Blick noch weiter in sich zusammenzusinken. Es war, als würde Gul'dan der Kreatur im wahrsten Sinne des Wortes die Lebensenergie aussaugen.

Und das tut er, dachte Orgrim. *Die Geister seien uns gnädig, das tut er.* Er ertappte sich dabei, wie er gegen den instinktiven Drang ankämpfen musste, die Flucht zu ergreifen.

Gul'dan ließ die Hand sinken, und der Mensch sackte nach hinten; seine dürre Brust hob und senkte sich hektisch.

„Wenn sich das Portal öffnet", sagte Gul'dan mit entspannter, beinahe verträumter Stimme, „und sich der Rest der Horde uns anschließt, lassen wir ihnen das Geschenk der Fel-Magie zuteilwerden. Ihnen allen."

Orgrim ballte die Fäuste. „Dem hat Durotan nicht zugestimmt", sagte er schnippisch, wütend.

„Und was kümmert es dich, was dieser Verräter denkt?" Aus Gul'dans Augen strahlte das helle Grün der Fel-Magie. *Wie viel von diesem* Ding *ist überhaupt noch ein Orc?*, fragte sich Orgrim mit einem Anflug von Grauen. Als der Hexenmeister sprach, klang seine Stimme schrill, schroff und beißend. „Es ist an der Zeit, dass der Frostwolfclan einen neuen Anführer bekommt. Einen, der nur das Beste für seine Orcs im Sinn hat. Einen …" Hier legte er unbescheiden die Hand auf seine eigene Brust. „… der Gul'dans Vision zu schätzen weiß. Und seine Macht!" Seine grünen Lippen verzogen sich zu einem breiten Lächeln, und wieder streckte er seine Hand zu dem Sklaven aus, um noch einen „Schluck" von dessen erbärmlicher Lebensenergie zu nehmen.

„Komm“, sagte Gul’dan, als der Mensch, jetzt kaum mehr als ein Skelett, ermattet keuchte. „Ich gewähre dir die Fel-Magie.“

Mein Meister ist finster und gefährlich. Das hatte Garona zu Durotan gesagt, zu den Frostwölfen. Garona, die das Treffen der Menschen mit Durotan in die Wege geleitet hatte. Garona, so grün wie Gul’dan, doch so verschieden von ihm, wie es nur möglich war.

Sie hatte das gesagt, und sie hatte vollkommen recht gehabt. Hatte sie – hatte Durotan – ebenfalls recht damit, sich mit den Menschen gegen ihn zu verbünden?

„Durotan, er ...“ Orgrim mühte sich, aufrichtig zu wirken, obgleich sein Herz wie wild pochte. „Er hat die Frostwölfe gegen die Fel-Magie vergiftet. Lass sie mich versammeln. Sie hierher bringen. Schenke mir vor ihrer aller Augen die Fel-Magie, damit sie sehen, um wie viel stärker ich dadurch werde.“

Gul’dans Augen verengten sich zu Schlitzen. Orgrim zwang sich, ruhig zu bleiben und diesen grünen Augen mit Gelassenheit zu begegnen, obgleich er am Rande seines Blickfelds sah, wie der Mensch keuchend nach Atem rang. Der Hexenmeister ließ sich seine Worte durch den Kopf gehen.

„Wie ich schon sagte“, entgegnete Gul’dan schließlich, „ein pragmatisches Volk. Dann ruf sie her. Dies ist nicht Draenor, Frostwolf. Dies ist der Beginn eines neuen Zeitalters. Des Zeitalters der Horde.“

Wieder wandte er seine Aufmerksamkeit dem Sklaven zu, und seine Lippen kräuselten sich vor Verachtung, als der Mann flehentlich den Arm nach ihm ausstreckte. „Sei Furcht“, sagte Gul’dan, „oder Futter.“

Gul’dan ballte ruckartig die Hand zur Faust und zog. Das unsichtbare Band zwischen ihnen zerriss. Die Augen des Menschen rollten in ihren Höhlen zurück, und er brach zusammen. Orgrim starrte den Leichnam an, eine pergamentene, verwitterte Hülle. Er neigte sein Haupt und ging. Sobald er sich weit genug von den Fackeln entfernt hatte, lief er los. Er war sich sicher, dass Gul'dan ihm nicht geglaubt hatte. Er hoffte bloß, seinem Clan genügend Zeit verschafft zu haben.

Doch das hatte er nicht.

Heulen und Rufe durchschnitten die Nachtluft, und als er sich dem Frostwolf-Lager näherte, sah Orgrim bereits, wie eine der Hütten in Flammen aufging. „Gul'dan will seine Macht nicht an die Frostwölfe vergeuden!“, hörte er einen großen Kriegshymnenorc verkünden, grün von der Fel-Magie. Das sollten seine letzten Worte in diesem Leben sein. Orgrim überbrückte die Entfernung zwischen ihnen, packte den anderen Orc und donnerte ihm seinen kahlen Schädel wuchtig auf den Kopf. Das Genick des Kriegshymnenorcs brach. Orgrim schleuderte den Toten von sich und hastete weiter.

Durotan, mein alter Freund, vergib mir!

Er eilte zur Hütte des Häuptlings. Als er den Vorhang beiseitezog, wirbelte Draka herum, eine Hand bei ihrem Kind in der Wiege, während sie mit der anderen einen großen, sonderbar aussehenden Dolch umklammert hielt, der Orgrims Kehle mit derselben Leichtigkeit hätte aufschlitzen können, wie er einst den Bauch eines Talbuks geöffnet hatte.

„Ich werde in deinem Blut baden!“, knurrte sie, die Augen hart vor Hass.

„Vielleicht“, pflichtete er ihr traurig bei, „aber nicht jetzt. Ich kann dir nicht viel Zeit verschaffen, aber zumindest einen Vorsprung.“ Er schickte sich an, die Zeltklappe zu schließen. In dem Moment, als er sich wieder zu ihr umwandte, war sie bereits bei ihm und hielt ihm das Messer an den Hals. Er wusste, wie sehr es sie danach verlangte, seine Schlagader zu durchtrennen. Er sah es in ihren Augen, spürte es im leichten Zittern des Metalls an seinem Fleisch. Und sie tat recht daran, das zu wollen.

„Warum sollte ich dir trauen?“, fauchte sie ihn an. „Du hast uns alle verraten!“

Orgrim wies auf das Baby. „Erinnerst du dich, was ich zu dir sagte, bevor wir aufbrachen, um uns der Horde anzuschließen? Ich habe geschworen, dass ich *niemals* zulassen werde, dass dir oder deinem Baby ein Leid geschieht – nicht, wenn ich es verhindern kann. Ich kann das, was ich angerichtet habe, nicht ungeschehen machen, aber zumindest dieses Versprechen will ich halten. Um deines Sohnes willen, Draka! Geht! Sofort!“

Draka sah ihn an, während sie auf den Lärm von Mord und Chaos draußen vor dem Zelt lauschte. Schließlich ließ sie die Klinge sinken, ihre Miene so kalt wie der Winter auf dem Frostfeuerkamm – jedoch nicht, ohne einen kleinen, blutigen Schnitt an seinem Hals zu hinterlassen. Frustriert wirbelte sie herum und richtete ihren Zorn auf die Rückseite des Zelts, um rasch eine Öffnung in die Plane zu schlitzen.

Ihr und Durotans Kind in seiner Wiege haltend, drehte sie sich noch einmal um und bedachte ihn mit einem letzten, verächtlichen Blick. „Du hättest auf deinen Häuptling vertrauen sollen, Orgrim Schicksalshammer.“ Krank vor Scham stellte Orgrim fest, dass er es nicht ertragen konnte, sie anzusehen, als sie in die Dunkelheit hinausschlüpfte; stattdessen drehte er sich um, um sich zu vergewissern, dass niemand zum Zelt kam.

Sobald er hörte, wie sie sich davonstahl, ging er zu dem Spalt hinüber, den sie in die Zeltplane geschnitten hatte, und schaute hinaus, um zu sehen, wie sie auf die Bäume und – so die Geister wollten – auf die Sicherheit zurannte. Dann erhaschte er aus dem Augenwinkel heraus eine Bewegung: Einer der Orcs vom Clan des blutenden Auges stürmte in das Zelt, seinen Blick auf die fliehende Draka gerichtet. Wie beiläufig schwang Orgrim den Schicksalshammer und zertrümmerte dem anderen den Schädel. Als er von dem Leichnam aufblickte, war weder von Draka noch von anderen Verfolgern noch irgendetwas zu sehen.

Jetzt wurde es Zeit, zu schauen, ob es noch andere Frostwölfe gab, denen er helfen konnte, bevor es zu spät war. Und danach würde er für Durotan tun, was immer er konnte.

Khadgar war bereits vom Rücken des Greifs gesprungen, als er sich noch im Anflug befand, um auf den Stufen zu landen, die zur Kammer der Luft emporführten, die er jetzt hinauflief. Er kannte diesen Raum nur zu gut. Genau hier hatte er als Junge von elf Jahren gestanden, während dieselben Magier, die jetzt auf der ringförmigen Plattform thronten, ihn auf die Probe stellten und für würdig befanden. Hier hatte silbrig weiße Magie ihm das Auge in den Arm gebrannt, das jetzt, da er an diesen Ort zurückkehrte – was er niemals für möglich gehalten hätte –, verhalten kribbelte.

„Khadgar!“, rief einer der Magier. „Wie kannst du es wagen, hierher zurückzukommen?“

„Hinaus mit dir!“, brüllte ein anderer.

Khadgar wandte sich dem schmächtigen, ältlichen Erzmagier Antonidas zu und hielt den Atem an, als der Rat der Sechs düster auf ihn herabblickte, allesamt in die violetten, kunstvoll mit dem Auge der Kirin Tor bestickten

Roben ihres Zirkels gewandet. „Ich komme her, weil ich Eure Weisheit suche“, erklärte er.

Antonidas’ düstere Miene verfinsterte sich noch mehr. „Du hast hier nichts mehr verloren.“

„Medivh, der Wächter, ist unpässlich.“

Gemurmel erhob sich, als die Sechs Blicke tauschten, die von entsetzt über zornig bis hin zu besorgt reichten. Antonidas wirkte vollkommen fassungslos. *„Was?“*

Der junge Magier atmete tief durch. „Er wurde mit Fel-Magie vergiftet.“

Schweigen. Antonidas trat an den Rand der Plattform. Er sah aus, als wollte er Blitze auf Khadgar niederregnen lassen, würde jedoch davor zurückschrecken, die kostbaren Intarsien des Fußbodens zu beschädigen. „Lächerlich“, knurrte der Erzmagier.

Erzmagierin Shendra, die nie viel für Khadgar übrig gehabt hatte, trat vor. „*Du* warst derjenige, Khadgar, der schwach war!“ Sie versuchte nicht einmal, ihren Hass zu verbergen, als sie einen knochigen Zeigefinger in seine Richtung stieß. „*Du* warst es, der den Drang verspürte, diese verkommene Magie zu studieren, die die Kirin Tor so ausdrücklich verbannt haben!“

Jetzt war keine Zeit für Belehrungen, keine Zeit für Zurechtweisungen oder um darüber zu streiten, wer recht und wer unrecht hatte; alles, was zählte, war Medivhs gegenwärtiger, besorgniserregender Zustand. Khadgar war nicht mehr der Junge, der Dalaran erst vor einigen wenigen Monaten den Rücken gekehrt hatte. Er nahm an, dass er in den vergangenen Tagen mehr Grauen gesehen hatte als diese alten Magier in ihrem ganzen Leben. Er ging nicht auf Shendras Anschuldigungen ein; stattdessen hielt er seinen Blick auf Antonidas gerichtet. „Was wisst Ihr über das Dunkle Portal?“, forschte er.

„Du bist zurückgekehrt“, knurrte Antonidas, „und erhebst Vorwürfe gegen den Wächter …“

Khagdar hielt die Zeichnung in die Höhe, die er auch Lothar gezeigt hatte – die vom Großen Tor und der geheimnisvollen Gestalt, die die Horde nach Azeroth einlud.

„Wer“, sagte er, „ist Alodi?“

Die Kammer versank in Schweigen. Antonidas schaute verblüfft drein, während die anderen entgeistert raunten: „Wer ist er, diesen Namen in den Mund zu nehmen?“

„Woher weiß er davon?“

Sie brachten ihn ins Innerste der Violetten Zitadelle. Zwar wusste Khadgar, dass die Zitadelle eine Kerkerebene besaß, doch er war noch niemals zuvor dort gewesen. Das schien nicht nötig zu sein, schließlich sollte er der künftige Wächter von Azeroth werden, während sich die Erzmagier um Dalaran kümmerten. Mit unverhohlenem Erstaunen musterte er die unzähligen magischen Zellen, bis zu guter Letzt die Tür zu einer einzelnen großen Kammer geöffnet wurde, und seine Augen weiteten sich, als man ihn hineinführte.

Das Geräusch der murmelnden Stimmen wirkte sonderbar beruhigend, als Khadgar zu begreifen versuchte, was sich seinen Blicken darbot. Da waren vier Magier, von denen jeder in einer anderen Himmelsrichtung stand. Ihre Körper waren starr und steif und verharrten in beinahe unnatürlicher Reglosigkeit. Ihre Augen waren geschlossen. Das Einzige an ihnen, das sich bewegte, waren ihre Münder, während eine monotone Beschwörung von ihren Lippen floss. Vor ihnen hingen bedächtig auf und ab wogende lila Siegel in der Luft, von denen ein steter Strom magentafarbener Magie ausstrahlte.

In der Mitte der Zelle, umgeben von den Magiern und den Siegeln, befand sich ein gewaltiger schwarzer Würfel, der etwa einen Meter über dem Boden schwebte. Die tintige Oberfläche kräuselte sich wie die Wellen eines unruhigen Gewässers, als bestünde der Würfel aus einer sehr zähen, teerartigen Flüssigkeit. Dort, wo die Zauber den Würfel berührten, offenbarten sie Wirbel und Symbole auf der Oberfläche, die zu keiner Sprache gehörten, die Khadgar kannte.

Antonidas sagte nur: „Alodi."

Das war ausgesprochen wenig hilfreich. „Was ist das?"

Ohne seinen Blick auch nur für eine Sekunde von dem Gebilde abzuwenden, erklärte Antonidas: „Eine Wesenheit aus einer Zeit, bevor es die Kirin Tor überhaupt gab. Wir denken, dass er einst eine ähnliche Aufgabe hatte wie heute der Wächter."

Frag Alodi. „Ein Beschützer …", flüsterte Khadgar, die Augen auf die träge wogende Oberfläche des Würfels gerichtet.

Antonidas wandte sich direkt an ihn. „Niemand außerhalb des Rates weiß um seine Existenz … und so wird es auch bleiben!" Khadgar zögerte einen Moment, ehe er zustimmend nickte.

Der Erzmagier blickte finster drein, wirkte dabei jedoch eher verloren als wütend. Schließlich sagte er: „Dass du Alodi im selben Atemzug erwähnst wie das Dunkle Portal, ist zu viel, um bloßer …"

Eine Bewegung erregte ihre Aufmerkamkeit. Eine Flüssigkeit – ein Riss? Eine Linie? Khadgar wusste nicht recht, wie er es nennen sollte – begann sich senkrecht ihren Weg an jener Seite des Würfels emporzubahnen, die ihnen zugewandt war. Ein halbkreisförmiges Segment schimmerte auf, und Khadgar erhaschte einen flüchtigen

Blick auf sein Spiegelbild und das von Antonidas. Dann verschwanden ihre Abbilder einfach, um eine offene Fläche zurückzulassen, fast wie eine Tür. Noch mehr glatte Schwärze ergoss sich aus der neu entstandenen Öffnung und bildete wogende Stufen, die ins dunkle Innere führten.

„... Zufall zu sein“, brachte Antonidas den Satz ermattet zu Ende.

Khadgars Mund war wie ausgedörrt. „Soll ... soll ich hineingehen?“, brachte er mit leicht brüchiger Stimme hervor.

„Ich weiß es nicht.“ Antonidas starrte ihn mit unverhohlenem Erstaunen an. „Das hat der Würfel noch nie zuvor getan.“

Frag Alodi.

Also, dachte Khadgar grimmig, *dies ist meine Chance.* Und langsam, mit weichen Knien und wild klopfendem Herzen, trat er vor, erklomm die gelinde vibrierenden Stufen und stieg ins Herz des Wesens hinauf, das Alodi genannt wurde.

17

Der Würfel war innen ebenso schwarz wie außen. Khadgar stieg nach oben, hielt vor der letzten Stufe kurz inne und trat dann vor. Sofort schloss sich die Wand hinter ihm, und die Wand vor ihm strahlte in mehreren Schlitzen Helligkeit ab. Er spürte, wie sich der Untergrund, auf dem er stand, kräuselte. Es war still – eine Stille, so vollkommen, wie Khadgar sie noch nie erlebt hatte.

„Alodi?“, fragte er. Seine Stimme klang laut und seltsam flach. Kein Nachklang, kein Echo; sie wurde einfach verschluckt, als hätte er nichts gesagt. Als hätte er nie gesprochen.

Erneut wurde die Stille durchbrochen – aber diesmal nicht von ihm. „Uns bleibt nicht viel Zeit, Khadgar“, sagte die Stimme – heiser, warm, weiblich. Er keuchte, als vor ihm ein Klumpen erschien. „Ich musste den letzten Rest unserer Macht aufwenden, um dich zu uns zu führen.“ Der Klumpen verformte sich, wuchs in die Länge, bis er einer aufrecht stehenden Person ähnelte, aber er war noch immer von der schwarzen, glatten Substanz bedeckt, aus der auch der Rest des Würfels bestand. Während Khadgar den Umriss weiter fasziniert anstarrte, traten Details an seiner Form zutage. Das schwarze Material begann nach Kleidung auszusehen, die Gestalt nahm konkrete Züge an, Feinheiten wurden sichtbar.

Khadgar sog den Atem ein.

„Ich kenne dich! Die Bibliothek …"

Der mysteriöse Umriss, der ihm das Buch gezeigt hatte und dann verschwunden war. Das Buch, auf dessen Seiten die Worte „Frag Alodi" gekritzelt waren.

„Alles ist in Gefahr", fuhr Alodi fort. „Wir zählen auf dich. Der Wächter hat uns verraten", sagte sie traurig.

Khadgar dachte an das grüne Flackern in Medivhs Augen, den Grund für seine Reise zu den Kirin Tor. Er hatte gehofft, dass es nur ein Irrtum war. „Ich sah die Fel-Magie in seinen Augen", beichtete er Alodi.

„Sie hat ihn verzehrt", erklärte sie. „Falls niemand ihn aufhält … wird diese Welt brennen."

Khadgar schüttelte den Kopf. Das konnte nicht sein. „Aber er … Wie konnte das passieren?" Wie konnte die Person, die das Wohl einer ganzen Welt sichern sollte, ihren Untergang wollen? Welcher Verlockung war er erlegen, dass er seine Aufgabe so mit Füßen trat?

Unter ihrer Kapuze hervor musterte Alodi ihn mit großem Mitgefühl. Der Grund, den sie schließlich nannte, schockierte Khadgar.

„Er war einsam." Das war alles.

Er starrte sie an. Konnte etwas so Simples wirklich etwas so Mächtiges verdrängen?

„Wie alle Wächter vor ihm wurde Medivh von den Kirin Tor allein mit dem Schutz dieser Welt betraut. Sein Herz", führte sie grimmig aus, „war rein. Er widmete sich seiner Aufgabe so hingebungsvoll, dass er alle Formen der Magie finden und meistern wollte.“

Die Seele des jungen Magiers wand sich, während er ihren Worten lauschte. Er wollte es nicht hören. Er wollte es nicht wissen. Aber es war notwendig.

„Während dieser Suche stieß er in den Weiten der Leere auf etwas Bösartiges. Etwas von schrecklicher Macht …“

Alodi bewegte die Hand, und die schwarzen Wände des Würfels verschwanden. Mit einem Mal schwebte Khadgar im leeren Raum, und Farben, Formen und Umrisse wirbelten um ihn herum. Einige davon konnte er erkennen und benennen: Meere, Sterne, Purpur, Blau. Andere waren so fremdartig, dass sie sich jedem Verständnis entzogen. Und im Zentrum dieses herrlichen, wogenden, wunderschönen Chaos stand der Wächter von Azeroth.

Sein Gesicht war jung, und es strahlte vor Freude über das, was sich ihm darbot. Scharfsinnige Intelligenz schimmerte aus seinen blaugrünen Augen, und die kleinen Falten um seine Augenwinkel und seinen leicht geöffneten Mund kündeten von Güte und einer gutmütigen Verschmitztheit. Dies war Medivh, wie Llane und Taria und Lothar ihn gekannt hatten. In diesem Moment begriff Khadgar, warum sie so loyal zu ihm standen. Er verkörperte alles, was ein Wächter sein sollte.

Doch dann befleckte plötzlich ein bekannter Farbhauch diese Szene, ein Makel auf dem himmlischen Bild eines Wächters bei der Arbeit. Bösartige, grün glühende Ranken breiteten sich aus wie Blut, das in eine Schale mit Wasser tropft. Immer mehr Farben fielen diesem Grün zum Opfer, und was einst wunderschön gewesen war, wurde abstoßend und deformiert. Medivh schloss mit verzerrtem Gesicht die Augen, und als er sie wieder öffnete, glühten sie ebenso grün wie der Nebel, der aus der Kehle des toten Mannes geströmt war.

Khadgar hatte Alodi völlig vergessen, und ihre Stimme war eine willkommene Erinnerung, dass alles, was er sah, bereits in der Vergangenheit lag. „Die Fel-Magie", sagte sie.

Er machte einen tiefen, zittrigen Atemzug. „Seine Absichten waren hehr, aber sie verschlang ihn und verzerrte seine Seele. Sie verwandelte seine Liebe für Azeroth in den unstillbaren Wunsch, die Fel-Magie zu verbreiten." Alodi hielt kurz inne. „Du musst dich ihm stellen, Khadgar."

Das Blut wich aus seinen Wangen. „Ich ... ich bin nicht mächtig genug, um einen Wächter zu besiegen!"

Sie lächelte. „Wächter – das ist nur ein Titel. Die wahren Wächter dieser Welt sind ihre Bewohner selbst. Ich weiß, dass du siehst, was sich den Kirin Tor entzieht – darum hast du dich von ihnen abgewandt. Niemand kann allein gegen die Dunkelheit bestehen."

Sie hatte recht. Er hatte stets geglaubt, dass der Wächter nicht allein seiner Aufgabe nachgehen sollte, dass es falsch war, die ganze Last auf ein einzelnes Paar Schultern zu laden. Er fand, dass die Kirin Tor sich mehr um die Leute kümmern sollten, mit denen sie diese Welt teilten, anstatt sich von ihnen abzuschotten. Dennoch ...

„Ich verstehe nicht, was du von mir willst."

Alodi machte einen Schritt nach vorne, und die seltsamen Umrisse, die die Form ihres Körpers nachzeichneten, flossen um sie herum, als sie ihm den Kopf zuwandte. Zum ersten Mal konnte er nun wirklich ihr Gesicht sehen, und er keuchte leise. Die unverkennbaren Spinnennetzspuren von Fel-Magie umgaben ihre Züge, doch sie waren nicht grün und unheilvoll. Vielmehr waren es

Narben; Spuren von etwas, das es nicht mehr gab, Male einer verheilten Wunde.

„Doch", sagte sie. „Du verstehst."

Und es stimmte. Er hatte nicht so gelitten wie Medivh. Er war nicht allein. Medivh hatte einst Freunde gehabt, Llane und Lothar, aber er war gezwungen gewesen, Distanz zu ihnen zu suchen. Seine Aufgabe – anderen fernzubleiben, um sie zu beschützen – hatte ihn verwundbar gemacht. Khadgar hatte diese Schwäche nicht.

„Lothar", hauchte er. „Lothar wird mir helfen."

Alodis magievernarbtes Gesicht lächelte, zufrieden darüber, dass er begriffen hatte. Gleichzeitig begann ihre Gestalt jedoch zu zerschmelzen. Ihre Stimme erreichte ihn nur noch als Wispern.

„Vertraue auf deine Freunde, Khadgar. Gemeinsam könnt ihr diese Welt retten. Vergiss nie – aus dem Licht erwächst Dunkelheit, und aus der Dunkelheit … *Licht*!"

Moroes eilte zu der erschlafft daliegenden, keuchenden Gestalt seines Meisters. Rasch zog er Medivh in die Höhe und führte ihn zum Becken. Wo war das Mädchen? Er hatte sie doch gebeten, bei dem Wächter zu bleiben! Da fielen seine Augen auf die Runen, die sein Meister auf den Boden geschmiert hatte, und alles wurde klar.

Moroes erbleichte, während er, seinen Meister stützend, auf das Becken zustolperte.

Medivh bewegte sich, als wäre er betrunken. Er trat vorsichtig vor, auf das Zentrum des Beckens zu, wo die weißen Energien Körper und Geist des Wächters durchströmten, seinen Schmerz linderten, die Berührung des Dämonischen von ihm wegstrichen. Sein Blick klärte sich, und er versuchte tapfer, zu lächeln.

„Danke, Moroes", sagte er, seine Stimme so schwach, dass sein Diener einen Stich in seinem Herzen spürte.

„Ihr werdet euch schon wieder erholen, Wächter", erklärte er mit einer Zuversicht, die er nicht wirklich empfand. „So, wie Ihr es immer tut."

Medivh winkte mit einer viel zu dürren Hand ab. „Nein", entgegnete er. „Für Garona. Danke, dass ich Zeit mit meiner Tochter verbringen durfte."

Moroes' grimmige Miene wurde weicher. Er öffnete den Mund, um etwas zu sagen, dann erstarrte er. Ein dünner grüner Wirbel trübte das Weiß des Beckens. Er blinzelte und hoffte wider alle Vernunft, dass er es sich nur einbildete, aber das widerliche glühende Grün blutete weiter in das Becken.

„Es tut mir leid, alter Freund. Es scheint, als hätte ich die Orcs in diese Welt geführt."

Moroes schüttelte ungläubig den Kopf. Medivh hatte sich so lange gequält. Er durfte nicht versagen, nicht jetzt, wo …

„Die Fel-Magie … sie hat mich verändert. Ich … ich weiß nicht, was ich sonst noch getan habe." Seine Stimme wurde brüchig. „Ich kann mich einfach nicht *erinnern.*" Moroes brach das Herz. Er ging um das runde Becken herum, beobachtete, wie die weiße Magie gegen das Grün ankämpfte und sich ihm dann geschlagen gab. „Alles, was ich beschützen wollte, habe ich zerstört." Gebrochen drehte Medivh sich auf die Seite. Sein Kopf hing ihm auf die Brust.

„Ich kann die Fel-Magie nicht kontrollieren. Niemand kann es."

Abrupt sprang der Wächter auf die Füße, sein Körper mit einem Mal wiedererstarkt. Das grüne Licht der beschmutzten Magie hüllte ihn ein, aber seine Augen – das

Weiße, die Iris – waren schwarz wie Teer. Moroes wich vor ihm zurück. Er wollte seinem geliebten Meister zurufen, dass er dagegen ankämpfen, es zurückdrängen sollte, so wie schon zuvor. Doch in diesem Gesicht war keine Spur mehr von dem Wächter zu sehen, dem er so lange gedient hatte; keine Spur von Freundschaft oder Zuversicht, kein Schmerz angesichts des Leides anderer, keine Liebe für die junge Frau, die ...

Alles war fort. Einfach alles. Moroes – der so unglaublich alt war und so vielen Wächtern von Azeroth zur Seite gestanden hatte – hatte nur noch Zeit für einen Gedanken, als die dämonische Gestalt ihm das Leben auszusaugen begann: Er wünschte sich, dass er früher gestorben wäre und diesen Moment nie hätte erleben müssen.

Llane hatte sich um Lothar gesorgt. Sein Freund hatte mit ansehen müssen, wie sein Sohn direkt vor seinen Augen gestorben war, und er hatte nichts dagegen tun können. Llane wusste, hätte er seinen eigenen Jungen, Varian, verloren, wäre etwas in ihm unwiederbringlich zerbrochen. Darum hatte er nichts gesagt, als Lothar davongegangen war, nur mit der Erklärung, dass er „nach Goldhain" wolle. Wie oft waren er, Llane und Medivh im Lauf der Jahre dort gewesen? Nur hatten sie damals getrunken und gefeiert und auf die Freuden des Lebens angestoßen und nicht ihren Kummer ertränkt. Doch trotz alledem ehrte Lothar seine Pflicht dem Mann gegenüber, den er Freund und König nannte. Als Llane an diesem Morgen Karos losgeschickt hatte, um ihn aus dem Gasthaus zu holen, war sein alter Freund postwendend zurückgekehrt. Wie Karos berichtet hatte, war Garona bei dem Hauptmann gewesen, und Llane konnte nur vermuten, dass Medivh die Anziehung zwischen den beiden erkannt und dafür gesorgt hatte, dass sie zusammenkamen. Llane vertraute Garona. Er war überzeugt, dass Durotan nicht für den Hinterhalt verantwortlich war, und falls sie und Anduin einander trösten konnten, würde er ganz sicher nicht über sie urteilen – zumindest, solange der Hauptmann weiter seinen Pflichten nachkam. Lothar schien mehr als fähig dazu, aber da war nun eine Härte in ihm, die früher noch nicht da gewesen war. Eine Sturheit und Entschlossenheit, und genau deswegen diskutierten sie nun schon seit einer Stunde über ihre Strategie. Llane war erschöpft. Nach seiner Rückkehr hatte er sich lediglich den Schweiß und das Blut der Schlacht vom Körper gewaschen, seine Frau und seinen Sohn geküsst und ein wenig Schlaf nachgeholt, bevor er sich in den Kartenraum zurückgezogen hatte, um über ihrem Problem zu brüten, Stunden vor Lothars Ankunft.

Gefühlt – und vielleicht auch wirklich – zum zehntausendsten Mal blickten Llane, Varis und eine Handvoll anderer nun aus blutunterlaufenen Augen auf das Modell von Sturmwind hinab. „Fünf Legionen, um den Gebirgspass der Totenwinde zu blockieren“, sagte er und schob einen Stein in Position. „Zehn weitere hier, hier und hier, entlang des Rotkammgebirges. Die Vorratsrouten sind hier. Im Süden und Osten sollten das Meer sie zurückhalten.“ Er blickte zu Lothar auf. „Falls wir diese Positionen halten, haben wir die besten Chancen.“

„Wir dämmen sie also ein“, brummte Lothar.

Er seufzte und rieb sich die Augen. „Bis wir eine bessere Option haben, ja.“

„Und wenn es dann bereits zehnmal so viele gibt?“, entgegnete Lothar. „Was dann?“

Llane blickte auf den Tisch hinab. „Falls es eine einfache Lösung gäbe …", begann er, aber sein Freund schnitt ihm das Wort ab.

„Wir müssen verhindern, dass dieses Tor sich öffnet. Das muss unsere oberste Priorität sein. Falls wir damit scheitern, ist es nur eine Frage der Zeit, bevor sie uns durch ihre schiere Zahl überwältigen."

Angespannt erwiderte Llane: „Was schlägst du vor?"

Lothar beugte sich über den Tisch, sein Gesicht dicht vor Wrynns. „Schickt alles, was wir haben. Zerstört das Tor, befreit unser Volk und beendet die unmittelbare Bedrohung."

„Und was ist mit den Orcs, die hier zurückbleiben?"

„Um die kümmern wir uns später."

Das reichte nicht. „Nachdem sie das gesamte Königreich verwüstet haben?", blaffte Llane.

Ein schneidendes Geräusch erklang, ein Blitz weißblauen Lichts leuchtete auf, und der Wächter von Azeroth erschien am Ende des Tisches. „Meine Herren."

Erleichterung ließ Llanes Herz höherschlagen. Medivh sah so gut aus wie seit seiner Rückkehr nach einer sechsjährigen Abwesenheit nicht mehr. Er hatte eine gesunde Hautfarbe, sein Gesicht wirkte weniger kantig, und sein Körper war hoch aufgerichtet.

Ein Grinsen legte sich auf Llanes Züge. Selbst wenn er es gewollt hätte, hätte er es nicht unterdrücken können „Medivh!", rief er aus. „Du bist wohlauf!"

„So ist es", versicherte ihm sein alter Freund. „Ich fühle mich wie neugeboren."

„Wir brauchen dich." Er deutete auf die Karte. „Wir zerbrechen uns die ganze Zeit schon den Kopf über unsere Optionen." Mit einem Blick auf Lothar fügte er hinzu: „Einige von uns glauben bereits, dass es keine Optionen *gibt*. Wir brauchen einen neuen Blickwinkel."

„Ich kann nicht nur einen neuen Blickwinkel bieten, sondern auch neue Hoffnung“, erklärte Medivh. „Ich habe mich mit Durotan getroffen.“

„Mit Durotan?“, wiederholte Lothar. Klang da wirklich Skepsis in seiner Stimme mit? Beunruhigt drehte Llane den Kopf. Sein alter Freund spielte mit einer der Figuren auf der Karte.

„Er ist noch am Leben?“, fragte Lothar ungläubig.

Medivh blickte ihn an. „In der Tat. Er hat mir versichert, dass die Rebellion gegen Gul'dan an Stärke gewinnt. Mit der Hilfe der Frostwölfe und ihrer Verbündeten können wir das Tor zerstören.“

Medivh hatte stets einen Hang zur Dramatik gehabt. Es sah ihm ähnlich, im letzten Moment aufzutauchen und die Situation zu retten, so, wie er es jetzt tat. Llane spürte, wie die Hoffnung in ihm höher wuchs.

„Das ändert nichts an meinem Vorhaben“, erklärte Lothar rundheraus.

„Welches Vorhaben?“, erkundigte sich der Wächter.

„Anduin glaubt, wir sollten mit unserer gesamten Streitmacht angreifen“, weihte Llane ihn ein. „Ich habe aber Bedenken, dass der Rest unseres Königreichs dadurch ungeschützt bleibt. Ich stimme ihm zu, dass wir den Zustrom weiterer Verstärkung verhindern und die Gefangenen retten müssen. Aber die Orcs haben bereits demonstriert, dass sie gewaltigen Schaden anrichten können und dass sie nicht zögern werden, Leben zu nehmen.“

Medivh nickte nachdenklich. „Wie viele Legionen würdet Ihr brauchen, um die Orcs zurückzuhalten und das Königreich zu verteidigen?“

Llane warf Lothar einen ungehaltenen Blick zu und beantwortete die Frage. „Insgesamt fünfundzwanzig. Fünf, um den Pass zu halten, zehn am Rotkammgebirge und zehn zum Schutz der Stadt.“

„Wir haben bereits achtzehn Legionen verloren. Das heißt, uns bleiben nur noch eins ... zwei ... drei.“ Lothar hob die Figur auf, zog die Metallstandarten heraus, die in ihrem Rücken steckten und warf sie eine nach der anderen auf den Tisch, während er sie abzählte.

Llane ignorierte ihn. „Ist es machbar, Medivh?“

Lothar ließ die Figur auf die Karte fallen. „Nein, es ist nicht machbar!“

Es folgte eine unbehagliche Pause. „Mit drei Legionen, den Frostwölfen und meiner Macht“, begann der Wächter, „könnten wir ...“

Lothar blickte seinen alten Freund aus brennenden Augen an. „Bei allem Respekt, Wächter“, sagte er angespannt, „es hat sich erst vor Kurzem gezeigt, dass deine Macht bestenfalls unzuverlässig ist.“ Er wandte sich wieder an den König. „Ich kann nicht mit drei Legionen gegen die Horde marschieren und darauf warten, dass er uns magisch den Arsch rettet!“

Medivh ließ sich davon nicht aus der Ruhe bringen. Er richtete seine Aufmerksamkeit auf den König. „Llane, habe ich Euch je im Stich gelassen?“

„Ihn im Stich gelassen? Wo *warst* du die letzten sechs Jahre?“, grollte Lothar.

Llane war hin- und hergerissen. Es stimmte, was Lothar sagte. Sie hatten sich nicht auf Medivh verlassen können. Aber jetzt sah er so viel gesünder aus. So viel stärker, so wie früher. Was immer an ihm gezehrt hatte, er hatte sich darum gekümmert. Und sie durften auch nicht vergessen, dass der Wächter ihnen „magisch den Arsch gerettet“ hatte, als die Trolle drauf und dran gewesen waren, das Königreich zu überrennen. Medivh hatte sich ihres Vertrauens in der Vergangenheit als würdig erwiesen, und trotz seines erschöpften Zustands hatte er ihnen sogar erst kürzlich beigestanden.

„Bitte, Anduin“, begann er, „er ist der Wächter …“

Doch Anduin Lothar ließ ihn nicht aussprechen. „Aber nicht der Wächter aus Euren Erinnerungen! Er hat die Kontrolle verloren! Er ist labil! Und er wird nicht da sein, wenn wir ihn wirklich brauchen.“

Llane presste die Lippen fest zusammen. Er benötigte einen Hauptmann, auf den er sich verlassen konnte, jetzt dringender denn je. Rasch trat er an Lothars Seite. „Reiß dich zusammen, Anduin.“ Seine Stimme war fest und beherrscht, aber sie duldete keinen Widerspruch.

Lothars Augen waren wild, verzweifelt, aber auch voller Sorge. „Ich würde für Euch in die Hölle marschieren, Llane, falls Ihr glaubtet, dass es auch nur die geringste Chance auf Erfolg gibt! Das wisst ihr! Aber das hier … ist *Selbstmord*!“

„Geht es hier um Callan?“ Medivhs Stimme war ruhig, und ein Hauch von Bedauern schwang darin mit. Lothars Miene erstarrte, und sein Körper versteifte sich. Langsam drehte er sich zu dem Wächter um.

„Es war eine Tragödie.“

Lothars Gesicht wurde aschgrau, dann flutete Zornesröte in seine Wangen. „Wag. Es. Nicht!“

Es musste für beide ein schrecklicher Moment sein, dachte Llane. Medivh war ganz offensichtlich krank gewesen, und sein Versuch, die Kämpfenden durch Blitze zu trennen, hatte viele Leben gerettet und ihm beinahe das eigene gekostet. Es war in der Tat tragisch gewesen, dass Callan sich auf der falschen Seite dieser Barriere wiedergefunden hatte. Gleichsam erkannte er, dass Lothars Reaktion nur verständlich war. Vielleicht gab er ihm sogar die volle Schuld an Callans Tod. Doch dafür hatten sie jetzt keine Zeit. Sie hatten kaum noch Zeit für irgendetwas.

„Wäre er nicht so darauf versessen gewesen, uns zu beeindrucken, könnte er heute noch bei uns sein“, sagte Medivh. Lothar bebte am ganzen Körper. Schweiß perlte auf seiner Stirn.

„Medivh ...“, begann Llane.

„Callan war nicht bereit. Du wusstest es, und du hast ihn trotzdem Soldat spielen lassen.“

Die Worte waren harsch, und Llane öffnete den Mund, um den Wächter zurechtzuweisen und eine Entschuldigung von ihm zu verlangen, damit sie sich endlich auf die aktuelle Lage konzentrieren konnten, doch es war zu spät.

Lothar explodierte förmlich. Er brüllte seinen Zorn hinaus und stürzte sich auf Medivh. Llane, Karos und die anderen sprangen vor, um die beiden auseinanderzuziehen. Der Wächter trat zurück, die Arme erhoben, während defensive Magie in seinen Handflächen knisterte, aber er beherrschte sich – im Gegensatz zu Lothar – und entfesselte seine Zauber nicht.

„Aufhören!“, rief Llane, so laut er nur konnte. „Anduin ...“

„Du hast ihn *umgebracht*!“ Fünf Männer hielten den Löwen von Azeroth zurück, und selbst sie hatten ihre liebe Not, Lothar zu bändigen, während er sich gegen sie stemmte. Er und Medivh starrten einander weiterhin an, aber während Lothar beinahe schon tollwütig um sich schlug, blieb der Wächter ruhig und gefasst. „Du willst mein Freund sein?“, knurrte Anduin. „Mein guter, alter Freund ...“

Llane blickte zu Medivh hinüber und sah seinen traurigen Gesichtsausdruck. Es zerriss ihm das Herz, aber er wusste, was er zu tun hatte.

„Varis“, sagte er, und der Widerwille war ihm deutlich anzuhören. „Bring den Hauptmann in eine Zelle, damit er sich beruhigen kann.“ Er schluckte hart. Wie hatte es nur dazu kommen können?

Varis zögerte, und Llane verstand seine Gründe nur zu gut. Dies war Anduin Lothar, der Löwe von Azeroth. Varis' Vorgesetzter, der mit seinem Beispiel voranging und Respekt gebot. Doch selbst Helden schienen eine Belastungsgrenze zu haben.

Llane litt mit seinem Freund, aber auch wenn er Anduin wie einen Bruder liebte – die Sicherheit des Königreichs war wichtiger als seine persönlichen Gefühle. Widerstrebend schob er nach: „In diesem Zustand bist du niemandem eine Hilfe.“ Er musste es Lothar zugutehalten, dass er den Raum verließ, ohne noch einmal die Kontrolle zu verlieren, aber der Blick, den sein Hauptmann dabei dem Wächter von Azeroth zuwarf, troff vor Hass.

Medivh trat an den Tisch und betrachtete die Karte, dann hob er die Figuren hoch, die ihre drei Legionen repräsentierten, und stellte sie vor das kleine Modell des Großen Tores.

„Wir werden das Königreich retten, Mylord“, erklärte er. „Ihr und ich.“

Wann, überlegte Lothar mit bitterem Groll, hatte er sich jemals auf der falschen Seite der Gitterstäbe befunden? Was war geschehen? Ja, natürlich fühlte er sich noch immer leer und verzweifelt ob des Verlustes seines Sohnes. Jedem Vater würde es so gehen. Und da war mehr als nur Schmerz. Schuldgefühle nagten an ihm, und genau die hatte Medivh sich zunutze gemacht, um ihn zu einem Angriff zu provozieren. Doch warum im Namen des Lichts hatte er das getan? Medivh war sein Freund – zumindest hatte er das geglaubt. Und wieso hatte Llane nicht bemerkt, was der Wächter tat?

Er vergrub das Gesicht in den Händen. Wenn er doch nur in die Zeit zurückkehren könnte, bevor er Khadgar begegnet war, als Medivh nur ein Teil seiner Vergangenheit gewesen war und Callan ein Teil seiner Gegenwart. Als alles noch normal gewesen war. *Nein*, korrigierte er sich. *Nicht alles*. Er wollte Garona nicht verlieren.

Lothar hörte, wie sich der Schlüssel im Schloss drehte, dann schwang die Tür auf. Er blickte auf, aller Wahrscheinlichkeit zum Trotz in der Hoffnung, dass Llane seine Meinung geändert hätte. Doch es war Garona, die vor ihm stand, als hätte er sie mit seinen Gedanken herbeigerufen.

Trotz des weißglühenden Schmerzes und der Furcht und der Verzweiflung des Moments breiteten sich bei ihrem Anblick Ruhe und Wärme in ihm aus.

„Warum bist du hier?“, fragte er sie.

Wie jeder Orc war sie ganz Kämpferin. „Der König. Er wird gegen die Horde kämpfen. Mit der Hilfe eures Wächters wird Durotan Gul’dan töten.“

Sein Magen zog sich zusammen. „Vertrau ihm nicht.“

Garona runzelte die Stirn. „Ich habe es dir schon einmal erklärt. Orcs lügen nicht.“

„Ich meine nicht Durotan.“ Lothar stand auf und ging hinüber, als sie vor seine Zelle trat. Er legte die Hände um die Gitterstangen. „Ich meine Medivh.“ Verwirrt blickte sie ihn an. Es gab tausend Dinge, die er ihr sagen, vor denen er sie warnen wollte, aber Varis wartete an der Tür. Er hatte nicht viel Zeit.

Sie brauchte keine Erklärungen. „Ich werde versuchen, deinen König zu beschützen“, war alles, was sie sagte.

Augenblicklich flüsterte er: „Geh nicht mit ihnen.“

„Warum?“ Sie trat näher und legte die Hände auf die seinen; ihre Berührung war warm und stark und tröstlich. Sie, die so viel Schmerz erfahren hatte, konnte aus irgendeinem Grund zärtlicher sein als jede andere Person, die er kannte.

Lothar dachte an die letzte Nacht, an ihre Hände auf seinem Körper, und er griff zwischen den Stangen hindurch, um ihre Wange zu streicheln.

„Ich will nicht, dass dir etwas zustößt“, sagte er leise. Es war zwanzig Jahre her, dass Callan geboren, dass Cally gestorben war. Und zum ersten Mal in all dieser Zeit war es nicht ihr Gesicht, das er in seinen Gedanken – und in seinem Herzen – trug. Es war dumm, es war leichtsinnig, es war unglaublich … und es war unleugbar wahr.

Emotionen huschten über ihre Züge, während sie nach ihrem schlanken Hals griff und den dünnen Lederriemen abnahm, den sie als Kette trug. Kurz strich sie über den Anhänger, dann nahm sie seine Hand. Er spürte den Hauer ihrer Mutter, warm, weil er an Garonas Herz geschmiegt gewesen war, dann schloss sie seine Finger um den wertvollsten Besitz, den sie geben konnte.

„Komm lebend zurück“, wisperte Lothar. Er drückte ihre Hand. *Ich könnte es nicht ertragen, wenn ich dich auch noch an diesen Krieg verliere.*

Sie nickte, aber er wusste, was sie damit sagen wollte. Es war eine Bestätigung seiner Worte, keine Zusicherung. Sie hatte zu viel Ehre, um Versprechen zu geben, die sie nicht halten konnte. Stattdessen schob sie sich die Kapuze über den Kopf, sah ihn aus ihren dunklen Augen an und ging davon, um in den Krieg zu ziehen.

18

Die Menschen konnten ihre verängstigten Augen nicht von Durotan nehmen. Sie starrten zwischen den Gitterstäben ihrer Käfige zu ihm herüber und fragten sich dabei zweifelsohne, was er wohl getan hatte, um gemeinsam mit ihnen eingesperrt zu werden. Vielleicht vermuteten sie auch, dass er hier war, um sie irgendwie zu täuschen und noch mehr zu quälen. Durotan musterte sie traurig. Er hatte versucht zu helfen, aber dieser Versuch war kläglich gescheitert. *Er* war gescheitert, und jetzt saß er hier, voller Sorge wegen der grausamen Dinge, die Gul'dans Orcs seinem Clan angedroht hatten.

„He! Frostwolf!", rief seine Wache. Er wandte den Blick von den Menschen ab und runzelte die Stirn. Orgrim Schicksalshammer kam auf seinen Käfig zu. Durotan spannte die Muskeln an. Welches neue Grauen hielt sein einstiger Bruder diesmal für ihn bereit? Die Wache stellte sich Orgrim in den Weg, aber der verlangsamte nicht mal seine Schritte. Er hob lediglich den Schicksalshammer und ließ ihn beiläufig auf den Schädel der verwirrten Wache hinabsausen.

Der Orc brach zusammen.

Als Orgrim sich über den Toten bückte, um ihm seinen Schlüssel abzunehmen, begegnete sein Blick dem Durotans. Mit derselben Gelassenheit, mit der er die Wache erschlagen hatte, sagte nun der Häuptling der Frostwölfe: „Jetzt hast du dir alle Seiten zum Feind gemacht."

„Ich werde sagen, dass du es warst", erwiderte Orgrim. Durotan kannte ihn nach vielen Jahren der Freundschaft genau, und er bemerkte das leichte Zittern von Orgrims Händen, als er den Käfig aufschloss. Er blickte Durotan an, aber der blieb ruhig sitzen und ließ sich die Fesseln um Hals, Füße und Hände abnehmen, anschließend griff er nach der dargereichten Hand und ließ sich auf die Beine helfen, wobei er so tat, als würden ihm seine steifen Glieder Schmerzen bereiten. Die beiden musterten einander einen Moment lang, dann verpasste Durotan seinem alten Freund einen heftigen Schlag gegen die Brust. Orgrim stolperte nach hinten gegen das knorrige Holz des Käfigs und kippte auf den Hosenboden. Doch anstatt zurückzuschlagen, saß er einfach nur mit gesenktem Kopf da.

Schließlich brach Durotan die Stille.

„Was ist passiert?"

Orgrim blickte ihm ins Gesicht. „Es tut mir leid, Durotan. Ich hielt es für unvorstellbar, dass wir uns mit den Menschen gegen unser eigenes Volk zusammentun sollten. Ich habe mich geirrt, mein Häuptling. Gul'dans Fel-Magie zerstört uns."

Durotan schloss die Augen. Er wünschte sich die letzten Sonnen zurück, wünschte, dass die Dinge anders wären. Doch solche Gedanken führten in den Wahnsinn.

Also streckte er Orgrim die Hand hin und half seinerseits ihm auf. Anschließend stellte er mit erzwungener Ruhe die Frage, die sein Herz am meisten plagte.

„Wo ist Draka?“

„In Sicherheit. Sie und das Kind. Aber die anderen ... die meisten von ihnen ...“ Sein Schmerz und sein Bedauern waren Orgrim deutlich am Gesicht abzulesen, und im grauen Licht des Morgengrauens sah Durotan Tränen in seinen Augen.

Doch es war zu spät für Tränen. Zu spät für Entschuldigungen, für Bedauern, für Vergebung. Qual, Trauer und Zorn brodelten in ihm, aber er drängte sie eisern zurück. Er konnte sich keine Gefühle leisten. Nur so konnte er lange genug überleben, um zu tun, was getan werden musste. Er wandte sich von Orgrim, dem Betrüger, ab, doch die Stimme seines alten Freundes rief ihm nach.

„Sie würden ihm nicht folgen, wenn sie wüssten, was aus ihm geworden ist.“

„Dann werde ich es ihnen zeigen.“

Gul'dans Orcs hatten das Lager der Frostwölfe in Brand gesteckt, um alles auszulöschen, was von ihrer Kultur noch übrig war. Das meiste war längst zu Asche verbrannt, aber hie und da loderten noch immer Flammen in die Nacht. Ihr grausiger Schein enthüllte gnadenlos die Überreste, und die Mauer, die Durotan um sein Herz erbaut hatte, drohte einzustürzen. Er musste sich zwingen, weiterzugehen, nachzusehen, was Gul'dan seinem Volk als Rache für seine Taten angetan hatte.

Er entdeckte weit weniger Leichen, als er erwartet hatte, aber er wollte sich nicht der Hoffnung hingeben, dass seinen Leuten unversehrt die Flucht gelungen war. Nein, vermutlich hatte Gul'dan sie am Leben gelassen, um sie als Nahrung für die Fel-Magie zu benutzen. Die Leichen, auf die er stieß, lagen, wo sie gefallen waren – die ultimative Respektlosigkeit. Einige von ihnen waren von den Flammen verkohlt. Er sah Kagra, Zarka, Dekgrul … sogar Shaksa und ihre Geschwister, die überschwängliche Nizka und den kleinen Kelgur.

Durotan hatte seine Wahl getroffen, um ihnen zu helfen und nicht nur ihnen, sondern allen Orcs. Dieser ganzen Welt. Er wusste tief in seinem Herzen, dass Gul'dans Todesmagie Draenor zerstört hatte, dass sie früher oder später auch dieses Azeroth vernichten würde. Und mit ihm das Volk der Orcs.

Doch er hatte nicht damit gerechnet, wie hoch der Preis für seine Entscheidung ausfallen würde. Nie hätte er geglaubt, dass Gul'dan einen ganzen Clan auslöschen würde, einschließlich seiner Kinder.

Da waren auch kurze Anflüge von Dankbarkeit. Zumindest hatte Orgrim nicht gelogen, was Draka und den kleinen Go'el anging. All ihr Essen, ihre Kleidung, ihre sonstigen Habseligkeiten und ihre Waffen – einschließlich Donnerschlag und Spalter – waren mitgenommen und an loyalere Orcs verteilt worden, aber es lagen keine verstümmelten Leichen auf der nackten Erde. Ebenso wenig entdeckte Durotan den alten, blinden Drek'Thar oder dessen Gehilfen Palkar – oder ihre rituellen Gegenstände. Waren sie fortgebracht worden, um die Fel-Magie zu nähren, oder war ihnen die Flucht gelungen?

Seine Augen fielen auf ein Frostwolfbanner. Es hatte das Feuer überlebt, auch wenn es an den Rändern versengt war. Ein blutiger Handabdruck war darauf zu erkennen. Jemand hatte versucht, es zu retten.

Die Mauern in seinem Inneren zerbröckelten, doch es war nicht Trauer, die sie niederriss. Es war Zorn. Durotan griff nach dem Banner und presste es fest an seine Brust, während rot glühender Hass entfesselt durch seinen Körper brandete.

Er hatte alles verloren. Aber er würde nicht aufgeben.

Sie würden ihm nicht folgen, wenn sie wüssten, was aus ihm geworden ist.

Dann werde ich es ihnen zeigen.

Hoffnung, dachte Llane, als er durch die laternenerhellten Straßen von Sturmwind ritt, war womöglich die stärkste Waffe von allen. Und bisweilen war sie auch die einzige Waffe. Er hatte befürchtet, dass es in ihrem Fall so sein könnte, doch Medivh war zurückgekehrt. Lothar mochte … zumindest zeitweise … von seiner Trauer überwältigt worden sein, aber er selbst hatte wieder Hoffnung, und dieselbe Hoffnung sah er – wenn auch von der Sorge getrübt, die jeder Krieg mit sich bringt – in den Gesichtern der Bürger, die sich trotz der späten Stunde an den Straßen der Hauptstadt drängten.

Der Strom von Pferden und gerüsteten Soldaten teilte sich vor der gewaltigen Statue des Wächters, dann floss er wieder zusammen, als sie sich den Stadttoren näherten, wo Llanes Familie auf einer hastig errichteten Plattform stand, um ihn zu verabschieden. Seine Tochter, die beinahe so groß war wie seine Frau und Taria mit jedem Tag ähnlicher sah, hatte dic Hände gefaltet und imitierte perfekt die Gestik der Königin. Der einzige Unterschied bestand darin, dass Adariall stärker zitterte als die Königin. *Die Bürde einer Prinzessin*, dachte Llane. Er nickte ihr aufmunternd zu, dann wanderte sein Blick weiter zu Varian. Der Junge sah prächtig aus in seiner formellen Tunika mit den Reithosen und dem Umhang, aber er beugte sich über das Geländer, als wollte er darüber klettern und seinem Vater in die Arme springen. Der Prinzenreif ruhte auf seinem dunklen Schopf, und seine Lippen waren fest zusammengepresst. Der Ausdruck ließ ihn ernst wirken, aber Llane wusste, was er wirklich bedeutete, und es zerriss ihm das Herz. Der Junge versuchte, die Tränen zurückzuhalten, die seine Augen glänzen ließen. Er war empfindsamer, als gut für ihn war. Llane und Taria hatten viele beruhigenden Worte an ihre Kinder gerichtet, und jetzt, da Medivh wieder im Vollbesitz seiner Kräfte an seiner Seite stand, war Llane tatsächlich zuversichtlich – so zuversichtlich, wie er seit dem Beginn dieser fürchterlichen Krise nicht mehr gewesen war. Doch Varian hatte ein Talent dafür, die subtilen Blicke, die unausgesprochenen Sorgen aufzuschnappen. Eines Tages würde er einen großartigen König abgeben. Aber hoffentlich ließ dieser Tag noch eine Weile auf sich warten.

Am liebsten hätte Llane den Jungen umarmt, aber Varian war jetzt beinahe ein Mann, und eine so öffentliche Geste wäre ihm peinlich gewesen. Also begegnete er seinem Sohn mit der Würde, die er verdiente. „Es gibt keinen anderen, dem ich das Wohl meiner Familie anvertrauen würde, Varian. Gib auf sie acht, bis ich zurückkomme."

Varians Kinn zitterte unmerklich, aber er nickte.

Taria, schlank und anmutig, blickte ihren Mann aus dunklen Augen an. Sie, die Schwester seines besten Freundes, die ein gutes Herz und einen kühlen Kopf besser gegeneinander ausbalancierte, als er es je könnte. Die ihn schon zahllose Male aus der Stadt hatte reiten sehen, einem möglichen Tod entgegen. Die ihn zaudernd und entschlossen erlebt hatte, am Boden zerstört und voller Freude. Und ihn in all diesen Momenten mit der gleichen Leidenschaft ihres Herzens geliebt hatte.

Sie hatten sich schon zuvor unter sich voneinander verabschiedet. Sie mussten keine Worte mehr wechseln. Sie wussten, was der andere dachte.

„Bereit?“ Es war Medivh, der dem Abschied ein Ende machte – früher, als Llane es sich gewünscht hätte. Der König nickte, und ohne ein weiteres Wort presste er seinem Pferd die Beine in die Seiten und trieb es auf die offenen Stadttore zu.

„Ich würde mich besser fühlen, wenn Anduin mit uns ritte“, gestand er dem Wächter.

„Wir werden es schaffen“, versicherte ihm sein alter Freund. „Ich werde nach Karazhan zurückkehren und mich auf die Schlacht vorbereiten. Die Frostwölfe werden unterwegs zu Euch stoßen. Wir treffen uns am Portal.“ Er wendete sein Pferd und galoppierte davon, zweifelsohne, um einen ungestörten Ort zu finden, wo er sein eigenes Portal erzeugen konnte. Vor den Toren erwarteten drei Legionen – laut Medivh alles, was sie brauchen würden – ihren Kommandanten.

Garona trieb ihr Pferd an, um die Lücke an der Seite des Königs zu füllen. Kurz begegneten sich ihre Blicke, dann sahen beide geradeaus. Llane wusste, dass sie sich auf die bevorstehende Schlacht konzentrieren sollten, aber er vermutete, dass Garona ebenso wie er an Anduin Lothar in seiner Kerkerzelle dachte.

Anduin Lothar wollte hinaus aus dieser Zelle.

Sofort.

Er starrte auf seine Knöchel, aufgeschlagen und blutig von seinen vergeblichen Versuchen, die Tür aufzubrechen. Er saugte das Blut von seiner Hand, und nachdem er ein wenig zur Ruhe gekommen war, versuchte er es erneut.

„Wache?“ Er lächelte und breitete die Arme aus. „Es ist offensichtlich, dass diese Tür solide gebaut ist. Ich werde meine Kraft für die Verteidigung des Reiches aufsparen. Ich weiß, du tust nur deine Pflicht – und du machst das wirklich gut. Aber ich habe mich jetzt abgeregt. Wenn du also herkommen und diesen Käfig öffnen würdest … Ich muss den König beschützen.“

Das Lächeln tat seinem Gesicht weh, und er konnte noch immer das kupfrige Blut schmecken. Die Wache, die mit einer Streitaxt am Ende des Ganges stand, ließ sich aber nicht beeindrucken.

Sie rührte sich keinen Zentimeter.

Lothar fletschte die Zähne und schlug wieder gegen die Tür. Sie klapperte protestierend, und der Soldat zuckte zusammen. „*Aufmachen*!“, schrie er.

Nun trat die Wache vor, wobei sie aber sorgsam darauf achtete, einen sicheren Abstand zu dem tobenden Krieger in der Zelle zu wahren. „Hauptmann, bitte! Ich befolge nur meine …“

Lothar schleuderte seinen Krug nach dem uneinsichtigen Kerl, der kaum noch seinen Satz beenden konnte. Gerade als er „Befehle“ brummen wollte, verschwand er nämlich plötzlich in einem blauen Lichtblitz, und an seiner Stelle stand ein schrecklich verwirrt dreinblickendes Schaf. Es blökte unglücklich. Lothar, der ebenfalls schrecklich verwirrt war, blickte auf die Hand hinab, mit der er den Krug geworfen hatte. Was hatte er getan?

Die Frage beantwortete sich selbst, als Khadgar aus den Schatten auftauchte, die Schlüssel der Schafswache vom Boden aufhob und herbeieilte, um die Zelle aufzuschließen.

„Wo zum Teufel hast du gesteckt?“ *Nicht gerade eine*

dankbare Reaktion, musste Lothar eingestehen. *Aber zumindest ehrlich.*

Khadgar drehte den Schlüssel, und die Tür schwang auf. Der Junge schien um Jahre gealtert zu sein.

„Bei den Kirin Tor“, antwortete er. Als er Lothars Blick zu dem Schaf folgte, fügte er hinzu: „Es funktioniert nur bei den Einfältigen.“ Er warf eine Tasche mit Lothars Schwert und Rüstung auf den Boden. „Eure Sachen, Hauptmann.“ Anschließend wandte er sich kurz an das Schaf. „Tut mir leid.“

Er blickte sich um, bis er eine erkaltete Feuerschale entdeckte. „Wir haben einen vollen Tag vor uns“, erklärte er. Während Lothar seine Rüstung anlegte, streckte der Magier seine Hand in die Schale und fischte ein Stück verbranntes Holz hervor, mit dem er einen Kreis zeichnete.

„Hoffentlich kommen wir nicht zu spät“, brummte Anduin.

Khadgar hob den Kopf. „Wir können ihnen nicht folgen. Nicht, wenn Ihr Azeroth retten wollt.“ Lothar, der bereits zur Tür gegangen war, wirbelte herum.

„Mein König braucht mich!“

„Azeroth braucht Euch dringender“, entgegnete Khadgar. „Falls Ihr Euren König retten wollt, müssen wir zuerst Medivh aufhalten.“

Nie zuvor war Lothar so hin- und hergerissen gewesen. Sein bester Freund stand kurz davor, von seinem anderen besten Freund verraten zu werden. Schon bald würde er von einem Meer machthungriger grünhäutiger Monster verschlungen werden. Im Vergleich zu diesem Bild war die Rettung von Azeroth ein schrecklich abstraktes Konzept.

Doch er wusste, was Llane von ihm erwarten würde.

Khadgar begann mit der Teleportationsbeschwörung, und weißblaue Magie formte eine inzwischen vertraute Blase. Lothar atmete tief ein und trat zu ihm in den Kreis. Der Magier erhob sich und lenkte die Magie mit seinen Händen, als würde er an den Zügeln eines Pferdes ziehen.

„Wo ist Medivh?“, wollte Anduin wissen.

Khadgar blickte ihm direkt in die Augen. „Wir haben einen Dämon zu töten.“

19

Sie war die ganze Nacht gerannt, das Kind auf ihren Rücken geschnallt, aber jetzt war selbst sie, Draka, Tochter von Kelkar, Tochter von Rhakish, erschöpft. Sie hatte es nicht gewagt anzuhalten, wohl wissend, dass Gul'dans Orcs sie verfolgten. Wäre sie nur irgendeine Orcin mit irgendeinem Kind gewesen, hätte man sie vielleicht fliehen lassen. Doch sie war die Frau eines Häuptlings – und die Mutter eines weiteren, daran zweifelte sie nicht. Gul'dan hatte die Zerstörung ihres Clans nicht aus Zorn angeordnet. Wäre es so, müsste sie sich jetzt keine Sorgen machen. Zorn brannte aus und fand schnell neue Ziele. Nein, Gul'dan hatte Angst vor den Frostwölfen, und Angst war langlebig.

Er hatte sie beinahe angefleht, seiner Horde beizutreten, und jetzt, wo Durotan erkannt hatte, wie gefährlich er wirklich war, konnte Gul'dan ihn nicht am Leben lassen. Das Schicksal ihres Gefährten war in dem Moment besiegelt gewesen, als Schwarzfaust gekommen war, um ihn fortzuführen. Selbst wenn er in diesem Augenblick noch atmete, sein Leben würde nicht mehr von langer Dauer sein. Ebenso wenig wie ihres oder das des Kindes. Orgrims Gesinnungswechsel war für sie beide zu spät gekommen. Sie wollte schluchzen, das Schicksal verfluchen, ihr Kind an sich pressen – und es an ihrer Brust halten, wenn sie starb. Draka liebte Durotan von ganzem Herzen, aber was sie für dieses kleine Leben empfand, war im Vergleich dazu wie ein Inferno neben einem Kochfeuer.

Sie würde für ihn leben. Sie würde für ihn sterben.

Draka konnte nicht weiter. Sie war zu müde, und ihre Verfolger waren nicht weit hinter ihr. Als sie einen Fluss erreichte, traf sie darum eine Entscheidung. Das Wasser spiegelte das Licht einer neuen Sonne wider, und sein helles Funkeln trieb ihr Tränen in die Augen.

„Geist des Wassers", keuchte sie. „Ich kann meinen Sohn nicht weiter tragen. Sie werden nie aufhören, uns zu jagen. Sie werden uns finden, und sie werden uns töten, falls ich ihn bei mir behalte. Bitte, nimm dich meines Kindes an. Beschütze es."

Draka war keine Schamanin. Die Geister sprachen nicht zu ihr so wie zu Drek'thar, aber sie konnte das Murmeln des Wassers hören, und während sie noch auf den Fluss hinausstarrte, sprang ein Fisch aus den Fluten und verschwand wieder darin. Das Leid in ihrem Herzen ebbte abrupt ab, und sie nahm hastig den Tragekorb von ihrem Rücken. Sie watete ins Wasser, küsste die weichen, grünen Wangen, wobei sie das Salz ihrer eigenen Tränen schmeckte, und legte den Korb ins Wasser. Anschließend hüllte sie ihren Sohn fester in seine Decke, ein weißes Stück Stoff, bestickt mit dem Emblem der Frostwölfe.

Vielleicht wird sich ein Mensch daran erinnern, dass die Frostwölfe ihnen helfen wollten, dachte sie. *Und daran, dass … diese Entscheidung uns alle das Leben gekostet hat. Alle bis auf dich, mein geliebter Go'el.*

Ihre Augen waren nass. Wasser, das Element der Liebe. Liebe für einen Gefährten. Liebe für ein Kind. Liebe für einen Clan. Liebe für den Traum von etwas Besserem in einer Welt voller Dunkelheit, Staub und Verzweiflung.

Das Kleinkind wirkte verwirrt und streckte ihr seine winzigen grünen Arme entgegen. Sie nahm eine der kleinen Fäuste und hielt sie zwischen ihren Fingern. „Vergiss nie", sagte sie. „Du bist der Sohn von Durotan und Draka, einer ungebrochenen Linie von Häuptlingen."

Und dann, während ihr Herz zum tausendsten Mal innerhalb weniger Stunden brach, ließ sie den Korb los. „Wasser", rief sie. „Beschütze mein Kind!"

Ein Brüllen ließ sie den Kopf drehen. Ein Orc vom Clan des Blutenden Auges tauchte aus dem Wald auf, aber seine Aufmerksamkeit galt nicht ihr, sondern dem Baby. Er griff nach dem Messer, das Draka am Ufer zurückgelassen hatte, und rannte hinter dem Korb her.

Doch Draka war zur Stelle.

Er hatte vielleicht den Dolch, aber das hieß nicht, dass sie unbewaffnet war. Sie stürzte sich auf den Orc, der ihr Kind töten wollte, angetrieben von Liebe und ohne jede Furcht. Ihre Fingernägel rissen ihm Fetzen aus dem Fleisch, und dann – wie einer der Wölfe, nach denen ihr Clan benannt war – riss sie den Mund weit auf und vergrub ihre Zähne in seinem Hals.

Verwirrt brach er zusammen. Es war töricht von ihm gewesen, einen unbewaffneten Frostwolf mit einem schutzlosen Frostwolf zu verwechseln. Sein verdorbenes grünes Blut sprudelte ihr in den Mund, so sauer wie

Asche, und im selben Moment spürte sie einen heißkalten Schmerz; er hatte ihr den eigenen Dolch in den Bauch gerammt.

Sämtliche Kraft verließ Drakas Körper, während sie über ihrem gefallenen Feind zusammensackte. Sie wusste, dass sie starb, aber sie war voller Ruhe. Während ihr Blut den Sand tränkte, kehrten die Worte zu ihr zurück, die sie einst, nach ihrer Rückkehr aus dem Exil, an Durotan gerichtet hatte: *Wenn die Sonne meines Lebens untergeht, dann soll es hier sein, am Frostfeuergrat.*

Es sollte ihr nicht vergönnt sein, in ihrer Heimat zu sterben. Stattdessen tat sie ihre letzten Atemzüge hier, jetzt, in einem fremden Land, und ihr Gefährte würde sich ihr bald im Tode anschließen, sofern er sie nicht bereits erwartete. Das letzte Bild, das ihre Augen füllte, war der Korb mit ihrem Kind, wie er auf dem Wasser davontrieb. Und kurz bevor Schwärze sie umfing, glaubte Draka, Tochter von Kelkar, Sohn von Rhakish, zu sehen, wie die sanften Wellen des Flusses sich in die Umarmung liebevoller Arme verwandelten.

Wasser, nimm mein Kind!

Ihre Augen schlossen sich.

Wasser, beschütze …

Alle Häuptlinge der Horde und die meisten ihrer Krieger waren vor Gul'dans Zelt versammelt. Sie wirkten verwirrt, als sie den Frostwolf auf sich zumarschieren sahen. Durotan trug einen Wolfspelz über den breiten Schultern, und der Schädel des Tieres diente ihm als Kopfbedeckung. Er hatte bereits drei Wachen getötet, bevor sie ihren bösartigen Meister warnen konnten, und jetzt teilten sich die anderen vor ihm, ihre Blicke voller Verachtung, Arroganz und Neugier. Grimmig rammte er das versengte Banner in den Staub vor dem Zelt des Hexenmeisters.

„Ich bin Durotan, Sohn von Garad, Häuptling des Frostwolfclans“, rief er, seine Stimme von Zorn erfüllt. „Und ich bin hier, um Gul’dan zu töten.“

Er konnte sehen, wie sich ihre Körperhaltung änderte. Der Hochmut wich von ihnen, als sie erkannten, dass er keine Waffen trug, obwohl er hier war, um den mächtigsten von allen zum ehrenhaftem Kampf herauszufordern.

Seine grimmige, wahnsinnige Aussage lockte zumindest Schwarzfaust aus dem Zelt. Er musterte Durotan von Kopf bis Fuß. „Ein Geist kann kein Mak’gora fordern“, erklärte er. „Es gibt keinen Clan mehr, dessen Häuptling du sein könntest. Dein Volk ist Fressen für die Würmer.“

Durotan zwang seinen Zorn unter Kontrolle. Der Orc vor ihm war nicht das Ziel seines Hasses. Er öffnete den Mund zu einer Entgegnung, doch bevor er etwas sagen konnte, erklang neben ihm eine vertraute Stimme.

„Wir sind nicht alle tot, Kriegshäuptling“, rief Orgrim Schicksalshammer.

Überrascht drehte Durotan sich zu ihm herum. Orgrim hatte ihre Freundschaft zerstört, aber es war noch nicht zu spät für den Sohn von Talkar gewesen, seine Ehre wiederzufinden.

Jetzt, endlich, tauchte Gul’dan auf. Sein glühender Blick fiel erst auf Durotan, dann auf Orgrim, und er zog die Brauen zusammen. Die Worte, die er mit dem Kriegshäuptling wechselte, waren so leise, dass man sie kaum verstehen konnte.

„Soll ich kurzen Prozess mit ihm machen?“, fragte Schwarzfaust.

„Ich dachte immer, dir wären Traditionen wichtig, Schwarzfaust“, erwiderte der Hexenmeister. „Durotan“, sagte er dann etwas lauter, damit alle sie hörten. „Dein Clan war schwach, und du bist ein Verräter, aber ich akzeptiere deine Herausforderung. Wenn auch nur, um dir persönlich das Herz aus deinem erbärmlichen Leib zu reißen."

„Was ist mit dem Portal?", fragte Schwarzfaust seinen Meister, aber Gul'dans Blick blieb auf Durotan fixiert. „Ihr müsst bereit sein, wenn die Beschwörung beginnt."

Die Beschwörung ... Durotan wusste nicht viel darüber, wie genau das Portal geöffnet wurde; Gul'dan hatte dieses Wissen eifersüchtig gehütet. Aber falls er lange genug überlebte, könnte er vielleicht zumindest den Menschen helfen, die ihm so bereitwillig vertraut hatten.

„Es wird nicht lange dauern." Die breiten grünen Lippen des Hexenmeisters krümmten sich in einem grausamen, genüsslichen Lächeln um seine Hauer. Er reichte Schwarzfaust seinen Stab, dann griff er nach seinem Umhang, löste den scharfen Dorn, der als Verschluss diente, und der Umhang fiel zu Boden. Alle starrten ihn an.

Mit seinem weißen Bart und seinem faltigen Gesicht war er Durotan stets als alt und gebeugt erschienen. Doch in dem Moment, als der Umhang von seinen Schultern rutschte und seinen nackten Oberkörper enthüllte, da kam im heller werdenden Licht des Morgens ein Torso zum Vorschein, neben dem sich selbst Schwarzfaust wie ein Kind ausnahm. Muskeln wölbten sich unter der straffen grünen Haut eines Orcs, der aussah, als hätte er die Kraft von fünfen – genau, wie Grom Höllschrei es gesagt hatte.

Doch das war es nicht, was Durotan und die anderen in erschrockener Stille die Augen aufreißen ließ. Der Häuptling der Frostwölfe erinnerte sich noch an den Tag, als Gul'dan zum ersten Mal seinen Clan aufgesucht hatte. Damals hatte er denselben Umhang getragen, und Durotan hatte sich gefragt, wie er wohl die Dornen mit den winzigen Schädeln befestigt hatte, die aus dem Stoff ragten. Nun begriff er.

Die Dornen waren nicht an seinem Umhang befestigt gewesen. Sie hatten durch den Stoff hervorgeragt.

Mitsamt ihren makabren Verzierungen wuchsen sie aus Gul'dans Leib.

Der Hexenmeister genoss die Ehrfurcht und den Schrecken, die sein Aussehen ausgelöst hatte, und mit einem Anflug von Übelkeit wurde Dur'otan bewusst, dass diese von Fel-Magie verzerrte Monstrosität vermutlich recht hatte. Dieser Kampf würde nicht lange dauern.

Doch auch wenn Gul'dans Sieg unausweichlich war, Durotan würde ihm alles entgegenwerfen, was er hatte. Er trat nach vorne in den Ring, streifte seinen eigenen Wolfsumhang ab und blieb abwartend stehen, während Gul'dan ihn umkreiste.

Dann sprang er mit einem Brüllen vor.

Moroes war tot, eine ausgezehrte, papierartige Hülse, leer gesaugt wie die Überreste eines Insekts, nachdem eine Spinne sich daran gütlich getan hat. Im Leben so erhaben und würdevoll, lag er nun starr, mit ausgestreckten Beinen auf dem Boden. Das Becken hinter ihm hatte sich grün verfärbt, und Schwaden finsterer Fel-Magic blubberten daraus empor.

Lothars Blick wanderte von dem toten Kastellan zur oberen Plattform. Er war gleichzeitig erleichtert und entsetzt, als er dort seinen alten Freund entdeckte. Er konnte das Gesicht des Wächters nicht sehen, aber er stand in einer unnatürlichen Haltung da, die Arme zum Himmel emporgereckt.

Lothar blickte zu dem jungen Magier hinüber. Khadgar nickte und schob sich ein Stück nach links, auf das Gerüst um den Golem zu, an welchem Medivh bei ihrem ersten Besuch gearbeitet hatte. Lothar machte einen Schritt in die entgegengesetzte Richtung. Mit ein wenig Glück sollten sie den Wächter in die Zange nehmen können.

Und dann was?, fragte seine betrübte Seele.

Dann fällt mir schon was ein, erwiderte sein Verstand.

Er hatte geglaubt, dass er wütend sein würde, doch stattdessen empfand er nun vor allem Bedauern. „Medivh", sagte er ruhig, behutsam.

Der Wächter hob den Kopf, und Grauen brandete durch Lothar hindurch. Sein Gesicht war noch erkennbar – aber gerade so. Linien wie Risse in Marmor zogen sich darüber, und sein Bart war durch eine Reihe kleiner, nach unten ragender Hörner ersetzt worden. Und seine Augen … waren pechschwarz.

Beifällig hob Medivh den Arm. Energie strömte, und Lothar wurde von dem Umriss einer riesigen gelblichen Hand ergriffen und in die Luft hochgehoben. Die Augen des Wächters glühten auf, eine kleine Eruption grünen Magmas, und die magische Hand presste sich fester um den Soldaten. Lothars Brustplatte verbog sich langsam, als wäre er ein Spielzeugsoldat, der von einem gelangweilten Kind zusammengequetscht wurde.

Hinter und unter der Plattform entfesselte Khadgar einen Energieball, der auf den Rücken des Wächters zielte. Dieser wehrte den Zauber jedoch mit der rechten Hand ab, ohne sich umzudrehen, und das blaue Geschoss raste zurück zu dem Magier, der es erschaffen hatte. Medivh löste seinen Griff um Lothar, und während sein alter Freund auf den Boden fiel, richtete er seine Aufmerksamkeit auf Khadgar.

Doch der Magier war nirgends zu sehen. Lothar blieb einen langen, angespannten Moment liegen und tat so, als wäre er tot. Schließlich begann Medivh eine Beschwörung anzustimmen. Anduin hatte dem Wächter im Lauf der Jahre oft gelauscht, wenn er Zauber intonierte, aber noch nie hatte er etwas Derartiges gehört. Der Klang der Worte ließ seinen Mund austrocknen und eine Gänsehaut über seinen Körper rinnen. Er musste den Spruch nicht verstehen, um zu erkennen, dass es sich dabei um die dunkelste Magie handelte, die man sich nur vorstellen konnte.

Nun, da Medivh anderweitig beschäftigt war, kroch Lothar zu Khadgars Versteck hinüber. Der Magier hatte sich unter dem massigen Lehmkörper des Golems zusammengekauert.

Er wirkte bleich. „Das ist die Beschwörung der Orc-Heimatwelt. Er öffnet das Portal. Wir müssen ihn aufhalten!"

Unvermittelt erstarrte er. Lothar strengte seine Ohren an. Medivh bewegte sich über ihnen. Gewiss hatte er bemerkt, dass der „tote" Anduin nicht mehr dort lag, wo er gefallen war, und nun suchte er nach ihnen.

„Vorschläge?", wisperte Lothar. Khadgar fuhr sich mit der Zunge über die Lippen, dann sprang er auf die Füße und rief eine Zauberformel. Blaue Kugeln aus knisterndem Feuer stoben von seinen Fingerspitzen und flogen in die Richtung, aus der die Beschwörung erklang. Sie sprengten gewaltige Steinbrocken aus den Säulen und ließen sie, von Staub umwirbelt, einstürzen. Von Medivh fehlte leider jede Spur.

„Sehr beeindruckend." Die Stimme schien von überall gleichzeitig zu erklingen. „Jetzt versucht mal, *ihn* aufzuhalten."

Direkt über ihnen loderte ein grünes Glühen auf. Die Beschwörung setzte sich fort, aber die Stimme, die sie sprach, war nicht länger die des Wächters. Sie stammte aus dem emotionslosen Lehmgesicht des Golems, in dem nun über einem grünen Mundschlitz Augen aus smaragdfarbenem Feuer brannten.

„Das hat ja prima geklappt", murmelte Lothar.

Der Golem wollte sich offenbar nicht damit begnügen, nur ein Gefäß für Medivhs unheilige Gesänge zu sein. Er bewegte sich, streckte seine gigantischen Schultern, als würde er gerade aufwachen, und Teile des Gerüsts und diverse Werkzeuge prasselten auf den Boden hinab. „Tu was!", rief Lothar. Khadgar warf ihm einen Blick zu, der sagte: *Was kann ich schon tun?* „Na schön", brummte der Soldat grimmig. „Ich kümmere mich um ihn, du knöpfst dir Medivh vor."

Der Magier schluckte, aber er nickte und begann an dem Gerüst nach oben zu klettern. Da richtete sich der Golem auf, von gewaltiger Kraft erfüllt, und zerschmetterte die Reste ebenjenes Gerüsts wie ein Gefangener, der seine Fesseln abstreift. Khadgar konnte sich gerade noch rechtzeitig mit einem Sprung zu der runden Plattform in Sicherheit bringen.

„He!", rief Lothar, um die Aufmerksamkeit des Dings zu erregen. „Hier drüben! Lehmgesicht!" Er warf ihm ein Werkzeug an den klumpenförmigen braunen Schädel. Der Golem drehte sich herum, schneller, als man es von einer so gewaltigen Kreatur erwarten würde, und fixierte den Menschen mit einem grün glühenden Blick. Einen Moment später sprang er vor wie ein riesiger Affe.

Seine linke Faust sauste herab, und Lothar hechtete zur Seite. Die Faust der Kreatur rammte sich dort in den Boden, wo er eben noch gestanden hatte. Der Golem ließ rasch einen zweiten Schlag folgen, wobei er seine rechte Faust in der hellgrünen Magie des Beckens versenkte. Als seine Hand wieder zum Vorschein kam, tropfnass und glühend, bestand sie nicht länger aus Lehm, sondern aus festem, schwarzem Stein. Als das Monster das nächste Mal zuschlug, brach seine Faust geradewegs durch den Boden, und Lothar stürzte in das darunterliegende Stockwerk.

Khadgar entfesselte unterdessen eine Energiekugel auf Medivh, aber der Wächter lenkte sie ab, und ihre neue Flugbahn ließ sie direkt in das Becken mit der Fel-Magie sausen.

Anschließend nahm der Wächter den jungen Magier mit einer Kanonade aus Feuerbällen und Energieblitzen unter Beschuss. Khadgar schaffte es irgendwie, sie abzuwehren, aber seine Versuche, sie auf Medivh zurückzulenken, scheiterten, denn die magischen Geschosse wurden von der Macht der Fel-Magie erfasst und fingen an, um das befleckte Becken herumzuwirbeln. Medivh verstärkte seine Offensive derweil noch weiter, scheinbar ohne jegliche Mühe.

Khadgar sammelte all seine magische Energie, griff nach den wirbelnden Schwaden, die über dem Becken hingen, und schleuderte dem Wächter ihre geballte Macht entgegen. Medivh sprang im letzten Moment in Deckung, während alles um ihn herum zerfetzt wurde.

Stille senkte sich über den Raum. Hatte Khadgar es vielleicht wirklich geschafft …

Langsam und vorsichtig schob er sich auf die Stelle zu, wo Medivh gelandet war.

Doch da war nichts. Der Wächter war verschwunden.

20

Mit einem Brüllen überbrückte Durotan die Entfernung zwischen sich und Gul'dan, schnell wie einer von Drakas Pfeilen. Sein Faustschlag traf den Hexenmeister mit voller Wucht am Kiefer, und sein Gegner, der davon völlig überrascht wurde, stolperte nach hinten und fiel. Doch bevor Durotan seinen Vorteil nutzen konnte, war Gul'dan bereits wieder auf den Füßen. Er packte den Frostwolf am Hals, hob ihn vom Boden hoch und drückte ihm die Kehle zu.

Durotans Sicht verschwamm, aber er gab nicht auf. Er würde weiterkämpfen, bis er starb. Dabei war es nicht wichtig, ob er überlebte; er musste nur tun, was er Orgrim versprochen hatte – der Horde das wahre Gesicht ihres Anführers zeigen. Er schlug erfolglos nach dem verzerrten grünen Gesicht des Hexenmeisters, dann ertasteten seine suchenden Hände zwei von Gul'dans Hörnern. Noch während sich die Finger um seinen Hals fester schlossen, zerrte er mit aller Kraft an den Dornen, bis eine von ihnen abbrach. Das spitze Ende benutzte er anschließend wie einen Dolch und stach mit diesem unnatürlichen Horn auf Gul'dan ein.

Der andere Orc brüllte, aber diesmal vor Schmerz, nicht vor Zorn. Er schleuderte Durotan mehrere Meter von sich, wo der Frostwolf hart landete und nach Atem rang. Knurrend stürmte Gul'dan auf ihn zu. Er war riesig, sein Körper geschmückt mit widernatürlichen Dornen und Hörnern, seine Muskeln stärker als die seines Gegners. Seine Hiebe prasselten nur so auf Durotan ein, jeder davon ein wirkungsvoller Treffer, aber der Frostwolf sammelte seine Kräfte, und als Gul'dan erneut zuschlug, wehrte er den mächtigen Schlag mit einem Tritt ab und rollte sich zur Seite. Noch einmal sauste Gul'dans Faust herab, und noch einmal wich Durotan aus, bevor er seinerseits zuschlug.

Der Hexenmeister bekam jedoch seinen Arm zu fassen und zog ihn auf sich zu, um ihm die flache Hand auf die Brust zu pressen. Grünes Licht hüllte seine Finger ein, und Gul'dan blickte sich verstohlen um.

Mit einem Mal zitterten Durotans Beine, als würden sie jeden Moment nachgeben. Schwäche breitete sich in ihm aus, und er sah einen dünnen weißen Strom von seinem Körper in Gul'dans Hand fließen. Vor seinen erschrockenen Augen wurde der Körper des Hexenmeisters noch größer, schwollen seine Muskeln noch weiter an. Lachend packte Gul'dan seinen Arm und drehte ihn aus dem Gelenk. Durotan spürte brennenden Schmerz, hörte ein schnappendes Geräusch, und dann hing sein Arm nutzlos an seiner Seite herab.

Er fiel auf die Knie. Gul'dan trat zurück, und nach einem triumphierenden Grinsen hob er die mächtige Faust zum tödlichen Schlag.

Durotan brüllte und sprang unvermittelt vor. Sein Kopf donnerte gegen die Brust des Hexenmeisters und ließ ihn mehrere Schritte nach hinten taumeln. Durotan gab ihm aber keine Gelegenheit, sich zu erholen. Er ballte seine unverletzte Faust und landete Treffer um Treffer. Jedes Mal, wenn er das unnatürliche Fleisch berührte, stellte er sich das Gesicht eines Frostwolfes vor, erfüllt von Leidenschaft und Gerechtigkeit. Kurvorsh. Shaska. Kagra. Zakra. Nizka.

Draka.

Go'el.

Ein Geräusch übertönte das Rauschen des Blutes in seinen Ohren und die Rufe der versammelten Menge. Es war die Stimme eines Menschen, aber gleichzeitig auch nicht, und sie sang. Hoffnung stieg in Durotan auf. Gul'dan musste am Portal sein und unschuldige Menschenleben opfern, um das große Tor zu öffnen und den Rest der Horde hierher zu führen. Stattdessen war er hier – und kämpfte gegen ihn.

Der Hexenmeister hörte das Geräusch jedoch ebenfalls. Er rammte Durotan die geballte Faust gegen den verletzten Arm, sodass dieser vor Schmerzen aufbrüllte. Allein die Willenskraft des Frostwolfes verhinderte, dass er das Bewusstsein verlor, während er nach hinten taumelte und auf Hände und Knie fiel.

Gul'dan fluchte. Er setzte seinen Angriff nicht weiter fort. „Ich habe keine Zeit für so etwas", knurrte er. „Schwarzfaust."

Der Kriegshäuptling musterte Durotan abschätzig, wobei ihm weder sein nutzlos herabbaumelnder Arm entging noch das Blut auf seinem Gesicht und seinem Körper oder sein stoßweiser Atem. Anschließend wanderte Schwarzfausts Blick zu Orgrim und dem Banner, das

Durotan so trotzig in die Erde gerammt hatte. Zu guter Letzt sah er Gul'dan an.

Und er grinste.

„Dies ist das Mak'gora", sagte er. „Wir werden unsere Traditionen ehren. Kämpft weiter!"

Gul'dan warf dem Kriegshäuptling einen vernichtenden Blick zu, und ein neues Gefühl der Hoffnung erfüllte Durotan. Falls Schwarzfaust erkannte, wie unwürdig, wie ehrlos der Hexenmeister war, dann mussten die anderen es gewiss ebenfalls sehen. Als Gul'dan erneut vorstürmte, bewegte er sich nicht mit hämischer Arroganz, sondern mit verzweifelter Dringlichkeit. Sie verlieh seinen Faustschlägen noch mehr Kraft, aber sie machte ihn auch achtloser. Wieder und wieder konnte Durotan Hieben ausweichen, die ihm ansonsten vermutlich den Schädel zertrümmert hätten, und er konterte mit seinen eigenen, mächtigen Attacken, auch wenn er dabei nur eine Hand benutzen konnte. Doch wann immer einer von Gul'dans Schlägen sein Ziel fand, war der Schmerz unerträglich. Mehr als einmal spürte Durotan, wie eine Rippe unter der geballten Faust des Hexenmeisters brach, aber er weigerte sich aufzugeben.

Kämpf weiter. Für deinen Clan, für die Orcs, die noch leben. Für ihre Kinder.

Ein Schwinger in den Magen ließ ihn straucheln, und nur mit Mühe gelang es ihm, zur Seite zu stolpern. Der nächste Schlag raubte ihm auf einem Auge die Sicht, aber auch diesen Schmerz erduldete er. Er kämpfte weiter. Und langsam spürte er, wie sich das Blatt wendete.

Wo vorhin noch hämische Rufe erklungen waren, breitete sich zunächst Stille aus, dann erklang bewunderndes Gemurmel. Gul'dans Kopf ruckte herum, und er starrte die Orcs an. „Seine" Horde.

Seine Lippen verzogen sich vor Verachtung, und er presste Durotan die Hand auf die Brust, um ihm die verbliebene Kraft auszusaugen.

Ein Keuchen ging durch die Menge. „Gul'dan betrügt!", empörte sich eine Stimme. Obwohl Durotan spürte, wie sein Leben aus ihm herausgesaugt wurde, um Gul'dan noch monströser zu machen, war er zufrieden. Er hatte es geschafft. Jetzt konnte der Hexenmeister seine Handschrift nicht länger verbergen; Durotan wusste, dass er inzwischen den gefangenen Draenei ähneln musste, die ihrer Energie beraubt worden waren, bis ihre Körper verformt und ausgetrocknet im Staub lagen. Er zwang Gul'dan, der Horde sein wahres Gesicht zu zeigen.

Der Hexenmeister zog die Hand zurück, während sie noch in den weißen Dunst von Durotans Leben eingehüllt war. Er ballte sie zur Faust und schmetterte sie seinem Gegner vor die Brust, sodass der Frostwolf durch die Luft segelte und hart landete. Der Schmerz war unerträglich. Nur ein dünner Faden verband ihn noch mit der Welt der Lebenden.

Nun wurden Rufe laut. „Ihr betrügt, Gul'dan!" – „Schande über Euch!" – „Ihr entehrt unsere Traditionen!"

Einmal musste Durotan sich noch aufrichten. Jede Sehne, jeder Muskel, jeder Tropfen Blut war von brennender Qual erfüllt. Allein mit der Kraft seines Willens kämpfte er dagegen an und stemmte sich schwankend auf die Füße hoch. Er konnte kaum atmen, aber er füllte seine Lungen und rief: „Gul'dan! Du hast keine Ehre!"

Mit einem tiefen Grollen, das von Schritt zu Schritt lauter wurde, stürmte der Hexenmeister auf ihn zu. Diesmal schwang er nicht die Fäuste, sondern streckte die offenen

Hände aus, um nach seinem Gegner zu greifen. Durotan stemmte sich gegen ihn, aber er hatte keine Kraft mehr, und Arme stark wie Eisenstränge schlangen sich um ihn. Gul'dan presste ihn im Zerrbild einer Umarmung an sich, ohne darauf zu achten, was die Horde sah oder dachte. Er drückte sich gegen den rasch erschlaffenden Leib des Frostwolfs, damit seine Haut ihm noch mehr Lebensenergie aussaugen konnte. Einen Moment später spürte Durotan, wie seine Wirbelsäule zerbrach. Durch einen Schleier aus Schmerzen sah er ein seltsames goldenes Licht, das aus seinem Körper strömte – seine Seele vielleicht? Er wusste es nicht. In jedem Fall nährte es den unersättlichen, von Fel-Magie getriebenen Hunger des Hexenmeisters. Gul'dan lächelte triumphierend zu ihm hoch, während er durch den Ring schritt, wie um Durotans sterbenden Leib zur Schau zu stellen. Dann endlich, als er ihm keine weitere Energie mehr entreißen konnte, warf er seinen Gegner angewidert in den Staub.

Diesmal würde Durotan nicht wieder aufstehen.

Er starrte nach oben und sah Orgrim. Da er nicht länger sprechen konnte, versuchte er, beschwörend die Hand zu heben, aber er war nicht einmal in der Lage, einen Finger zu bewegen. Orgrim begriff dennoch. Seine Augen füllten sich mit Tränen, und er nickte. Er, der die Frostwölfe verraten hatte, würde nun für sie sprechen.

Und es war gut so.

Die anderen Orcs hatten es gesehen. Durotan hatte sein Ziel erreicht.

Seine Aufgabe war erfüllt.

Orgrim blickte sich unter den versammelten Orcs um. „*So etwas* wollt ihr folgen?“, rief er, und all sein Hass und seine Verachtung flossen in diese Worte. „Wirklich?

Ihr wollt einem Dämon folgen? Ich nicht. Ich werde einem *echten* Orc folgen. Einem Häuptling!"

Die Menge starrte ihn murmelnd an. „Er sieht nicht einmal mehr aus wie ein Orc", hörte Orgrim jemanden sagen. Gul'dan stand keuchend vor ihnen, einen herausfordernden Ausdruck auf dem Gesicht. Mehrere Orcs wandten sich ab, um davonzugehen, und unter ihnen entdeckte Orgrim auch einige, deren Haut einen grünlichen Schein aufwies. Sie hatten gesehen, welches Schicksal ihnen bevorstand, falls sie weiterhin die Fel-Magie benutzten, und sie waren zu dem Schluss gekommen, dass sie nichts damit zu tun haben wollten.

Orgrim blickte wieder zu seinem Freund und Häuptling hinüber, dem er in den Rücken gefallen war. Durotan, Sohn von Garad, Sohn von Durkosh, lag reglos, aber er war genauso gestorben, wie er gelebt hatte: mit Mut, seinen Überzeugungen folgend und im ehrlichen Kampf gegen einen bösartigen Gegner.

Er erinnerte sich an Durotans Worte, bevor die Frostwölfe die Reise in den Süden unternommen hatten, um sich der Horde anzuschließen: *Wirklich unumstößlich ist nur ein Gesetz, eine Tradition. Und zwar die, dass ein Häuptling tun muss, was für seinen Clan am besten ist.*

An diesem Tag waren nicht die Frostwölfe Durotans Clan gewesen, sondern die gesamte Horde.

Orgrim kniete sich neben den gefallenen Häuptling, griff nach einem seiner Hauer und löste ihn aus dem Kiefer. „Für deinen Sohn", sagte er. „Auf dass er von deinem Geist lernen möge."

„Um dich werde ich mich später kümmern, Orgrim Schicksalshammer", drohte Gul'dan. Weitere Orcs gingen davon, angewidert von dem grässlichen Spektakel, das sie gerade gesehen hatten. Einer von ihnen zischte:

„Eure Macht ist den Preis nicht wert, Hexenmeister!" Orgrim hielt inne; er wollte sehen, wie sich diese Situation entwickelte. Gul'dan, der vor Wut förmlich schäumte, streckte die Hand aus. Drei Orcs, die das Pech hatten, in seiner Nähe zu stehen – unter ihnen auch zwei, die treu zu dem Hexenmeister gestanden hatten –, krümmten sich vor Schmerz. Ihre Lebensenergie wurde nicht ausgesaugt, sondern ihnen brutal aus dem Körper gerissen. Während die weiße Energie in seine ausgestreckte Hand strömte, hob Gul'dan auch den anderen Arm, und das helle, nur allzu vertraute Grün von Teufelsenergie wallte von seinen Fingern.

„Hat sonst noch jemand etwas zu sagen?", grollte er. Jene, die sich noch nicht außer Reichweite des wütenden Hexenmeisters zurückgezogen hatten, scharrten nervös mit den Füßen. Sie wollten nicht bleiben, aber ebenso wenig wollten sie das Schicksal ihrer Kameraden teilen. Oder Durotans Schicksal.

„Und du, Kriegshäuptling!" Umgeben von Teufelsenergie wirbelte Gul'dan herum, streckte die Hand vor und jagte Schwarzfaust alles in den Leib. Der Orc fiel schreiend zu Boden, wo er zuckte, sich wand und schüttelte. „Du wirst die Fel-Magie annehmen", rief der Hexenmeister über dieses gequälte Heulen hinweg, „und du wirst stärker werden, als je ein Orc es war! Und wenn die Teufelsenergie dich verwandelt hat, werden wir die Kleinzähne zermalmen!"

Die grüne Energie flutete über und durch Schwarzfaust. Seine Muskeln schwollen an, bis ihm an mehreren Stellen die Rüstung vom Körper platzte. Adern, die wie Ranken aussahen, pumpten grünes Blut durch seinen Leib, bis hin zu den metallischen, klauenartigen Fortsätzen, die aus seiner Haut gesprossen waren. Der Kriegshäuptling hob den Blick, seine Augen so grell leuchtend, dass teuflischer Nebel sie zu umgeben schien. Orgrim wandte sich ab, körperlich und geistig angewidert. Es war zu spät für Durotan, es war zu spät für Schwarzfaust. Doch für ihn war es noch nicht zu spät und auch nicht für die anderen, denen das Opfer des Frostwolf-Häuptlings die Augen geöffnet hatte.

Orgrim marschierte in den Wald, fort von der Teufelsarmee und ihren falschen Versprechungen. Hinter sich hörte er Gul'dan brüllen. „Und jetzt – *erobern wir meine neue Welt*!"

Der Schwarze Morast, der Feind und unschuldige Gefangene erwarteten König Llane und seine Truppen hinter der nächsten Anhöhe. Garona, die neben ihm ritt, warf ihm immer wieder besorgte Blicke zu.

Schweigend erreichte die kleine Gruppe die letzte Hügelkuppe, und Llanes Magen verwandelte sich zu Eis.

Die Frostwölfe werden unterwegs zu Euch stoßen, hatte Medivh gesagt.

Und da waren sie. Aufgespießte Orcs säumten die Straße, eine obszöne Einladung, das gewaltige Lager des Feindes zu betreten. Grauen schnürte Llane die Kehle zu, als er von einer Leiche zur nächsten blickte. Einigen baumelten Anhänger mit dem Symbol des Clans von den Hälsen, anderen war das Frostwolfbanner in den Mund gestopft worden. Es waren so viele …

Medivh hatte sich geirrt. Die Rebellion war erstickt worden, und alles, was von ihren vermeintlichen Verbündeten noch übrig war, waren Leichen – blutverkrustet, starr … oder in schlimmerem Zustand.

Er atmete tief ein und zwang sich, an dem schrecklichen Spektakel vorbeizublicken, vorbei auch an dem

Meer von Orczelten, hinüber zu den Käfigen mit den Gefangenen. Seinen Leuten – die zumindest für den Moment noch lebten. Und dahinter: das große Tor. Das dunkle Portal, aus welchem schon bald eine Flut blutrünstiger Eindringlinge hervorstürmen würde. Die Horde würde über Azeroth herfallen und seine Bewohner abschlachten. Die Teufelsenergie, die sie stark machte, würde dieser Welt das Leben aussaugen und sie in ein ebenso verdorrtes und karges Land verwandeln wie die Heimat der Orcs. Der Prozess hatte bereits begonnen. Der Schwarze Morast war eigentlich ein Sumpf, aber in dem Bereich um das Portal gab es nur ausgetrocknete Erde, ein beunruhigender Vorgeschmack auf das, was noch kommen würde.

Es sei denn, jemand hielt sie auf.

„Dann müssen wir wenigen es also richten", brummte er. Plötzlich ging ein Regen aus Feuer und Stein auf sie nieder, abgefeuert von mehreren verborgenen Katapulten. Sie waren geradewegs in eine Falle geritten – Hoffnung war der Köder gewesen, Schrecken der Haken, und Tod der wahrscheinlichste Ausgang für die drei Legionen, die Llane bei seinem törichten Unterfangen gefolgt waren.

Wut vertrieb die Verzweiflung aus seiner Brust. Zorn und Respekt vor der Tapferkeit seiner Truppen standen ihm ins Gesicht geschrieben, als er sein Schwert zog. „Vertraut auf eure Ausbildung! Vertraut auf eure Waffen! Reitet mit mir! Die Frostwölfe sind gefangen, aber mit der Hilfe des Wächters können wir noch immer das Tor vernichten und unsere Leute nach Hause holen."

Trotziges Gebrüll erhob sich, und obwohl es nur von einer erbärmlichen Handvoll Kehlen ausgestoßen wurde, war es voller Leidenschaft und Entschlossenheit. Der

König von Sturmwind und seine drei Legionen stürmten vor, ihren Schlachtruf auf den Lippen. Tieferes, dunkleres Gegröle antwortete ihnen, und dann polterte ihnen auch schon die orcische Armee entgegen.

Gul'dan gefiel nicht, dass er übertölpelt worden war. In seiner Wut über den sturen Frostwolf, der einfach nicht sterben wollte, hatte er sich dazu hinreißen lassen, seine Fel-Magie zu zeigen. Das hatte ihn einige seiner besten Krieger gekostet, einschließlich Orgrim. *Es war dumm, einem Frostwolf zu vertrauen*, dachte der Hexenmeister bitter. Jetzt waren sie fort, aber schon bald würden zehn-, hundertmal so viele neue Krieger durch das große Tor strömen. Seine Horde.

Mehr als einmal war Medivhs Beschwörung während der letzten Sekunden unterbrochen worden, doch auch das war unwichtig. Jedes Mal hatte er seinen Singsang wieder aufgenommen, und von seiner Plattform über dem Schlachtfeld konnte Gul'dan sehen, dass weiterhin alles nach Plan verließ. Schwarzfaust, durch die Fel-Magie aufgedunsen und unbesiegbar, war jetzt dort unten. Wie Medivh Gul'dan versprochen hatte, war der Menschenkönig mit drei läppischen Legionen angerückt. Sicher, sie trugen Waffen, wie der Hexenmeister sie noch nie zuvor gesehen hatte, aber sie waren weit in der Unterzahl, und was bedeuteten schon Waffen, wenn es keine Hände gab, die sie benutzen konnten?

Hinter alledem ragte das Tor auf.

Zuvor – ehe das Ritual wirklich begonnen hatte – hatten Orcs hindurchschreiten können, als wäre es einfach nur ein normaler Durchgang. Doch jetzt ... jetzt konnte er auf der anderen Seite Draenor sehen. Und er sah auch Umrisse, die sich bewegten. Orcs. Sie waren bereit, nein, mehr als bereit, hindurchzumarschieren und sich von der Fel-Magie durchdringen zu lassen. Bereit, zu nehmen, zu verschlingen, alles an sich zu reißen.

Es war Zeit. Euphorie erfüllte Gul'dan. Der Moment, den Medivh ihm versprochen hatte, war gekommen. Dies war der Triumph des sogenannten Wächters von Azeroth, der Triumph der Fel-Magie ... Gul'dans Triumph. Er ging zu den Käfigen mit den verängstigten Menschen, genoss eine Weile ihre Furcht und breitete dann die Hand aus, um ihnen ihre wertvolle, süße Lebensenergie zu entziehen. Ihre Schreie waren Musik in seinen Ohren, und mit einem Grinsen hob er auch die andere Hand.

„Kommt, meine Orcs", sagte er in fürsorglichem Ton, wie ein Vater, der zu seinem geliebten Kind spricht. „Lasst die Teufelsenergie die ganze Macht der Horde entfesseln!" Seine andere Hand zuckte vor, in die Richtung des fernen Portals, und ein Strom aus smaragdgrüner Energie explodierte aus seiner Handfläche. Er schoss durch die Luft, unbeeinflusst von der Schlacht am Boden darunter, wo Leben endeten und Blut sprudelte. Der Beschwörungsgesang beschleunigte diesen Strom noch, trieb ihn auf das Tor zu. Sein einziges Ziel war es, das Portal zu öffnen, auf dass noch mehr Fel-Magie hereintosen und weitere Opfer fordern konnte.

Und schon stürmten die ersten, winzigen Gestalten durch das Tor, mit blutrünstigem Gebrüll und gezückten Waffen.

Medivhs Stimme erklang noch immer aus dem Mund des Lehmmannes, der nun ein mächtiges, baumstammdickes Bein ausstreckte und auf die Stelle stampfte, wo Lothar auf dem unteren Stockwerk stand. Der Krieger schlug wild auf den Golem ein, und sein Schwert biss tief, hackte wieder und wieder in den schweren Lehm, bis es ihm schließlich gelang, die Gliedmaße unterhalb des Knies zu durchtrennen. Das Monster zuckte zusammen. Lothar rollte sich aus dem Weg, aber das verfluchte Ding wollte nicht umkippen! Wütend starrte er zu ihm hoch. Da sah er etwas, das von der Schulter des Golems herabhing: das Werkzeug, das Medivh benutzt hatte, um Lehmstreifen abzuschaben – einen langen Draht mit zwei hölzernen Griffen an den Enden.

Und da wusste Lothar, wie er das Ding zum Schweigen bringen könnte.

Er ließ sein Schwert fallen und kletterte an der Kreatur hoch, grub Füße und Finger in den Lehm, bis er die Schulter des Dings erreicht hatte. Seine Finger bekamen das Werkzeug zu fassen, und er schlang es über den missgestalteten Schädel des Golems. An der Stelle, wo sich sein Mund befand, grub er den Draht in sein Gesicht und zog fest daran. Die Kreatur taumelte, drehte sich im Kreis und versuchte, mit ihrer gewaltigen Obsidianhand nach dem lästigen Menschlein zu schlagen. Lothar kletterte zur Seite, und die Steinfaust donnerte durch die Wand des Raumes. Der Körper des Golems folgte der Bewegung. Er beugte sich vor und schüttelte sich, um Anduin abzuwerfen.

Lothar hob gerade noch rechtzeitig den Kopf, um Khadgar auf der unteren Ebene zu sehen, der mit dem Gesicht nach unten zwischen den Trümmern lag. Er bewegte sich nicht. Lothar hatte aber keine Zeit, sich um den Magier zu sorgen, denn Medivh hatte sich ihm zugewandt. Der Wächter spießte seinen alten Freund mit einem grün glühenden Blick auf und zog den Arm zu einem Angriff zurück.

Lothar zog an dem Draht, so fest er nur konnte. Der Golem wurde von der Bewegung nach hinten gerissen, und Medivhs Attacke traf ihn mit voller Wucht gegen die Brust. Die Kreatur stolperte und kippte nach unten und zerschmetterte das Fenster auf der unteren Ebene. Die eine Hälfte des Golems landete im Inneren, die andere – mitsamt Anduin – baumelte aus dem Fenster. Lothar klammerte sich an dem Draht fest, und zu seinem Schrecken stellte er fest, dass das Werkzeug nun genau das tat, was es tun sollte: Es schnitt durch den Lehm, langsam, aber unaufhaltsam.

Eine Sekunde später war ein Teil des Golemschädels durchtrennt, und er segelte an Lothar vorbei in die Tiefe, wo er auf dem Boden auseinanderplatzte. Anduin versuchte, nicht abzurutschen, gleichzeitig rammte er seine Füße in den nach wie vor weichen Rücken des Lehmmannes, um besseren Halt zu gewinnen. Während er so dahing, mit dem Kopf nach unten, seine Beine bis zu den Knöcheln im Lehm steckend, bemerkte er kaum, dass die Beschwörung verstummt war.

Doch obwohl die Hälfte seines Schädels und eines seiner Beine abgeschnitten waren, bewegte der Golem sich weiter. Er griff mit einer Hand nach dem Sims und zog sich mitsamt seinem unerwünschten Reiter nach drinnen. Zurück auf dem festen Boden der unteren Ebene, lehnte er sich gegen die Wand und drehte sich herum. Er wollte Lothar zwischen sich und dem gewölbten Stein des Turms einquetschen, und einen Moment lang war Anduin überzeugt, dass es ihm gelingen würde. Er riss seine Stiefel frei, ließ sich auf den Boden fallen und rollte sich gerade noch rechtzeitig aus dem Weg, bevor der Golem seine Schulter gegen die Wand drückte.

Die Kreatur wiederholte die Bewegung ein weiteres Mal; offenbar hatte sie nicht bemerkt, dass sie ihren menschlichen Parasiten längst losgeworden war. Lothar fluchte, als die Beschwörungsformel erneut seine Ohren erfüllte. Er nutzte die Abgelenktheit des Golems aus, um zu Khadgar hinüberzueilen und die Bücher und Trümmer beiseitezuräumen, unter denen er begraben lag. Zu seiner Erleichterung hatte der Magier, obgleich durchgerüttelt, zerzaust und von blauen Flecken gezeichnet, keine schweren Verletzungen.

„He, Junge“, sagte er. „Wach auf!“ Khadgar rührte sich nicht. Anduin verpasste ihm eine Ohrfeige. Jetzt zuckte der Magier zusammen, seine Augen sprangen auf, und seine Hand packte Lothars Handgelenk. „Alles in Ordnung?“

Khadgar nickte, blinzelte mehrmals benommen, und blickte dann an Anduins Schulter vorbei zu dem Golem. „Gut mitgedacht, ihm so den Schädel abzuschneiden.“

„Ja“, entgegnete Lothar trocken. Wenn der Junge das so sah, warum ihn dann eines Besseren belehren? „Genauso hatte ich es geplant.“ Er zerrte Khadgar auf die Beine. „Was jetzt?“

„Der Wächter muss die Beschwörung selbst aufsagen. Solange er damit beschäftigt ist, können wir näher heran und ihn vielleicht ablenken.“ Entschlossen trat der Magier auf die riesige Lehmkreatur zu.

„Und dann?“, wollte Lothar wissen.

„Müssen wir Medivh in das Becken bekommen“, antwortete Khadgar, dann rannte er los.

„Das ist alles?“, fragte Lothar sarkastisch. Doch noch während er diese Worte aussprach, wurde ihm bewusst, dass er Khadgar inzwischen völlig vertraute. Er begann zu der Ebene mit dem Becken hochzuklettern, wo Medivh jetzt stand und den schrecklichen Gesang fortsetzte, der Tausende blutrünstiger Orcs den Weg nach Azeroth ebnen würde – sofern sie nicht bereits hier waren.

Lothar bewegte sich langsam, nahm sich Zeit, obwohl alles in ihm schrie: *Beeil dich, mach schneller!* Er hielt inne, aber der Wächter schien zu sehr in seinen Zauber vertieft, um zu merken, dass Anduin sich von hinten an ihn herangeschlichen hatte. Aus einem Impuls heraus öffnete Lothar den Mund, während er sich weiter nach vorne schob.

„Medivh … falls noch ein Teil von dir da drinnen ist, alter Freund … komm zu uns zurück." Er erhielt keine Antwort. Der Wächter schien sich seiner Gegenwart überhaupt nicht bewusst zu sein. Voller Bedauern hob Lothar die Hand, um Medivh den Mund zuzuhalten.

Ohne auch nur in seinem Gesang innezuhalten, riss Medivh den Arm hoch, packte Anduin an der Kehle und hob ihn in die Luft. Lothars Hände griffen nach seinem Hals und versuchten verzweifelt, den eisernen Würgegriff von Medivhs Fingern zu brechen. Der Wächter drehte den Arm, bis Lothar direkt vor seinem Gesicht hing – und direkt über dem grün glühenden Becken.

Der Griff um seine Kehle war wie ein Schraubstock, und Medivhs Finger bohrten sich tief in sein Fleisch, aber Anduin konnte noch immer atmen. Noch immer sprechen.

Warum? Warum machte der Wächter nicht einfach kurzen Prozess und zermalmte ihm die Luftröhre?

„Medivh?", krächzte er, einen flehenden Ausdruck in den Augen.

Sein alter Freund schleuderte ihn von sich. Lothar segelte geradewegs über das Becken hinweg und schlug dahinter hart auf.

Er rang nach Atem wie ein Fisch auf dem Trockenen, aber anfangs verweigerten ihm seine Lungenflügel den Dienst. Die Zähne gegen diesen neuen Schmerz zusammengebissen, stemmte er sich auf die Beine, auch wenn er dabei wie betrunken schwankte. Unter ihm versuchte Khadgar, den halb geköpften Golem zu sich zu locken. Warum, das wusste Lothar nicht. Er wusste nur, das er nicht aufgeben durfte. Er musste weiterkämpfen.

„Komm schon! Töte mich! Ich habe ohnehin nichts, wofür es sich noch zu leben lohnt“, rief er, nachdem er wieder zu Atem gekommen war. Medivh ignorierte ihn; er stand da wie eine Statue und fuhr mit seiner verfluchten Beschwörung fort. „Außerdem ist Leben für dich doch Energie, oder?“ Er versuchte, die Konzentration des Wächters zu brechen, ihn zu einem Angriff zu provozieren. Vermutlich würde er dabei sterben, aber zumindest müsste Medivh seinen Gesang unterbrechen. Lothars Stimme war rau vor Schmerzen, als er an seinen Sohn dachte, der so brutal gestorben war – von Monsterklauen in Fetzen gerissen, während sein Vater hilflos hatte zusehen müssen.

Dann wanderten seine Gedanken zu Llane. Seinem Freund. Seinem Bruder, dem Gesetz nach ebenso wie in seinem Herzen. „Aber Llane“, fuhr er fort, an den Wächter auf der anderen Seite des Teufelsbeckens gewandt. „Er glaubt an dich. Töte nicht deinen König. Töte nicht deinen Freund.“

Medivh hielt in seiner Beschwörung inne. Die Farbe seiner Augen wechselte von dem hellen Grün zu einem tiefen Schwarz. Furcht verwandelte Lothars Eingeweide in einen kalten Klumpen. „Was immer du vorhast, Junge“, rief er Khadgar zu, wo immer er gerade stecken mochte. „Beeil dich damit!“ Noch während er sprach, trat Medivh in das Becken.

Das war exakt, was Khadgar ihm aufgetragen hatte. Lothars Schultern sackten erleichtert nach unten. Sie hatten es geschafft. Er war zu dem Wächter durchgedrungen, und Medivh war in das mächtige magische Becken gestiegen ...

... wo er nun zu *wachsen* begann.

21

Größer, breiter, massiger – alles an Medivh wuchs auf jede nur erdenkliche Form. Muskeln überlagerten Muskeln, verwandelten seinen athletischen, aber normalsterblichen Körperbau in etwas, das mehr Ähnlichkeit mit einem Orc als mit einem Menschen hatte und mehr Ähnlichkeit mit einem Dämon als mit einem Orc. Seine Haut nahm einen grünen Farbton an, und ein gleichfarbiger Dunst quoll aus seinen Augen. Mit jedem Schritt wuchs ein neuer Schrecken aus seinem Leib und verwandelte Lothars alten Freund noch mehr in einen wandelnden Albtraum. Zwillingshörner sprossen aus seiner Stirn, und gezackte Platten, die wie Obisidiandolche aussahen, stießen durch seine Schultern nach oben, fast so, als hätten sich die Rabenfedern an seinem Umhang in schwarzen Kristall verwandelt.

„Jetzt“, sagte Lothar, aber sein Grauen verschluckte das Wort fast. Das Monster, das einst der Wächter von Azeroth gewesen war, verwandelte sich weiter, wuchs noch mehr in die Höhe, änderte unvermindert seine Form, und sein furchterregender Blick war nach wie vor auf den Krieger fixiert.

„Jetzt!“, rief er an Khadgars Adresse. „Jetzt, *jetzt*!“

Ein Schimmer fahler blauer Energie erschien direkt über Medivhs Kopf, und dann stürzte der gewaltige Lehmgolem – achtzehn Fuß hoch und unzählige Pfund schwer – auf die dämonische Gestalt in dem Magiebecken hinab.

Es war genauso wundervoll, wie Gul'dan es sich vorgestellt hatte. Die Orcs stürmten durch das Tor, aus einer toten Welt in eine blühende, und die Horde hieß sie mit lautem Brüllen willkommen. Die Menschen verzweifelten und starben, und Gul'dan war zufrieden. Doch schon bald verblasste sein Lächeln.

Das grüne Glühen um die inneren Ränder des Portals flackerte. Das Bild vom Rest der Horde auf Draenor, der darauf wartete, sich seinen Brüdern anzuschließen, verschwamm. Das war schon zuvor geschehen, aber bislang hatte sein größter Verbündeter die Beschwörung stets fortgesetzt. Also wartete Gul'dan.

Stille.

Das Bild trübte sich weiter ein, und noch immer war kein Gesang zu vernehmen. „Nein“, murmelte der Hexenmeister. „Nein, *nein* …“

Ein letztes Schimmern, ein kurzes Aufflackern orcischer Silhouetten, das sich ihm ins Gehirn brannte – dann waren sie fort. Einen langen Moment starrte Gul'dan entsetzt zum Portal hinüber, dann brüllte er vor Zorn, bis seine Stimme rau und heiser war. Er wirbelte zum nächststehenden Käfig herum, vollgepackt mit kreischenden Menschen, und packte mit beiden Händen die

Stangen. Kurz wanderte sein Blick über ihre hässlichen, weichen Gesichter, bevor er mit einer mächtigen Kraftanstrengung den gesamten Käfig von der Plattform stieß. Doch selbst der Anblick, wie er tief unter ihm in einer Explosion von Trümmern und blutigem Brei auseinanderbarst, war in diesem Moment nur eine schwache Genugtuung.

„Dann soll es eben so sein!", grollte er. „Wir werden diese Welt allein erobern!"

Khadgar klammerte sich an den Golem, den er über Medivh teleportiert hatte, und landete mit ihm in dem magischen Becken, ein Zwerg verglichen mit den beiden unnatürlich großen Gestalten. Er keuchte, und Lothar sah mit Schrecken, dass die Fel-Magie sich nun auch nach dem Jungen ausstreckte.

Grüne Energie knisterte rings um Khadgar, als er sich zu dem Hauptmann herumdrehte. Er streckte ihm die Hand entgegen, die Finger gespreizt, und Lothar rechnete schon mit einem Energieball, der auf ihn zurasen und ihm das Leben aussaugen würde. Doch der Moment kam und ging, ohne dass er als verkrümmte Hülse auf dem Boden zusammenbrach. Stattdessen schimmerte die Luft rings um Lothar, und dann formte sich eine blauweiße Kuppel über ihm. Durch den grünen Nebel konnte er sehen, dass Khadgar aufmunternd lächelte, und ihm wurde klar, dass Khadgar ihn mit einem Schutzzauber umgeben hatte.

Der Junge kroch vorwärts, bis er neben Medivhs gewaltigem, gehörntem Kopf kniete. Dort hob er eine zitternde Hand und presste sie auf die Stirn des Dämons.

„Du bist stärker als er", sagte Lothar, und dabei erkannte er, dass er jedes Wort so meinte. Khadgar hatte nicht gezögert, und er würde es auch jetzt nicht tun. „Zerstöre sie, Junge!“

Doch Khadgar zerstörte sie nicht. Vielmehr erntete er die Fel-Magie. Sie wirbelte um ihn und Medivh herum, ein Sturm aus wogendem hellem Grün. Er entzog dem Wächter seine Macht, während dieser unter dem Golem eingeklemmt war und brüllend seinen hörnerbewehrten Schädel hin und her warf. All diese Energie, die in Wellen aus seinem Leib wallte, floss direkt in Khadgar hinein. Lothar riss die Augen auf. Dieser grüne Junge benutzte sich selbst als Leiter, um den Makel der Fel-Magie aus Medivhs Bewusstsein zu waschen.

Und es funktionierte.

Während Lothar wie gefesselt zu dem Becken hinüberstarrte, gleichzeitig entsetzt und hoffnungsvoll, begann Medivhs dämonische Gestalt zusammenzuschrumpfen. Langsam näherte sie sich wieder ihrer ursprünglichen Größe und Form an: Der hin und her peitschende Kopf büßte seine Hörner ein, und einmal mehr spross ihm langes Haar aus seiner Kopfhaut. Schließlich ließ Khadgar ihn los und richtete seine Aufmerksamkeit auf das Becken selbst. Er tauchte die Hände hinein, und sein Gesicht, ausgezehrt und angespannt, verzerrte sich vor Konzentration.

Anduin spürte, wie die Mauern von Karazhan selbst unter den Energien ächzten.

Plötzlich erschlaffte das Gesicht des Magiers. Die grünen Augen weiteten sich, als würden sie etwas sehen, das nicht da war, und was immer die Fel-Magie ihm zeigte, sein Mund öffnete sich zu einem stummen, ehrfurchtsvollen O.

Nein. Nicht Khadgar. Nicht der Junge, der auf der Suche nach Antworten in die Kaserne eingebrochen war;

der als Erster vor der Substanz gewarnt hatte, die ihn nun zu vernichten drohte. Lothar hatte gesehen, was die Fel-Magie bewirkte. Der Gedanke, dass es Khadgar ebenso ergehen könnte wie Medivh, der Gedanke daran, was er der Welt antun könnte ...

Der Junge schloss die Augen. Und als er sie wieder öffnete, glühten sie nicht länger grün ... sondern *blau*. „Aus dem Licht erwächst Dunkelheit“, krächzte er mit heiserer Stimme. „Und aus der Dunkelheit ... *Licht* ...!“

Er breitete die Arme aus und bog den Rücken durch, dann schrie er – ein rauer, rasselnder, aber entschlossener Laut –, und die Teufelsenergie schoss aus ihm heraus. Aus ihm, aus dem Becken, aus Karazhan. Die Luft selbst schien von einem ohrenbetäubenden Donner zerrissen zu werden, als eine Woge hellgrüner Energie aus dem Jungen hervorbrach. Sie spülte über Lothars magischen Schild hinweg wie Wasser über einen Glasbehälter.

Einen Moment stand Khadgar noch wankend da, dann brach er hustend und würgend zusammen.

Das Becken des Wächters war leer.

Die Kuppel um Lothar löste sich auf, und er eilte zu dem Magier hinüber. Der hatte sich auf die Hände hochgestemmt, den Kopf gesenkt, während er noch immer würgte und kleine Schwaden von Fel-Magie um ihn herum aufstiegen und verdampften.

Hatte der Junge seinen eigenen Kampf wirklich gewonnen, oder würde Lothar ihn doch töten müssen? „Zeig mir deine Augen“, wisperte Anduin drängend.

Khadgar machte einen keuchenden Atemzug und hob den Kopf. Seine Augen waren klar und braun. Lothar klopfte ihm herzlich auf den Rücken, dann sank er erleichtert zusammen, und einen Moment lang grinsten die beiden einander einfach nur an, während sie sich darüber wunderten, dass sie noch immer hier waren. Und noch immer lebten.

Ein vertrautes, krächzendes Geräusch ertönte von draußen. Lothar warf Khadgar einen fragenden Blick zu. „Ich habe sie gerufen, bevor ich Euch aus Eurer Zelle holte“, erklärte der Magier, noch immer ächzend. „Ich dachte mir, wir könnten vielleicht ihre Hilfe brauchen.“

„Richtig gedacht“, sagte Lothar, mit einem Mal wieder grimmig. Sie mochten den Wächter aufgehalten haben, aber der Kampf war noch lange nicht gewonnen. „Ich muss los.“

Medivh. Anduin blickte auf seinen alten Freund hinab. Er war bleich und lag reglos da, aber er war wieder er selbst. Das war Khadgars letztes Geschenk an ihn gewesen.

„Ich bin stolz auf dich“, wandte Lothar sich an den Magier. Hätte er das Callan doch auch nur gesagt. Dafür war es nun zu spät. Aber für Khadgar – und für ihn selbst – war es nicht zu spät. Der Junge strahlte, und Anduin verwuschelte ihm das Haar, bevor er barfuß aufstand; seine Stiefel steckten noch immer irgendwo in dem Golem. Doch das konnte ihn nicht aufhalten, als er über die scharfen Steinsplitter auf dem Boden rannte, sein Schwert aufhob und an eines der offenen Fenster trat. Die Greifin sah ihn und kam herangeflogen, sodass Lothar auf ihren von Fell und Federn bedeckten Rücken springen konnte. Anschließend sausten sie davon, um den König zu retten.

Einen Moment blieb Khadgar sitzen, um sich zu sammeln. Er bedauerte zutiefst, dass er gezwungen gewesen war, den Wächter zu töten. Das hatte er nie gewollt. Gleichzeitig war er froh, dass sie Medivh davon abgehalten hatten, das Portal zu öffnen. Langsam stand er auf. Hoffentlich würde Lothar Llane rechtzeitig erreichen, um noch etwas auszurichten. Er schüttelte den Kopf. Gab es vielleicht irgendetwas, das er von hier aus tun konnte?

Das Becken würde ihm keine Hilfe sein. Es war leer, barg nun weder Fel-Magie noch echte Magie. Er …

Khadgar blinzelte. Eine leise Stimme murmelte eine Beschwörung. Medivh lebte – und er versuchte noch immer, das Portal zu öffnen, um die Orcs …

Nein. Nein, diese Beschwörung hatte Khadgar eine gefühlte Ewigkeit gehört, lange genug, um sich die Worte einzuprägen. Und es waren nicht dieselben, die der Wächter jetzt aussprach. Außerdem hörte er ein Wort, das sein Herz einen Schlag aussetzen ließ.

Llane hatte nichts zu verlieren, aber alles zu gewinnen, und er machte das Beste daraus. Voller Dankbarkeit für Magnis Einfallsreichtum und Großzügigkeit ritt er zwischen seinen Männern dahin und trieb sie an, während sie die Donnerstöcke gegen die baumgroßen Orcs einsetzten und sie gleich zu Dutzenden fällten. Die zahlenmäßige Überlegenheit des Feindes war erdrückend, aber dank dieser Waffen, dieser „mechanischen Wunder“, verbesserten sich ihre Chancen mit jedem lauten, widerhallenden Knall.

Jene, die sich wie er für traditionellere Waffen entschieden hatten, ritten um die Orcs herum, die zwar verwundet, aber noch immer kampflustig waren. Sie rammten Speere durch so manche breite grüne Brust oder schlitzten entblößte Kehlen durch und hackten mit perfekt geschärften Klingen Gliedmaßen ab. Sie zogen eine Schneise durch das Meer der Orcs und hielten direkt auf das

Portal und die menschlichen Gefangenen zu, die dort auf ihre Rettung warteten – oder auf ein Schicksal, das so grausam war, dass Llane es niemandem wünschen würde, nicht einmal den Orcs selbst.

Als er Zeit hatte, hob er den Blick über die Köpfe der Feinde hinweg. Das Bild der Armee jenseits des Portals flackerte und klärte sich dann wieder. An der Bedeutung dieses Anblicks konnte es keinen Zweifel geben. Llane erinnerte sich an seine Diskussion mit Lothar darüber, wie viele Orcs wohl noch in diese Welt kommen würden. Er hatte darauf gedrängt, sie einzudämmen, und jetzt wurde ihm die Naivität seines Arguments bewusst. Er war darauf konzentriert gewesen, einen Fluss aufzuhalten, aber er hatte nicht gesehen, dass sich dahinter eine riesige Meereswelle auftürmte.

Er trieb sein Reittier auf eine wilde Orcin zu, die mit einem seiner Männer in einen Kampf verstrickt war. Zwei stählerne Hufe traten nach der Kriegerin, und Llanes Klinge zog eine blutige Linie über ihre Lederrüstung. Wütend starrte sie ihn an. Ihre Zähne schnappten zu wie die eines Raubtiers, dann sprang sie mit ausgestreckten Armen hoch und packte sein Bein, um ihn aus dem Sattel zu zerren. Einen Moment später rollte ihr der Kopf von den Schultern, und Llane sah zu dem Mann hinab, der ihn gerettet hatte. Doch er konnte dem Soldaten nur kurz zunicken, bevor er sich dem nächsten Gegner zuwandte.

Der König sog den Atem ein und sah einmal mehr zu dem Tor hinüber. Seine Augen weiteten sich.

Die Horde, die sich auf der anderen Seite zusammengezogen hatte, bereit, in Azeroth einzumarschieren – sie war nicht mehr da. Jenseits des Portals war nur noch der Schwarze Morast zu sehen. Gerade als Erleichterung in ihm hochstieg, geriet das Innere des Tors erneut in Bewegung. Nur dass die Lichter an den Rändern diesmal nicht grün, sondern von einem frischen, sauberen Blau waren. Und was Llane dahinter erblickte, war nicht Draenor.

Es war Sturmwind.

Ein lautes Lachen, rein und voller Freude, drang aus seiner Brust. Sein alter Freund hatte sie also doch nicht im Stich gelassen! „Danke, Wächter!"

Er blickte sich um, bis er Karos entdeckte, seine Rüstung mit dunkelbraunem Blut besudelt. „Karos!" Der Soldat drehte sich herum, und Llane deutete auf das Tor, anschließend suchten seine Augen weiter das Schlachtfeld ab. Er rief nach Varis.

Irgendwann während der Schlacht hatte der Leutnant seinen Helm verloren, aber auch sein verkrustetes Gesicht erhellte sich, als er den Kopf drehte und feststellte, dass die trostlose Hässlichkeit von Draenor durch die schimmernde Kathedrale von Sturmwind ersetzt worden war.

„Vorwärts!", rief Llane, und seine Truppen stürmten, von dem Anblick mit neuer Kraft erfüllt, los.

Ihr König sah sich derweil nach Garona um. Sie hatte gerade einem stämmigen Orc ein Breitschwert durch den Torso gerammt – er hatte längst aufgehört, zu zählen, wie viele Feinde sie schon vor seinen Augen getötet hatte. „Garona!", rief er. „Reite mit mir!"

Ohne Zögern eilte sie zu ihm und sprang hinter ihm auf das Pferd, dann rasten sie in wildem Galopp auf das Portal zu, das von einem Symbol der Furcht zu einem Leuchtfeuer der Hoffnung geworden war. Sie mussten sich ihren Weg freikämpfen, aber es war einfacher, als er erwartet hatte. Die Orcs waren noch immer schockiert, weil das Portal umgeleitet worden war, und die Soldaten hatten sich zusammengezogen. Llane und Garona ritten zwischen Dutzenden Käfigen hindurch, von denen die ersten bereits aufgehackt wurden.

„Varis! Die Männer sollen einen Schutzkreis errichten. Garona, Karos, nehmt so viele Soldaten, wie wir entbehren können, und befreit die Gefangenen. Schickt sie durch das Portal! Wir werden die Linie halten, solange wir können!"

Khadgars Augen weiteten sich. Er stolperte zu der Stelle hinüber, wo der Wächter lag, sein Körper teilweise unter dem Gewicht seines Lehmmannes zerquetscht. Medivhs Augen glühten blau wie die Magie echter Magier, nicht grün wie die eines Hexenmeisters. Und während er ihn noch ansah, rollte eine leuchtende, azurfarbene Träne über das Gesicht des Wächters.

Khadgars Stimme war heiser, als er den Mund öffnete. „Du leitest das Portal nach Sturmwind um!" Medivh blinzelte. Seine blicklosen Augen fokussierten sich neu, richteten sich auf das Gesicht des Jungen. Kraftlos hob er Khadgar die Hand entgegen, aber dann sackte sie zurück auf den Boden.

„Es ist die Einsamkeit, die uns schwach macht", sagte er mit bedauerndem Tonfall. Genau das hatte Alodi auch gesagt, erinnerte Khadgar sich. Etwas so Simples, so Menschliches hatte einen Wächter zerstört und mit ihm beinahe die gesamte Welt. „Es tut mir leid. So leid. Ich wollte uns alle retten. Das wollte ich immer."

Seine Augen verloren ihren Fokus, und er lag still.

22

Das Meer der Orcs schloss sich um sie, dennoch empfand Llane nunmehr Zuversicht. Natürlich hätte der Wächter das Portal früher umleiten können, aber das änderte nichts daran, dass er zutiefst dankbar war. Er und die Überlebenden seiner drei Legionen hatten sich zum Tor vorgekämpft, und während Llane, Garona, Varis und mehrere von Sturmwinds besten Rittern die Angriffe des Feindes abwehrten, befreiten Karos und die anderen die Gefangenen und beschützten sie, während sie sich durch das Portal in Sicherheit brachten.

Die Orcs drängten weiter auf sie ein. *Beim Licht*, dachte Llane. Er war noch immer wie benommen vor Erleichterung, nachdem sich die Lage so dramatisch verändert hatte. *Hätte Gul'dan den Rest der Horde hierhergebracht, hätten wir überhaupt keine Chance gehabt. Die Menschheit wäre vermutlich untergegangen.*

„Mylord, wir müssen uns zurückziehen!" Der Ruf stammte von Varis. Der Mann war tapferer als die meisten, aber er hatte recht. Die Orcs begannen den Kampf vor dem Portal zu gewinnen. Mehr und mehr Soldaten gingen zu Boden, mehr und mehr braun- und grünhäutige Krieger drängten sich vor, um durch die Lücken zu stoßen.

„Wir sollten gehen“, pflichtete Garona bei.

„Gleich“, sagte Llane. „Es sind noch Käfige übrig. Wir befreien so viele unserer Leute wie nur möglich.“

„Herr“, entgegnete Varis. „Ich glaube, Ihr versteht nicht …“

Hinter dem König erklang ein Schrei voller Grauen und Furcht, und als er sich im Sattel umwandte, wich ihm das Blut aus den Wangen.

Das blaue Licht, das die Mitte des Portals umgab, flackerte und mit ihm auch das Bild von Sturmwind. Vor Llanes erschrockenen Augen schmolz die prachtvolle Stadt dahin wie Wachs, so, als wäre sie nie da gewesen. Alles, was man jetzt noch auf der anderen Seite des Portals sehen konnte, war die Trostlosigkeit des Schwarzen Morasts oder was noch davon übrig war – und die Orcs, die um das Tor herumgerannt waren.

Das Portal hatte sich geschlossen.

Ihre Feinde hatten es ebenfalls bemerkt, und auch sie schrien nun, wenn auch vor Blutdurst und einem Hunger, der schon bald gestillt werden sollte. Llanes Gedanken überschlugen sich. Was war geschehen? Warum hatte Medivh aufgehört? Es dauerte nicht lange, bis er zu der einzig logischen Schlussfolgerung gelangte.

„Wir haben den Wächter verloren“, murmelte er.

Er blickte über die Masse der Orcs hinaus, dann zu seinen Kameraden hinüber. Ihnen allen stand derselbe, schockierte, benommene Ausdruck ins Gesicht geschrieben. Sie waren so nahe dran gewesen …

Doch das war jetzt unwichtig. „Wir haben unsere Aufgabe erfüllt“, erklärte er ihnen, wobei er jedem einzelnen in die Augen blickte. Ein seltsames Gefühl des Friedens überkam ihn. „Niemand hätte mehr tun können. Alles ist, wie das Licht es will, meine Brüder und Schwestern.“

Er wandte sich zu Garona um und lächelte ihr zu. Sie hatte natürlich auf einen Sieg gehofft – das hatten sie alle. Letztlich hätte ein Sieg die Orcs ebenso gerettet wie die Menschen, aber die Situation ließ sich nicht ändern.

Oder vielleicht doch?

Eine Idee, gleichzeitig wundervoll und fürchterlich, nahm in seinem Geist Gestalt an. Llane richtete seine Aufmerksamkeit auf den Feind. An den Rändern ihrer Verteidigungslinie wurde noch immer gekämpft, aber hier, in der Mitte hatte der Ansturm seltsamerweise nachgelassen. Und jetzt sah der König auch, warum.

Schwarzfaust schob sich durch die Menge.

Er überragte selbst den größten Orc um einen ganzen Kopf, seine Haut war von einem tiefen Grün, und Adern standen wie Drahtseile von seinen mächtigen Muskeln ab. War es noch Blut, das durch diese Adern floss, fragte sich Llane, oder war es grünes Feuer? Unwichtig. Der Kriegshäuptling kam auf ihn zu, stieß Orcs und Menschen gleichermaßen aus dem Weg – jeden, der zwischen ihm und dem König stand.

„Garona“, sagte Llane, selbst überrascht, wie ruhig und zuversichtlich er klang. „Wir sind in der Unterzahl. Es gibt keine Rückzugsmöglichkeit. Wir werden sterben. Aber *du* musst dieses Schicksal nicht teilen. Niemandem ist geholfen, wenn wir beide sterben.“ Langsam, mit zitternder Hand nahm er seinen Helm ab und ließ ihn auf den Boden fallen. Die kühle Luft auf seinem Gesicht und in seinem schweißgetränkten Haar fühlte sich erfrischend an.

Sie reckte das Kinn vor. „Ich werde mit euch sterben. Ich habe meine Seite gewählt."

„Du verstehst nicht." Er richtete nun seine ganze Aufmerksamkeit auf sie, und seine dunklen Augen brannten sich in die ihren. „Es gibt nur eine Hoffnung auf Frieden: Du musst mich töten. Einst sagtest du Lady Taria, dass ihr Tod dir Ehre bringen würde. Mein Tod würde dich zur Heldin machen."

Garona riss die Augen auf, als sie begriff. „Nein!", stieß sie hervor.

Allein der Gedanke an einen solchen Verrat verletzte sie, das konnte Llane sehen. Doch er hätte auch Lothar – oder selbst Taria – um denselben Gefallen gebeten, wäre die Lage eine andere gewesen.

„Du warst eine Sklavin", fuhr er eindringlich fort. „Jetzt könntest du eine Anführerin werden. Ich werde diesen Ort so oder so nicht lebendig verlassen, Garona. Dieses *Ding* wird mich töten. Aber falls du ihm zuvorkommst – falls du den Sieg über den Kriegshäuptling der Menschen für dich in Anspruch nehmen kannst ... Du kennst uns, Garona. Du *kennst* uns – und du hasst uns nicht."

Er griff nach der Hand, in der sie Tarias kleines Messer hielt, und packte ihr Handgelenk. „Überlebe. Schaffe Frieden zwischen Orcs und Menschen." Er hielt inne. „Ich kann mein Volk nicht mehr retten. Aber *du* schon."

„Indem ich den König, meinen Freund, töte." Sie war wütend, empört ... verletzt.

„Du musst."

Es war brutal, aber es stimmte, und es fühlte sich wie etwas an, das auch ein Orc sagen würde. Llane wusste, dass Garona gelernt hatte, das Gute in den Menschen zu sehen, ebenso, wie er und andere gelernt hatten, das Gute in Orcs zu sehen. Vermutlich würden Lothar, Khadgar … Taria … die Notwendigkeit dieses grausamen Schrittes nicht verstehen, nicht sofort. Doch die Zukunft des menschlichen Geschlechts konnte nur durch das Blut ihres Königs erkauft werden. Garona musste das ebenfalls klar sein, auch wenn sie echte Akzeptanz gegen falsche Ehre eintauschen müsste.

Doch Llane sah in ihren Augen, dass sie es nicht tun konnte. Verzweiflung überkam ihn, und er wandte den Blick ab. Die Schlacht tobte noch immer, und noch immer starben seine Leute. Das monströse Ding, das einst ein Orc gewesen war, kam unaufhaltsam auf ihn zu, wobei seine Augen vor Fel-Magie grün leuchteten.

Llane wollte nicht sterben. Er wollte leben, bei seiner Frau und seinen Kindern sein, Hochzeiten und Geburten feiern, mit Lothar und Medivh anstoßen, Harmonie und Frieden in seinem Reich genießen. Er wollte sehen, wie wunderschön Taria sein würde, wenn Lachfalten ihre Lippen säumten und die Weisheit ihr Haar silbern färbte.

Doch der Tod nahte, und er würde sich ihm tapfer stellen. Das war alles, was er jetzt noch tun konnte. Er zog sein Schwert und stellte sich dem Orc entgegen, den sie Schwarzfaust nannten.

In diesem Moment spürte er eine Berührung an seinem entblößten Hals, leicht wie eine Feder. Kühle Finger mit den Schwielen vieler Jahre kratzten sanft über seine Haut, während sie sich unter sein Kinn schoben und seinen Kopf nach hinten neigten.

Ja.

Llane stieß einen tiefen Seufzer der Erleichterung und der Dankbarkeit aus und schloss die Augen. Er gab sich ganz dieser Berührung hin, bot der Frau, die hinter ihm stand, bereitwillig seine Kehle an. Garona würde tun, worum er sie gebeten hatte, auch wenn es ihr das Herz brach. Sie würde gewaltigen Hass ernten, das wusste und bedauerte Llane, aber der Tag würde kommen, an dem all dies richtiggestellt würde.

Sein Tod würde nicht umsonst sein – und ihr Leid hoffentlich auch nicht.

Er dachte an Taria, ihre großen, sanften Augen, das süße, heimliche Lächeln, das sie nur ihm schenkte – dann beendete der Dolch seiner Königin, gehalten von einer wahren Freundin, sein Leben.

Die Greifin reagierte auf die Ungeduld, die sie in ihrem Reiter spürte, und ging tiefer. Vor Lothar breitete sich eine Szene des Wahnsinns aus. Da war das Tor, nunmehr geschlossen dank seiner und, wichtiger noch, Khadgars Bemühungen, und auch die meisten Käfige waren geöffnet, die Gefangenen daraus befreit.

Doch in dem Panorama dahinwalzender Körper und orange glühender Feuer unter ihm stach viel zu selten das Glühen von Sturmwind-Rüstungen aus dem Meer grüner und brauner Haut hervor. Panisch suchte er nach dem Banner des Königs, aber er konnte es einfach nicht finden. Alles, was von den drei Legionen noch übrig war, eine erbärmliche Handvoll an Soldaten und Pferden, hatte eine letzte, unhaltbare Verteidigungslinie errichtet, direkt vor dem Portal, das nun nirgendwo mehr hinführte.

Wo war Llane? Wo war sein König?

Die Greifin stürzte wie ein Stein in die Tiefe. Lothar klammerte sich mit der linken Hand an der Kreatur fest, während er in der rechten sein Schwert hielt. Seine Augen huschten über das Schlachtengemälde und suchten nach dem besten Punkt für einen Angriff.

Dort.

Der Kriegshäuptling Schwarzfaust, den Lothar seiner Hand beraubt hatte – und der Lothar im Gegenzug seines Kindes beraubt hatte. Er wirkte jetzt noch einschüchternder als zuvor, ein unnatürlich großes Monster, das geradezu gelassen seine Waffe schwang. Die wenigen Soldaten aus Sturmwind, die noch übrig waren, fielen so schnell unter seinen Hieben, dass es beinahe komisch gewirkt hätte, wäre es nicht so unvorstellbar schrecklich gewesen.

Ein Farbklecks zeigte sich in den feindlichen Reihen, als Schwarzhand einen gefallenen Soldaten in die Höhe hob. Der Ritter wurde von einem Orc zum nächsten weitergereicht wie ein Weinschlauch bei einem Fest, und die Krieger der Horde lachten und johlten. Lothar erhaschte ein kurzes Aufblitzen von Blau und Gelb, eine verzierte und sorgfältig gehämmerte Rüstung …

Ein roter Schleier legte sich vor seine Augen. Vermutlich schrie er auch, denn sein Hals begann zu schmerzen und ein schrecklicher Laut übertönte den Schlachtenlärm in seinen Ohren.

Die Greifin landete direkt auf einem grünhäutigen Orc und begann ihn mit Schnabel, Klauen und Hinterbeinen in Stücke zu reißen, während Lothar von ihrem Rücken sprang, einen weiteren Orc erstach, bevor dieser überhaupt reagieren konnte, und dann seinen Streitkolben nahm, als die Grünhaut zusammenbrach.

Llane. Llane.

Sie hatten ihn fallen gelassen – seinen König, seinen Bruder –, um sich herumzudrehen und diesen neuen Feind zu stellen, der so unerwartet aus dem Himmel herabgestürzt war. Ohne auf die Verletzungen aus seinem Kampf mit Medivh zu achten, ohne auf überhaupt irgendetwas außer dem Schwingen seines Schwertes und seinen gefallenen Freund auf dem harten, trockenen Boden zu achten, schlug Lothar sich einen Weg zu der reglosen Gestalt frei.

Llane …

Der König lag ausgestreckt da, mit dem Gesicht nach unten, aber seine Rüstung war unverkennbar. Er trug keinen Helm, und Anduins Körper verwandelte sich zu Eis, als er den Dolch sah, der aus seinem Hals ragte.

Er selbst hatte diese Klinge für den dreizehnten Geburtstag seiner Schwester anfertigen lassen. Er kannte jede Linie der Gravur. Und er wusste, wem Taria den Dolch in einer Geste des Vertrauens geschenkt hatte.

Er kniete über der Leiche, starrte sie an, nicht sicher, ob er seinen Augen trauen konnte. Seltsamerweise war er in diesem Moment des Verlusts und des Scheiterns, des Verrats und des Leids nur zu einem Gedanken fähig: *Warum hast du den Helm abgenommen, Llane? Warum hast du deinen Helm abgenommen*?

Er wünschte, sein Herz würde aufhören zu schlagen, damit er neben seinem Bruder sterben könnte, doch es schlug unerbittlich weiter, und Lothar wurde sich wieder seiner Umgebung bewusst. Ein paar Schritte entfernt schrie die Greifin und verteidigte ihn, während er, bis ins Mark schockiert, weiter über der Leiche seines hinterrücks ermordeten Königs kauerte.

Er könnte kämpfen – ein paar Orcs mitnehmen und dann ebenfalls sterben. Doch alles, was er wollte, war, Llane nach Hause zu bringen. Er würde ihn hier nicht liegen lassen, damit lachende Orcs ihn herumreichten wie ein barbarisches Symbol ihres Sieges. Llane würde in Sturmwind seine letzte Ruhe finden. Lothar hatte ihn nicht retten können, also schuldete er ihm zumindest so viel.

Er warf sich die Leiche des Königs mitsamt seiner schweren Rüstung über die Schulter, taumelte kurz unter dem Gewicht und kehrte damit zu der weiterhin kämpfenden Greifin zurück. Die Orcs in seiner Nähe waren so verblüfft über sein Verhalten, dass kein einziger ihn angriff.

„Sturmwind!“, rief er der Greifin zu, während er einen Fuß in den Steigbügel schob und sich auf ihren Rücken hochzog. Mit der Erfahrung eines Tieres, das schon oft einen Reiter getragen hatte, duckte und krümmte sie sich, damit Lothar mit seiner wertvollen Fracht leichter aufsteigen konnte.

Dann stieß sich die Greifin vom Boden ab, nur um danach mit einem heftigen Ruck zum Stillstand zu kommen. Lothar beugte sich vor und blickte direkt in Schwarzfausts furchtbares Gesicht. Der Kriegshäuptling hatte seine verbliebene Hand fest um ein Bein der Greifin geschlungen, und obwohl die Kreatur mit ihren mächtigen Schwingen schlug, zog der Orc sie auf den Boden zurück.

Lothar musste aus dem Sattel gerutscht sein, denn ehe er sichs versah, lag er auf dem Rücken und starrte zu einem Kreis monströser Gesichter hoch. Langsam, unter großen Schmerzen, drehte er den Kopf – gerade noch rechtzeitig, um Llanes Schwert wirbelnd auf sich zufliegen zu sehen. Es bohrte sich keine zwei Schritte von Lothars Nase entfernt in den Staub, und das Glänzen der Klinge im Sonnenlicht blendete den Hauptmann.

Er kämpfte sich auf die Beine, überrascht, dass noch immer keine Meute blutrünstiger Orcs über ihn hergefallen war. Ein einzelnes, gewispertes Wort drang an seine Ohren: *Mak'gora*.

Sämtliche Krieger traten zurück und schufen so einen Kampfplatz für zwei Duellanten: ihren Kriegshäuptling und Anduin Lothar. Einer der Orcs hielt den Schädel der Greifin unter seinem Arm fest, ein anderer zwang ihren zuckenden Leib auf den Boden. Sie würden ihr nicht wehtun, schließlich konnte sie ihnen noch nützlich sein. Llanes Leiche war ebenfalls vom Rücken des Greifen gerutscht und lag unnatürlich verkrümmt im Staub.

Der Anblick ließ Lothars Zorn wieder hochbrodeln. Er richtete sich auf, und nachdem er die Balance gefunden hatte, starrte er erst die Menge stummer, erwartungsvoller Orcs an und dann Schwarzfaust, der ein paar Meter entfernt auf und ab ging.

Der Kriegshäuptling hielt keine Waffe; er wollte offenbar nur mit seiner metallischen Klauenhand kämpfen – mit den fünf Klingen, die Callan getötet hatten. Lothar atmete tief ein, und der rote Schleier der Mordlust lichtete sich vor seinen Augen. Falls er sterben würde, dann nicht, weil er nicht klar denken konnte.

Langsam zog er das Schwert seines Bruders aus dem Boden, ohne den Blick dabei von Schwarzfaust und seinen grün glühenden Augen zu nehmen. Der Orc stand reglos wie eine Statue, abgesehen von seinem Atem, der seine obszön breite Brust an- und abschwellen ließ. Er erinnerte sich an das Versprechen, das er dem Kriegshäuptling gegeben hatte – dass er ihn umbringen würde. Ganz gleich, um welchen Preis.

Was immer Lothar jetzt tat, er war so gut wie tot. Garona hatte überschwänglich von der „Ehre" der Orcs gesprochen; doch diese Ehre schien sie nicht davon abzuhalten, jene zu hintergehen, die ihnen vertrauten, und einem der ehrenvollsten Männer, die Lothar je kennengelernt hatte, ein Messer in den Hals zu rammen. Nein, sie hatten keine Ehre. Sie kannten nur Blutgier und Eroberung und Tod.

Doch zumindest im Moment griffen sie nicht an.

Lothar wechselte seinen Griff um die Waffe. Er musste daran denken, wie oft er dieses Schwert in Llanes Händen gesehen hatte, sei es nun bei Übungskämpfen oder auf dem Schlachtfeld, wo er es gegen Trolle und Aufständische eingesetzt hatte.

Doch nun, im Kampf gegen Orcs, war es seinen Händen entglitten.

Ruhig. Konzentrier dich!

In diesem Moment stürmte Schwarzfaust vor.

Für ein so muskelbepacktes Monster bewegte er sich ungeheuer schnell. Er hob die mächtige Klauenhand, um die sich Fel-Magic herumschlängelte, und stieß seinen Siegesschrei aus, während er nach dem Menschen schlug, der so viel kleiner als er und nur mit einem mickrigen Schwert bewaffnet war.

Lothar verließ sich ganz auf seine Ausbildung und darauf, dass der Geist seines Bruders seine Hand führen würde. Er wusste, dass er der Gerechtigkeit hier nicht Genüge tun konnte, aber wenn auch sonst nichts, konnte er den Mörder seines Sohnes vernichten. Er konnte dafür sorgen, dass Schwarzfaust nie wieder Eltern mit dem Verlust ihres geliebten Kindes drohte. Und das sollte ihm genügen.

Kurz blieb er noch wie abwartend stehen, dann rannte er direkt auf seinen Gegner zu. Im letzten Moment ließ er sich fallen und rutschte zwischen den Beinen des heranstürmenden Orcs hindurch, auch wenn die steinige Erde ihm dabei die nackten Füße aufriss. Dann hieb er seine Klinge nach oben und machte sich den Schwung des Kriegshäuptlings zunutze.

Schwarzfaust heulte vor Schmerzen und blieb taumelnd stehen. Einen Moment hielt er sich noch auf den Beinen, dann kippte er auf die Knie. Lothar richtete sich auf, trat hinter ihn und rammte sein Schwert mit der ganzen Kraft seines Körpers in den Torso des Orcs.

„Für meinen Sohn“, sagte er leise, anschließend trat er Schwarzfaust nach vorne, sodass er mit dem Gesicht im Staub landete. Grünes Blut sprudelte unter ihm hervor. Der grüne Riese stand nicht wieder auf.

Fassungslose Stille breitete sich aus. Lothar ließ das Schwert sinken und blickte in die Menge. Aus der Ferne hörte er wütendes Grollen und Befehle, die von einer kratzigen, hasserfüllten Stimme gegeben wurden. Mehrere Köpfe drehten sich in die Richtung dieser Stimme, nur um dann wieder zu Anduin herumzurucken. Zweifelsohne hatten sie gerade die Anweisung erhalten, ihn zu töten.

Lothar schloss die Hände fester um den Schwertgriff, bereit, so viele seiner Feinde mit in den Tod zu nehmen, wie er nur konnte. Doch sie blieben, wo sie waren, starrten ihn an mit ihren undeutbaren, seltsam intelligenten, winzigen Augen. Schließlich trat ein Orc vor und hob seine Axt. Doch ein anderer legte ihm die Hand auf die Brust und hielt ihn zurück. Der erste Orc runzelte die Stirn, senkte jedoch seine Waffe.

Ihr Häuptling hatte ein Duell gewollt. Lothar hatte sich ihm gestellt, und sie würden die Regeln eines solchen Duells achten.

Lothar wünschte sich beinahe, sie würden angreifen.

Sein Blick richtete sich auf die reglose Leiche seines Königs. Die Orcs auf dem Schlachtfeld rührten sich noch immer nicht. Zumindest, bis ein grausiges Gebrüll die Luft zerriss. Lothar drehte sich um und sah zwei der abscheulichsten Wesen, die ihm je begegnet waren. Einer war ein gebückt gehender Orc mit hellgrüner Haut und langem grauem Bart. Seine Augen leuchteten vor Fel-Magie – so grell, wie auch Medivhs Augen geglüht hatten. Auf einen Stab gestützt näherte er sich Lothar, und Hörner ragten aus dem Umhang, der seine Schultern bedeckte.

Das konnte nur Gul'dan sein.

Neben ihm ging ein Wesen, dass Lothar einst wunderschön gefunden hatte. Doch jetzt war Garona für ihn sogar noch widerwärtiger als der von Magie verzerrte Hexenmeister an ihrer Seite. Ihre Blicke trafen sich.

Garona musste sämtliche Willenskraft aufbringen, um nicht schluchzend zusammenzubrechen, als Lothar sie anstarrte. Sie wusste nicht, wie sie sich überhaupt so lange zusammengerissen hatte, aber sie wusste, dass sie jetzt stärker sein musste als je zuvor in ihrem Leben. Lothars Augen funkelten wie die eines wilden Tieres. Sie kündeten von seinem gebrochenen Herzen, von der Trauer um Llanes Tod und dem Zorn über ihren Verrat. Er sah aus, als sehnte er sich nach dem Tod. Doch so weit würde Garona es nicht kommen lassen.

„Tötet ihn!", befahl Gul'dan und deutete mit seinem schwarzen Fingernagel auf Lothar.

Der Mensch musterte den Hexenmeister einen Moment lang, dann lud er sich die Leiche des gefallenen Königs auf die Schultern – mitsamt seiner Rüstung. Seine Knie zitterten, aber nur leicht, dann wandte Anduin seinem Feind den Rücken zu und ging mit festen Schritten zu dem Greif hinüber. Der Sicherheit entgegen.

„Tötet ihn!“, schrillte Gul'dans Stimme. Speichel schäumte über seine grünen, rissigen Lippen.

Die anderen Orcs scharrten mit den Füßen, aber davon abgesehen rührten sie sich nicht, sondern ließen Lothar weitergehen. Einst waren sie ihrem Anführer mit echter Bewunderung gefolgt, aber jetzt erfüllten seine Worte sie mit Unbehagen. Etwas hatte sich verändert, etwas, das weit über den Zusammenbruch des Portals hinausging. Anduin Lothar hatte den mächtigsten Krieger aus den Reihen der Horde besiegt, und das in einem fairen und ehrenhaften Mak'gora. Sie würden sich jetzt nicht gegen ihn wenden.

„Das Mak'gora ist heilig, und der Mensch hat sein Duell gewonnen“, erklärte Garona ihrem einstigen Meister. Ihr Herz raste, aber sie schaffte es, ruhig zu klingen. Weder Gul'dan noch Lothar sollten ihre wahren Gefühle erkennen. Sie deutete auf Schwarzfausts mächtigen, leblosen Körper. „Sie wollen ihrem gefallenen Kriegshäuptling die letzte Ehre erweisen. Lasst Euren Kriegern ihre Traditionen.“

Doch der Hexenmeister dachte nicht daran. Er wandte sich von dem davonstapfenden Menschen ab und starrte seine Horde an. „Worauf wartet ihr noch?“, blaffte er. „Ich rette euer erbärmliches Leben, und so dankt ihr mir? Tut, was ich sage!“

Seine Worte hatten nicht den gewünschten Effekt. Sie bewirkten eher das Gegenteil, wie Garona feststellte. Die Orcs, die eben noch verunsichert gewirkt hatten, pressten nun entschlossen die Kiefer zusammen. Gul'dan sah es ebenfalls.

„Verräter!“ Er spuckte die Worte förmlich aus. „Gehorcht meinem Befehl!“

Einem der Krieger ging diese Beleidigung zu weit. Trotzig rief er: „Hättet Ihr gegen Durotan fair gekämpft, wärt Ihr jetzt nicht mehr am Leben, um Befehle zu geben!"

Garona erwartete, dass Gul'dan den aufmüpfigen Orc niederstrecken würde, aber obwohl er vor Zorn schäumte, ließ er sich nicht zu einer solchen Dummheit hinreißen. Er blickte die anderen nur verächtlich an, dann drehte er sich zu Lothar um. Der Mensch war inzwischen nur noch ein paar Schritte von der Greifin – von seiner Rettung – entfernt. „Geht mir aus dem Weg", knurrte Gul'dan die widerwillige Horde an. „Ich werde es selbst tun!"

Dann war der ehrenhafte Durotan also auch gefallen. Das kam nicht unerwartet, aber es versetzte Garona dennoch einen Stich. Doch noch größer war ihr Entsetzen über Gul'dans letzte Worte. Lothar mochte Schwarzfaust in seiner von Fel-Magie aufgedunsenen Form besiegt haben, aber der Macht des Hexenmeisters würde er nichts entgegenzusetzen haben. Er würde sterben.

Garona wusste, dass sie es eigentlich zulassen sollte. Bereits jetzt war die Horde unzufrieden mit ihrem Meister, und falls er Lothar niederstreckte, würden sie sich vermutlich vollends gegen ihn wenden. Danach könnte sie die neue Anführerin werden und einen Frieden mit den Menschen aushandeln.

Doch sie konnte den Gedanken nicht ertragen, Lothar tot zu sehen. Vielleicht würde es eines Tages einen Frieden geben. Aber nicht heute. Da war kein Zaudern in ihrem Herzen oder ihrem Körper, als sie vorsprang und sich zwischen die beiden stellte – den Mann, den sie liebte, der sie aber für eine Verräterin hielt, und den Orc, der bislang nicht an ihren Motiven gezweifelt hatte.

Hoffentlich wird er mir auch weiter vertrauen, dachte sie, dann ließ sie ihre Wut und ihren Zorn in harte Worte fließen. „Wer wird Euch gehorchen, wenn Euer eigenes Volk Euch den Krieg erklärt?"

Er starrte sie an, einen mörderischen Ausdruck in seinen grünen Augen. Ihr Leben lag nun in seinen Händen. Berechnend senkte Garona die Stimme und wählte einen besonnenen Tonfall, ehe sie fortfuhr. Gul'dan hatte ihr den Titel gegeben, von dem sie ihr ganzes Leben geträumt hatte: Orcin. Und für die Horde war sie nicht nur das, sondern auch eine ehrenvolle Kriegerin, genau wie Llane es vorhergesagt hatte. Der Hexenmeister konnte es sich nicht leisten, sie direkt anzugreifen, aber sie musste die richtigen Worte finden, andernfalls waren sie und Lothar beide so gut wie tot.

„Ihr habt uns gerettet, Gul'dan. Ihr habt uns in diese neue Welt gebracht. Aber wir müssen unseren Traditionen treu bleiben. Falls Ihr diesen Menschen jetzt tötet, werdet Ihr die Horde verlieren. Ihr seid unser Häuptling. Wir wissen bereits, wie stark die Fel-Magie Euch gemacht hat. Aber jetzt ist es Zeit, uns eine andere Form von Macht zu zeigen. Für einen Häuptling stehen die Bedürfnisse seines Volkes stets an erster Stelle."

Unwillkürlich und unerwünscht suchte sie eine Erinnerung heim, daran, wie sie mit Taria über Durotan gesprochen hatte. *Er hat mich befreit ... Und sein Clan liebt ihn. Er stellt ihre Bedürfnisse über seine eigenen. Immer. Er ist ein starker Häuptling.*

Starke Anführer müssen sich das Vertrauen ihrer Clans erst verdienen.

Dann hatte Taria ihr den Dolch gegeben, und nun erhielt sie ihn in Llanes Kehle steckend zurück.

Wütend verdrängte Garona das Bild der verwitweten Königin und konzentrierte sich auf Gul'dan. Sie hatte die Macht der Wahrheit auf ihrer Seite, und das erkannte er.

Sein Blick huschte zu dem Orc, der offen Kritik an ihm geübt hatte, dann zurück zu ihr. Sie zwang sich, zuversichtlich zu grinsen, während sie hinzufügte. „Es wird noch andere Tage geben, um Menschen zu töten."

Ich habe heute so vieles verloren. Llane. Varis und Karos. Das Vertrauen eines guten Volkes. Du wirst mir Lothar nicht auch noch wegnehmen. Wenn du ihn willst, musst du erst mich töten.

Lothar war erstarrt, als Garona sich zwischen ihn und Gul'dan gestellt hatte. Einen schrecklichen und doch wundervollen Moment lang hatte er geglaubt, sie würde erklären, was geschehen war – ihm zeigen, dass sie keine Verräterin war. Aber nein. Es war offensichtlich, dass sie sein Leben retten wollte, aber nur aus persönlichen Gründen.

Die Orcs, die die Greifin festgehalten hatten, ließen sie los, und er legte ihr seinen toten Freund quer über den Rücken. Er spürte jede einzelne seiner Verletzungen, als er sich anschließend selbst auf sein Reittier schwang.

Die Greifin erhob sich vorsichtig in die Lüfte, als wüsste sie, welch bedeutende Fracht sie trug. Während sie höher stiegen, konnte Lothar nicht anders, als ein letztes Mal zu Garona hinabzusehen.

Ihre Blicke trafen sich, aber ihr Gesichtsausdruck gab keinerlei Emotion preis. Dann drehte die Greifin sich gnädigerweise in den Wind und trug ihn auf ihren kräftigen Schwingen fort von dem Schlachtfeld, fort von der Horde, fort von der grünhäutigen Frau, die er einst in seinen Armen gehalten hatte. Deren Liebe er einst für echt und wahrhaftig gehalten hatte.

23

Khadgar beugte sich aus dem Fenster des Gasthauses und ließ seinen Blick über Sturmwind schweifen, das sich unter ihm ausbreitete. Er hatte viele Stunden in diesem Zimmer zugebracht, auch wenn sein Blick auf etwas anderes gerichtet gewesen war: auf Bücher, auf Rätsel. Er hatte öfter bei Kerzenschein als bei Tageslicht gelesen. Jetzt glitten seine Augen über die blauen Dächer und über die wunderschöne weiße Steinkathedrale, um auf der Statue des Wächters von Azeroth zu verweilen.

Ein Amt, das das seine hätte sein können, wenn die Dinge anders gelaufen wären.

„Alles ist gut so, wie es ist", erklang da eine Stimme. Khadgar zuckte merklich zusammen und schaute auf, um Anduin Lothar am Türrahmen lehnen zu sehen. Der ältere Mann grinste. „Du wärst ein grässlicher Wächter gewesen."

Khadgar stieß ein leises Lachen aus. „Die Welt zu retten ist keine Aufgabe für einen allein. Das war's noch nie."

Mit ungewohnter Liebenswürdigkeit entgegnete Lothar: „Ich wäre dir schon zur Hand gegangen." Er schloss die Tür hinter sich und holte etwas unter seinem Hemd hervor, um es auf den Tisch zu werfen. Es war ein kleiner Dolch, exquisit gearbeitet; mit Juwelen am Griff.

Khadgar hielt den Atem an. „Garonas Dolch."

„Ich habe ihn aus Llanes Hals gezogen."

Das war unmöglich. Garona hätte so etwas niemals getan. Sie *konnte* es nicht gewesen sein. Khadgar starrte die Klinge an, ehe er zu Lothar aufschaute und mit fester Stimme erklärte: „Dafür muss es eine Erklärung geben."

„Die gibt es. Sie hat ihre Wahl getroffen." Lothars blaue Augen waren hart wie Eissplitter, doch die Falten darum herum zeugten eher von Kummer als von Zorn.

Nein. Khadgar hatte keine Ahnung, woher er das wusste, aber er tat es. „Das glaube ich nicht."

Er ließ sich von Lothars durchdringendem Blick nicht einschüchtern. Nach einer Weile sagte der Hauptmann bloß: „Vielleicht haben wir beide sie doch nicht so gut gekannt, wie wir dachten." Lothar nickte in Richtung des Dolchs. „Ich fand einfach, du solltest es wissen."

Und dann war er fort. Khadgar indes starrte die Klinge an, die eine Königin jemandem geschenkt hatte, dem sie vertraute, nur damit diese Klinge irgendwie in der Kehle ihres Gemahls endete.

Er starrte den Dolch sehr, sehr lange an.

Taria hatte sich mit großer Sorgfalt angekleidet. Ihr Haar, auf dem jetzt ihre Krone saß, war perfekt frisiert. Kosmetik verlieh ihrem Gesicht künstlich Farbe, konnte jedoch weder den Schmerz in ihren Augen noch die Erschöpfung verbergen, die ihre Wangen hohl und eingefallen wirken ließ. Und das alles hatte ewig gedauert.

Zuletzt hatte sie sich an ihrem Hochzeitstag so sorgsam herausgeputzt, als sie offiziell ein Teil des Lebens und der Welt ihres Gemahls geworden war. Damals hatte das Ganze sie mit Freude erfüllt, und sie war bereit gewesen, diese Freude mit ihrem Volk zu teilen, so wie es Königinnen tun sollten. Jetzt würde sie ihrem Ehegatten Lebewohl sagen, ihn aus ihrem Leben verabschieden, und das in aller Öffentlichkeit. Auch das war eine königliche Pflicht.

Die Neuigkeit hatte sie am Boden zerstört; insbesondere die quälenden Einzelheiten darüber, wie ihr Mann gestorben war, hatten sie mitten ins Herz getroffen. Zwar wollte Lothar anfangs nicht näher darauf eingehen, doch er wusste genau wie sie, dass sie als Königin und künftige Regentin dieses Reichs die schreckliche Wahrheit kennen musste.

Tränen rannen unter ihren Lidern hervor, doch sie blinzelte sie fort. Ja, sie trauerten alle, und sie vor allen anderen. Aber heute brauchten die Menschen von Sturmwind ihre Stärke, und die würde Taria ihnen nicht vorenthalten.

Tausende hatten sich versammelt, ein gewaltiges Meer nach oben gewandter Gesichter, das sich ganz bis hinunter zum Hafen erstreckte. Gleichwohl, keiner von ihnen jubelte, als sie mit großen Schritten aus der Burg kam, um sie zu begrüßen, und das hatte sie auch nicht erwartet.

Llane lag in der Mitte des Platzes, auf einem erhöhten Scheiterhaufen. Männer wurden beerdigt. Könige wurden verbrannt. Zu seinen Füßen lagen sein Schwert und sein ramponierter Schild.

Taria stand stocksteif da, als die Zwerge zum Salut ihre Donnerstöcke abfeuerten. Ohne zu zögern, ging sie auf den Leichnam ihres Gatten zu. Die Priester des Lichts hatten seinen Leib mit Sorgfalt gebadet, ihn in feine Gewänder gehüllt und ihm seine sorgsam polierte Rüstung angelegt. Sie hatten den prächtigen Umhang gewaschen und ausgebessert. Er hatte ihn in der Schlacht getragen, wo er von Schwertern zerfetzt worden war und mit Blut besudelt an der Stelle, wo der Umhang von einer Spange zusammengehalten wurde, direkt über seinem ...

Sie schluckte schwer, beugte sich vor und küsste seine blasse Wange. Als sie ihren Blick über die schweigende Menge schweifen ließ, sah sie eine Vielzahl unterschiedlichster Gesichter. Ladenbesitzer und Flüchtlinge. Menschen, die aus Lordaeron und Kul Tiras stammten. Die violetten Roben der Kirin Tor. Und dann waren da noch jene, die zwar nicht menschlich, aber dennoch hergekommen waren, um einem großen König ihren Respekt zu zollen: die Elfen, die Zwerge, ja, sogar Gnome schauten mit Kummer in den Augen zu ihr auf.

Taria hatte keine Ansprache vorbereitet. Sie würde das sagen, was ihr auf dem Herzen lag, genauso, wie Llane es stets getan hatte. Als sie das Meer von Gesichtern vor sich sah, entschied sie spontan, was sie sagen wollte. Nämlich das, was Llane gewollt hätte, dass sie es sagte.

„Es kann keinen größeren Segen für eine Stadt geben als einen König, der sich für sein Volk opfert“, begann sie. In der Menge ertönte das eine oder andere Schluchzen, und auch ihre eigene Kehle war wie zugeschnürt, als sie fortfuhr: „Doch ein solches Opfer will verdient sein. *Wir* müssen es uns verdienen! Ihr alle, die ihr heute hier seid, habt euch zu einem einzigen Zweck eingefunden: Um das Gedenken an einen großen Mann zu ehren. Doch wenn wir unsere Einigkeit bloß demonstrieren, wenn es gilt, den Tod eines guten Mannes zu betrauern, was sagt das dann über uns?“

Das kam unerwartet, und einige der Trauernden schauten ausgesprochen unbehaglich drein. *Gut*, dachte Taria. *Krieg sollte* immer *dafür sorgen, dass wir uns unbehaglich fühlen. Flüchtlinge, Gewalt, Furcht – das* alles *sollte dafür sorgen, dass wir uns unbehaglich fühlen.*

Sie setzte nach: „War es falsch von Llane, an euch zu glauben?"

Die Antwort kam postwendend – eine einzelne Stimme rief: „Nein!" Dieses einzelne Wort griffen andere auf. Mehr und immer mehr stimmten ein, die Gesichter, die sie sah, gezeichnet von Leidenschaft und Tränen. *Nein*, versicherten diese Menschen ihr. *Dein Llane hat sich nicht in uns getäuscht.*

Tränen traten ihr in die Augen, doch nun waren es Tränen des Stolzes und der Freude.

Und jetzt jubelten die Menschen. Sie waren bereit. Khadgar, der sich seinen Ehrenplatz zwischen all den Adeligen, Würdenträgern und Hauptmännern wohl verdient hatte, ging zu Llanes Scheiterhaufen. Voller Respekt hob er die große Klinge auf und trug sie quer über seinen ausgestreckten Handflächen vor sich her. Er marschierte dorthin, wo Anduin Lothar stand, je einen Arm um zwei vaterlose Kinder gelegt – um seine Nichte und seinen Neffen –, und hielt dem Löwen von Azeroth das Schwert hin. Ihm, Tarias Bruder und dem besten Freund ihres Mannes. Sie wusste, dass er das Schwert ergriffen hatte, nachdem es aus Llanes Fingern geglitten war, um damit den Kriegshäuptling der Horde zu erschlagen. Daher war es nur angemessen, dass die Waffe nun ihm gehörte. Von allen, die sich hier heute eingefunden hatten, konnte es allein seine Trauer mit der ihren aufnehmen. Er war der Einzige, der von der Bruderschaft der Drei noch übrig geblieben war. Einer von ihnen hatte sich selbst geopfert, ein anderer war der Dunkelheit anheimgefallen. Zwar war er wieder ins Licht zurückgekehrt, nur leider … nicht rechtzeitig genug.

„Wir werden ihn rächen, Mylady!“, rief jemand.

„Führe uns in den Krieg gegen die Orcs, Lothar!“ Andere wiederholten diesen Ruf mit kräftigen Stimmen. Die Rufe wurden eins und dann zum Skandieren eines einzelnen Namens:

„Lothar! Lothar! Lothar!“

Lothar starrte das Schwert einen langen Moment an, so lange, dass Taria schon glaubte, er würde ablehnen und der Pflicht, dem Königreich seines alten Freundes auch weiterhin zu dienen, den Rücken kehren. Gleichwohl, darüber hätte sie sich keine Gedanken machen müssen. Lothar packte das Heft der Waffe und trat auf sie zu, bereit, jetzt und bei allem, was da kommen mochte, an ihrer Seite zu stehen. Dann ließ er seinen Blick über die Menge schweifen und hob das Schwert, als wäre er entschlossen, den Himmel selbst zu spalten, um Sturmwind zu beschützen.

Nein. Nicht bloß Sturmwind. Nicht mehr.

„Für Azeroth!“, rief Anduin Lothar. „Für Azeroth – und für die Allianz!“

Die Menge stimmte in seinen Ruf ein, und als alle versammelten Soldaten ihre Schwerter in die Höhe rissen, um ihrem Hauptmann zu salutieren, schienen die Steine der Stadt selbst die Worte widerhallen zu lassen: *Für Azeroth – und für die Allianz!*

War es tatsächlich erst ein paar Tage her, dachte Varian Wrynn, während er auf seine verstreuten Holzsoldaten hinabblickte, seit er sich das letzte Mal in den Thronsaal geschlichen hatte, um mit ihnen zu spielen? Es kam ihm wie eine Ewigkeit vor. Wie war es möglich, dass ihm Spielzeugschlachten jemals so wichtig gewesen waren, jetzt, wo sich sein Leben durch echte Schlachten so unwiederbringlich verändert hatte? Der Blick seiner dunklen Augen fiel auf eine Figur im Besonderen, die umgeworfen auf der Seite lag: ein winziger geschnitzter König auf seinem Ross, mit einem Löwenkopf als Helm und einem wunderschönen handbemalten Metallschwert.

Hände schoben sich unter seine Arme und hoben ihn hoch, auf den Thron von Sturmwind, auf das weiche weiße Fell, das die Kühle des kalten Marmors fernhielt. Trotzdem erschauderte Varian. Kummer war etwas Neues für ihn, und noch nie zuvor in seinem ganzen kurzen Leben hatte er etwas derart Erstickendes, etwas so Überwältigendes und Machtvolles gespürt. Seine schmale Brust erbebte bei jedem Einatmen. Davor hatte er viel geweint. Niemand hatte ihm gesagt, dass er das nicht tun sollte.

Mit verschwommenem Blick sah er Khadgar an. Der junge Magier lächelte, traurig, aber aufrichtig. „Eines Tages wirst du König sein“, sagte er. „Wenn du alt genug bist, wird dies dein Platz sein. Doch glaube niemals, du wärst allein. Du hast deinen Onkel Lothar, deine Mutter, mich und die gesamte Allianz an deiner Seite.“ Der Magier hielt inne, ehe er hinzufügte: „Das ist das Vermächtnis, das dein Vater dir hinterlässt.“

Varian schluckte schwer. Die Trauer war noch immer da, doch irgendwie hatten die Worte des Magiers die Bürde des Kummers leichter gemacht. Seine Beine baumelten über den Rand des Throns. Er dachte daran, wie oft sein Vater hier gesessen hatte, um Recht zu sprechen oder über Taktiken zu diskutieren. Wieder drohten ihm Tränen in die Augen zu schießen.

Khadgar sah das und trat mit ausgestreckter Hand zurück. „Komm“, sagte er. „Es ist spät, und deine Mutter fragt sich gewiss bereits, wo du steckst.“

Varian ergriff Khadgars Hand, glitt von dem viel zu großen Sitz und ging an den kauernden goldenen Löwen vorbei. Er war auf halbem Wege zur Tür, als er noch einmal stehen blieb und zurückschaute. Dann lief er abrupt zu dem Haufen der Spielzeugsoldaten hinüber und wühlte darin herum, bis er fand, was er suchte.

Sanft und respektvoll hob Prinz Varian Wrynn, der künftige König von Sturmwind, den geschnitzten König Llane auf und stellte ihn behutsam wieder hin – aufrecht und edel inmitten von Freund und Feind.

So, wie sein Vater es immer gewesen war.

Krieg.

Nicht eine einzige Schlacht oder eine Reihe von Gefechten; keine einzelne Mission und auch kein Feldzug. Krieg, düster, lang, brutal und grausam.

Gleichwohl, diesmal standen die Menschen von Sturmwind nicht allein da. Sie waren nicht bloß eine Handvoll Legionen, sondern eine Armee, gesalbt mit dem Blut eines Heldenopfers, gebunden an die Geschichten, die jene erzählten, die das Grauen überlebt hatten, dessen Zeuge sie geworden waren. Die Königreiche der Menschen – das angeschlagene Sturmwind, Kul Tiras und Lordaeron – mochten vielleicht unterschiedliche Uniformen tragen, doch sie alle marschierten unter demselben Banner. Da waren Adelige und einfache Rekruten, Ältere und auch einige, kaum alt genug zum Kämpfen. Männer marschierten neben Frauen, und an der Seite der Menschen waren die Zwerge, resolut und mit grimmigen Mienen, um ihre Waffen und ihre Hartnäckigkeit in die

Waagschale zu werfen. Einige Gesichter waren klein und kindlich, wieder andere auf unheimliche Weise hübsch und scharf geschnitten.

Gleichwohl, alle Gesichter waren staubig, verschwitzt und von Entschlossenheit gezeichnet.

Die Armee kam zum Stehen.

Vor ihnen lag eine Festung. Sie hatte keine klaren, sauberen Linien wie menschliche Bauwerke, noch war sie so zweckdienlich und beständig wie die der Zwerge; sie zeigte keine eleganten Ornamente und auch keine trügerische Verspieltheit, die die meisterhafte Bauweise verschleierte, wie es bei einer Elfenfeste der Fall gewesen wäre. Stattdessen war diese Festung ganz Knochen und Eisen und Stahl und Hässlichkeit, die bloß einem einzigen Zweck diente und jenen entsprach, die sie errichtet hatten.

Dies war eine Orc-Festung.

Der, den sie Gul'dan nannten, ließ seinen Blick über das anrückende Heer schweifen. Monströs und grün stützte er sich auf seinen Stab. Unter ihm breitete sich ein Meer aus brauner und grüner Haut aus, aus Waffen, aus siedendem Zorn und Blutgier.

Neben dem Orc, der zwar ihr Anführer, aber nicht länger ihr Meister war, stand Garona die Halborcin. Obwohl sie Rüstung und Speer trug, war sie die Einzige unter der Horde, die nicht nach Blut schrie; auch spuckte sie nicht in Richtung ihres Feindes, und ihre Augen ruhten nicht auf der anrückenden Armee. Stattdessen schaute sie in die Ferne, ihr Blick abwesend, mit ihren Gedanken nicht im Hier und Jetzt, sondern in der Vergangenheit … und bei einer Zukunft, die vielleicht eines Tages sein würde.

Epilog

Der Fluss floss sanft und ruhig dahin. So vieles trieb im Laufe der Zeitalter auf seinen Fluten. Blütenblätter, hineingeworfen von jungen Liebenden. Blätter, die von den Bäumen geweht wurden, während sie das Schwinden des Sommers beklagten. Zweige und Blut und Leichen. Die gleichgültige Strömung des Flusses hatte alles davongetragen.

Und an jenem Tag, zu jener Stunde, in jener Minute, trug der Fluss einen Weidenkorb. Das hatte er zwar schon zuvor getan, jedoch niemals mit solchem Inhalt.

Der Wind seufzte und half, das sonderbare kleine Schiff vorwärtszuschieben, und vielleicht hätte er sogar etwas geflüstert, wenn jemand zugegen gewesen wäre, der die Ohren – und die Weisheit – besessen hätte, sein Raunen zu hören.

Vor dir liegt eine weite Reise, mein kleiner Go'el, seufzte der Wind, der nicht der Wind war. *Meine Welt mag verloren sein, doch dies hier ist nun deine Welt.*

Nimm dir von ihr, was du brauchst. Mach sie zu einer Heimat für die Orcs und lass dich dabei von nichts beirren. Du bist der Sohn von Durotan und Draka – der Erbe einer ungebrochenen Linie von Häuptlingen.

Und unser Volk braucht jetzt einen Anführer ... mehr als je zuvor.

Das Kind, das in dem Körbchen lag – grünhäutig und in eine blau-weiße Decke gewickelt – war einzigartig in dieser Welt. In *jeder* Welt. Es war winzig und klein und hilflos, so wie alle Säuglinge, und es hatte Wünsche und Bedürfnisse, die der Fluss nicht erfüllen konnte, so vorsichtig er den Jungen auch dahintrug.

Und so gab der Fluss das winzige Wunder schließlich her und hielt so sein Versprechen. Die Strömung trieb den Korb in ein Gewirr von Angelschnüren, die lieblich klingelten, wie um seine Ankunft zu verkünden. Schritte näherten sich, knirschend auf dem Kies, als sie hinunter zum Ufer kamen.

„Hauptmann!“, rief eine Stimme. „Das müsst Ihr Euch ansehen!“

Der Korb wurde aus dem Wasser gehoben, und dann war da ein Gesicht, das gespannt hineinschaute. Das Baby war verwirrt. Dies war kein Gesicht, das es kannte, oder auch nur eins, das irgendeinem bekannten Gesicht ähnlich gewesen wäre. Und so tat der Junge instinktiv das, was für ihn so natürlich war wie Atmen.

Er blickte finster drein, holte tief Luft und brüllte seine Herausforderung in diese neue Welt hinaus.

Danksagung

Was war das nur für eine Reise! Mein Dank gebührt so vielen, dass ich kaum weiß, wo ich anfangen soll.

Zuerst und vor allem wäre hier Chris Metzen zu nennen, der mir schon frühere Inkarnationen des heroischen Durotan und seiner Draka anvertraut hat und seitdem noch viele andere Bücher; dann die Schauspieler, die diese Figuren und so viele andere wundervolle Charaktere eindrucksvoll zum Leben erweckt haben; der Regisseur Duncan Jones, der ebenso ein Fan von *Warcraft* ist wie jeder andere von uns; und schließlich all jene, die sich je die Zeit genommen haben, um mich wissen zu lassen, wie sehr sie meine Werke über diese fantastische Welt schätzen.

Danke euch allen für euer Vertrauen in mich. Mögen eure Klingen niemals stumpf werden!

Für Azeroth!

WORLD OF WARCRAFT
DIE TASCHENBUCH-REIHE

WORLD OF WARCRAFT Band 10:
Wolfsherz
Richard A. Knaak
ISBN 978-3-8332-2522-2

WORLD OF WARCRAFT Band 9:
Thrall Drachendämmerung
Christie Golden
ISBN 978-3-8332-2439-3

WORLD OF WARCRAFT Band 8:
Weltenbeben
Christie Golden
ISBN 978-3-8332-2234-4

WORLD OF WARCRAFT Band 7:
Sturmgrimm
Richard A. Knaak
ISBN 978-3-8332-2051-7

WORLD OF WARCRAFT Band 6:
Arthas – Aufstieg des Lichkönigs
Christie Golden
ISBN 978-3-8332-2050-0

WORLD OF WARCRAFT Band 5:
Die Nacht des Drachen
Richard A. Knaak
ISBN 978-3-8332-1792-0

WORLD OF WARCRAFT Band 4:
Jenseits des Dunklen Portals
Aaron Rosenberg, Christie Golden
ISBN 978-3-8332-1791-3

WORLD OF WARCRAFT Band 3:
Im Strom der Dunkelheit
Aaron Rosenberg
ISBN 978-3-8332-1640-4

WORLD OF WARCRAFT Band 2:
Aufstieg der Horde
Christie Golden
ISBN 978-3-8332-1574-2

WORLD OF WARCRAFT Band 1:
Teufelskreis
Keith R. A. DeCandido
ISBN 978-3-8332-1465-3

PANINI BOOKS

www.paninicomics.de/videogame